어색하고 불편하지만,

성교육을
시작합니다

어색하고 불편하지만,
성교육을 시작합니다

펴 낸 날 2023년 11월 27일 초판 1쇄

지 은 이 류다영
펴 낸 이 박지민
책임편집 김정웅
책임미술 롬디
마 케 팅 박종천, 박지환

펴 낸 곳 모모북스
서울특별시 동대문구 왕산로81, 203-1호(두산베어스 타워)
전화 010-5297-8303 팩스 02-6013-8303
등록번호 2019년 03월 21일 제2019-000010호
e-mail pj1419@naver.com

ISBN 979-11-90408-46-2 13810

어색하고 불편하지만, 성교육을 시작합니다

류다영 지음

모모북스

들어가는 글

딸로, 여학생으로, 여직원으로, 아내이자 며느리로 살다가 엄마라는 이름을 갖게 됐다. 여성의 생애 주기를 그대로 답습하듯 따라왔다고 해도 과언이 아니다. 초등학교 시절 첫사랑이라는 걸 알았고, 좋아하는 이성을 먼발치에서 보며 설렘도 느꼈다. 고백도 받아봤고, 거절도 당해봤다. 관심이란 이름으로 성희롱도 당해봤으며, 사랑이란 이름으로 성폭력과 스토킹도 당했다. 더운 여름 얇은 옷을 입고 탄 버스에서 성추행도 당해봤으며, '여자라면, 여자라서'라는 말로 시작되는 언어폭력도 다반사로 당했다. 그러다 함께이지 않으면 살 수 없을 것 같은 사람을 만나 결혼을 했다.

결혼 전 여자로 다양한 경험을 가졌기에 딸을 낳으면 완벽한 양육자가 될 거로 자부했다. 나의 자부심에 부합하듯 첫째 딸을 낳았다. 하지만 나의 자부심이 지만인 걸 아이를 만난 순간 알아차렸다. 양육자이자 엄마는 내 몸 하나 건사하는 것과는 차원이 달랐다. 처음 마주하는 새로운 인간을, 그것도 혼자서는 아무것도 하지 못하고 내가 하는 모든 것을 스펀지처럼 받아들이는 존재를 양육하는 건 호기롭게 덤빌 수 있는 일이 아니었다. 나도 어릴 때가 있었고, 사춘기를 지났으니 그 시기 필요했던 것을 적재적소에 잘 적용해 누구보다 건강히 잘 키워낼 계획을 세웠다. 하지만 아이는 어릴 때 내가 아니었다. 아이가 크는 환경은 내가 자라던 환경이 아니었다. 아이를 먹이고 입히는 아주 단순한 것마저 '이렇게 하는 게 맞나? 아이에게 해가 되는 거 아닐까?'라고 되물으며 조심스러웠다.

조심스러웠던 것에 익숙해질 때쯤이면 다른 낯선 것이 등장했다. "아빠 소중한 곳도 나랑 똑같이 생겼어?"와 같은 성적 질문을 하거나, 생식기를 만지는 등의 성적 행동을 하면 '이걸 어떡해야 하지?'라는 당황스러움의 벽이 다시 나를 가로막았다. 같은 여자이자 그 시기를 겪은 선배지만 어릴 때나 사춘기 시절 어땠는지 그 어떤 것도 생각나지 않았다. 분명 나도 딸아이와 같은 성장 과정을 겪었을 텐데, 아무리 기억을 더듬어도 월경대를 거꾸로 붙여 월경혈이 하나도 흡수되지 않았던 끔찍했던 기억만 떠올랐다. 경험에 비추어 무조건 조심시키기만 하면 된다는 나의 성교육 관념은 잘못된 것이었다. 누구보다 완벽히 준비된, 딸 키우는 엄마가 될 거라는 나의 호언장담은 온데간데없었다.

첫째 아이의 성적 행동이 시작될 때쯤 둘째가 태어났다. 딸아이 양육에 자신감이 떨어질 때쯤 태어난 둘째 아이는 나를 더 혼란의 늪으로 끌어들였다. 남자아이가 태어난 거다. 딸아이야 같은 여자로 대강이라도 아는 체할 수 있겠는데 남자아이는 미지의 세계다. 자라면서 남자라고는 아버지만 보고 자랐고, 성인이 된 후 다 자란 남자만 봐왔지 모든 것을 돌봐야 하는 어린 남자가 내 책임으로 떨어질 거라고는 생각지도 못했다. 거기다 남매를 키워야 하는 현실은 상상치도 못했다.

그런 상황에서 내가 의지할 수 있는 건 선배 엄마의 조언과 육아서, 성교육 책, 그와 관련한 인터넷 영상뿐이었다. 일단 알아야 했다. 여자이기에 딸은 잘 키울 거라는 내 생각은 자만이자 객기라고 일찌감치 인정했다. 난 딸에 관해서도 아들에 관해서도 아무것도 모르는 초보 엄마일 뿐이었다. 닥치는 대로 물어보고 빌려보고 돌려봤다. 하지만 다들 공통으로 하는 말은 사랑뿐이었다. 아이를 사랑하면 다 해결된다고 말했다. 당장이 걱정스럽고, 아이가 물어오는 것에 답을 못하겠는데 사랑을 듬뿍 주면 충분하다고 한다. 맞는 말이다. 모든 교육은 사랑이 기반이다. 성교육도 예외는 아니다. 그러나 그 당시 내겐 정답은 아니라도 방향과 기준을 제시해주는 해답이 필요했다. 혹 문제가 있는 행동이나 트라우마로 남을 수 있을 정도의 일을 별거 아닌 일로 치부해버리는 실수를 할까 봐, 일상적인 일을 문제로 볼까 봐 불안한 내게 꼭 맞는 조언이 필요했다. 내가 못 찾아서인지 아무리 찾아봐도 없었다. 그래서 공부하기 시작했다. 처음부터, 아무것도 모르는 백

지로 돌아가 아이의 몸과 마음의 성장 과정부터 차근차근 배우기 시작했다. 그러다 보니 아이를 보는 내 시선에 안정감이 깃들여졌다. 그제야 아이가 보였다.

성을 공부하기 시작해 지금은 예전의 나처럼 궁금해하고 불안해하는 아이와 어른을 만난다. 먼저 경험한 사람으로서 함께 성에 관한 이야기와 고민을 나눈다. 이 책은 그렇게 경험하고 만난 사례에 관한 조언과 당부를 담았다. 아이를 키우면서 궁금했던 것, 사춘기의 특징과 청소년기의 특징, 아이가 사는 온라인과 오프라인 세상의 이야기와 아이의 사랑. 그리고 아이를 양육하는 모든 양육자에게 바라는 점을 담아냈다. 초보 엄마로서 처음 만나는 아이의 양육과 성교육에 불안했던 나처럼, 이 책을 읽는 당신도 양육자로는 초보이기에 불안하고 고민스러운 게 당연하다. 문제적 행동이 아닌 것을 문제로 만들 필요는 없다고 말해주고 싶다. 이렇게 고민하고 염려하는 당신이야말로 아이를 건강히 키울 수 있는 멋진 양육자라고 응원해주고 싶다. 그러니 이 책을 통해 함께 이야기 나누고 고민하며 함께 나아가면 좋겠다.

아이가 크는 만큼 양육자도 커간다.

아이를 믿는 만큼 양육자도 단단해진다.

알게 되면 알아차릴 수 있다.

이해하게 되면 덜 불안하다.

공감하게 되면 아이의 성장을 설레며 지켜볼 수 있다.

아이의 성장을 함께 공부하고 준비하며, 불안함보다는 설렘으로 아이의 미래를 맞이하는 양육자가 되기를 기원한다.

요즘은 다양한 가족 형태가 있다. 그런 이유로 본문에선 양육하는 이를 양육자와 부모로 교차 표현했다. 또한 사례 속 여성 이름은 나의 이름인 '다영'으로, 남성 이름은 옛 교과서에 실린 '철수'로 표현했다. 혹 동명이인이 읽는다면 오해 없기를 바란다.

목차

1장 아이와 시작하는 성교육

2장 성장기의 꽃, 사춘기

3장 청소년이 사는 세상

4장 아이의 사랑, 아이의 연애

5장 내 아이가 가해자? 피해자?

6장 성교육 어떻게 해야 할까?

1장

우리 집 아이는 아무리 커도 아이다. 오랜만에 보는 다른 집 아이는 볼 때마다 쑥쑥 잘도 크는데 내 아이는 어찌나 더디게 자라는지 '언제 크나.'라는 말이 절로 나온다. 그런 아이도 어느 순간 돌아보면 청소년이 되어 있다. 분명 영아기와 유아기, 아동기를 거쳐 청소년이 되었을 터인데 어릴 때 기억은 가물가물하다. 영아기와 유아기에는 아이가 건강히 잘 자라는 것에만 모든 초점이 맞춰진다. 그러다 청소년기, 즉 '사춘기'에 접어들면 건강히 잘 자라는 것에 대해 감사함보다 학업과 진로, 진학 등의 고민과 걱정에 초점이 맞춰진다.

아이는 성인이 될 때까지 계속해서 크지만, 성장에 관한 고민은 초등학교 졸업할 즈음 종료하는 경우가 많다. 교육에 관해 더 신경 써야 할 시기인 건 맞지만, 성장에 관한 교육인 성교육도 양육에서 놓치면 안 된다. 이 시기에 아이가 성에 관한 질문을 하면 당황스럽다. 아이의 성적 호기심을 목격하고는 어찌할 바를 모르기도 한다. 아이의 성장에 맞춰 성교육을 해야 한다 생각하지만 언제 어떻게 해야 할지, 아이와 어떻게 성에 관한 대화를 시작해야 할지부터 고민스럽다. 그런 고민이 나만의 고민일까 싶은 순간, 지인이 비슷한 화제를 꺼내면 공감대가 형성되면서 서로 고민을 나눈다.

하지만 이것만은 알아두자. 가정마다 문화가 다르다. '문화'라는 말은 지역사회, 국가처럼 범사회적 범위에만 적용되는 건 아니다. 가정, 세대, 성장기에도 적용된다. 가정과 같은 생활공동체에도 그 가정만의 문화가 만들어진다. 우리 집에선 용인되고 수용되는 것이 다른 집에선 수용되지 않을 수 있다. 우리 집에선 절대 안 되는 행동이 다른 집에선 너무나 자연스러운 행동으로 받아들여질 수 있다. 나의 고민이 다른 사람의 기준으로 해결되지 않는다는 말이다. 다른 집의 고민을 나의 기준에 맞춰 해결해서도 안 된다.

성교육을 하며 이런 말을 한다. "가정문화가 다르기에 '제가 말하는 것이 옳다. 정답이다. 그러니 이렇게 하세요.'라고 말할 순 없습니다. 아주 무책임하게 들릴 순 있지만 모든 상황은 가정문화와 대상, 그 상황이 일어난 전체 맥락을 보지 않고선 적절한 해결 방법을 찾기 어렵습니다. 이 시간 성교육에 관한 정답을 알려드리진 못합니다. 하지만 지혜로운 방법을 함께 알아보고 해답을 가져가시면 좋겠습니다." 이 말처럼 성교육은 일관성을 띠는 게 아니라 가정마다, 대상과 상황에 따라 다르게 접근해야 한다.

다양한 가정에서 매 순간 다른 것을 보고 자라는 아이지만 아이의 발달은 영아기, 유아기를 지나 아동기, 청소년기, 청년기로 같은 과정을 거친다. 이번 장에선 '어리게만 보이는 아이에게 성교육이 필요할까? 그렇다면 언제? 어떻게?'라는 내면 갈등과 같은 기본적인 질문에 관해 같이 고민해보고자 한다.

1

성교육, 시작해야 할까?

"다섯 살 아인데 요즘 들어 자꾸 제 몸을 자세히 봐요. 성교육을 해야 할까요?"

아이를 키우다 보면 이제는 성교육을 준비해야 하나 고민될 때가 온다. 나를 포함해 지금 한창 아이를 양육하는 부모세대는 성교육을 제대로 받은 기억이 없다. 모두가 그런 건 아니지만 대체로 '나도 성교육을 받았나? 그런 적이 있나?'라는 생각을 한다. 나부터도 그렇다.

나의 첫 성교육 기억은 중학생 때다. 어느 날 갑자기 예고도 없이 여학생들만 과학실로 모이라고 했다. 그러더니 과학실 창문에 있는 암막 커튼으로 창문을 가리라고 한다. 그렇게 바깥 시선을 차단하고 어둠 속에 앉은 여학생들 앞에 선 사람은 학교 선생님이 아니라 까만 수녀복을 입은 수녀님이었다. '학교에 수녀님이 무슨 일로?'라는 궁금증은 얼마 안 돼 해소됐다. "오늘은 여러분들께 성교육을 할 거예요."라는 말과 함께 영상이 시작됐다. 화면 속에선 한 임신부의 자연분만 영상이 나오고 있었다. 연이어 보여준 영상은 임신중절수술 중 자궁 속을 촬영한 듯한 영상이었다. 다른 말은 별로 없었다. 아이는 이렇게 태어난다. 낙태를 하면 아이는 살기 위해 배 속에서 도망 다닌다. 생명은 소중하다. 그리고 끝.

지금 생각해도 영상이 기억에 남을 정도니 당시 엄청난 충격이었음엔 틀림없다. 수녀님이 여중생들만 모아두고 출산과 낙태 영상을 보여주는 게 성교육의 전부인가? 성교육을 받고 나온 나를 포함한 친구들의 반응은 한결같았다. "무서워." "절대 안 해." "남자애들에겐 비밀이야." 그런 우리에게 다가와 무슨 수업을 받았냐고 묻는 남자아이들에게 우린 이구동성 "몰라도 돼." "변태"라는 말을 외쳤다. 여학생들만 이런 교육을 받았을까 궁금했다. 그래서 남편에게 물었다. 돌아온 답은 예상과 다르지 않다. "우리야 잡지랑 비디오지. 그게 교재였지." 제대로 된 성교육은 없었다. 이런 우리가 아이를 낳고 키우며 올바르고 건강한 성교육을 하려면 우리부터 제대로 알아야 했다.

성교육을 해야 할까 고민하게 되는 때는 몇 가지가 있다. 첫 번째, 아이가 성에 관한 궁금증을 물어올 때다. "엄마, 뽀뽀는 어떻게 해?" "뽀뽀랑 키스는 뭐가 달라?" "아기는 어떻게 생겨?" "아기는 어떻게 배에서 나와?" 등이다. 두 번째, 아이의 성적 행동을 목격하거나 전해 들었을 때다. 학교나 학원 선생님으로부터 "다영이가 친구들과 있을 때 자꾸 자기 엉덩이를 만져요." "친구에게 자꾸 스킨십을 해서 불편한 상황이 벌어져요. 주의를 주는데 잘 안 되네요." 또는 집에서 자위하는 행위를 본다든지, 자신의 몸을 탐색하는 걸 볼 때 우리는 고민한다.

세 번째, 아이가 학교 갈 나이가 된다든지 어느 정도 성에 관심 가질 나이가 됐다 느낄 때다. 지금 당장 무슨 일이 있는 건 아니지만 아이가 사춘기에 접어들거나, 주변에서 또래 아이에게 성교육을 한다는 말을 듣는다면 '우리 아이도 성교육을 해야 하나?'라는 생각을 한다. 이런 경우 "성교육, 해야 할까요?" "그럼 언제부터 해야 하죠?"라는 질문을 한다. "그럼요, 성교육 해야 합니다."라고 대답하면 두 가지 반응으로 나뉜다. 일부는 "그런데 아직 어린데…."라는 반응. 하긴 해야 하지만 아이가 너무 어리다는 염려가 담겨있다. 다른 반응은 "그렇죠. 그럼 어떻게 하는 게 좋을까요?". 성교육을 해야 하는 것에 동의하고 방법을 알려고 하는 의지가 담겨있다.

두 반응을 보며 어느 반응이 옳다 그르다를 따질 수 없다. 성교육의 주체는 아이와 부모이기에 한쪽이라도 준비되지 않으면 건강한 성교육을 할 수 없다. 그럼에도 성교육을 해야 하는 쪽으로 조금 더 마음이 기운다. 내 아이를 어리게 보며 망설이는 부모님, 양육자님에게 묻는다. 혹 성교육을 성관계 교육, 성폭력 예방 교육이라고만 생각지는 않는가? 성교육이라고 하면 남녀의 성관계를 알려주고 그에 따른 피임 교육을 떠올리는 사람이 많다. 거기다 성폭력 피해자, 가해자 교육인 성폭력 예방 교육에 초점이 맞춰져야 한다고 생각하는 사람도 제법 된다. 성교육, 성관계를 준비하는 교육, 성폭력 예방 교육도 물론 필요하다. 그렇다고 성교육이 성관계, 성폭력 예방에 관한 내용만을 담진 않는다.

성교육은 건강한 성인이 되기 위해 필요한 교육이다. 성교육은 태어나면서부터, 아니 태어나기 전부터 시작해야 한다. 성교육은 건강한 성인으로 살아가기 위해 다른 사람과 어떻게 관계를 맺으며 살아가야 하는지를 가르쳐주고 배우는 교육이다. 몸에 관한 관찰, 관계에 관한 생각과 관계 형성에 관한 기술, 그리고 건강하게 살아가기 위한 방법 등을 교육하는 것이다.

아이가 다른 사람과 건강한 관계를 맺고 살아가기 위해 필요한 교육은 아이의 성장 과정에 따라 다르게 적용된다. 네 살 아이가 물어보는 "키스가 뭐예요?"란 질문에 "키스는 말이야, 혀가 말이야…."라는 답을 들려줘선 안 된다. 네 살 아이에겐 키스에 관한 구체적인 묘사보다 키스를 할 수 있는 관계, 즉 누구와 키스를 할 수 있는지, 누구와 키스를 해야 하는지에 관해 알려주는 게 맞다. "뽀뽀는 좋아하는 사람들과 볼이나 손에 할 수도 있지만, 키스는 결혼하고 싶을 정도로 사랑하는 사람이 생기면 그때 그 사람과 하는 거야."라고 답하는 게 좋다. "그럼 크면 아빠랑 결혼할 거니까 아빠랑 하면 되겠다."라는 말을 한다면 "아빠는 엄마랑 결혼했는걸. 우리 다영이에게도 아빠처럼 사랑하는 사람이 생길 거야. 그럼 그 사람과 하는 거야"라고 답할 수 있다. 아이가 알아들을 수 있는 단어로, 아이가 이해할 수 있게 친절히 설명해야 한다. 만약 열여섯 살 아이가 같은 질문을 한다면 아이가 뽀뽀와 키스에 관해 어떤 생각을 가지고 있는지 먼저 물은 후 대화를 이어나가야 한다. 행위에 앞서 관계를 먼저 생각해야 하는 건 동일하다. 연령별로 집중해서 교육해야 하는 내용과 교육 시 사용하는 언어는 아이의 연령과 성적 지식 수준을 고려해야 한다.

아이의 궁금증을 어리다는 이유로 묵살해서는 안 된다. 질문을 받는다는 건 신뢰에 대한 방증이다. 아이가 나에게 질문을 한다는 건 그만큼 나를 믿는다는 것이다. 아이의 질문에 관심을 가지고, 아이의 언어로 친절히 설명해주는 성교육을 지금부터 시작해보자.

2

어릴 때의 스킨십은 괜찮을까?

부산이 고향이다. 첫아이를 낳고 백일쯤 됐을 때 남편의 직장을 따라 경기도로 이사 왔다. 처음 고향을 떠날 땐 걱정만 앞섰다. 혼자 아이를 키울 수 있을까. 아이에게 무슨 일이 생기면 어쩌지? 어디에 도움을 구할 수 있지? 그런 불안함에 이사 온 후 몇 년간은 부산에 부지런히 오갔다. 그러다 아이가 커가며 내 삶과 아이의 삶에 시간이 들다 보니 고향에 내려가는 날이 점차 줄어들었다. 아이를 보고 싶은 조부모님들은 아쉬워하셨지만 어쩔 수 없는 상황이었다. 그러다 만나면 온몸과 마음으로 사랑을 전해주셨다. 너무 감사한 사랑이나 여기서 불편함이 발생했다.

"아이고, 내 새끼 왔나." "언제 이렇게 컸노." 이런 말을 들으면 아이들이 “엄마, 왜 할머니 할아버지는 나한테 새끼라고 해?”라고 묻는 건 지역 문화 차이로 충분히 설명이 가능했다. 당혹스러움은 다음에 일어났다. “우리 철수 고추 얼마나 컸는지 볼까?” “아이고 엉덩이 큰 거 봐라.”라는 말을 하며 갑자기 손이 음경과 엉덩이로 훅 들어갔다. 며느리 입장으로 뭐라 얘기할 수 없어 남편에게 눈짓을 하면, 그게 무슨 일이라도 되냐는 눈빛이 돌아왔다. 그런 일이 있을 때면 뒤돌아 아이에게 “누구라도 너의 몸을 너의 허락 없이 함부로 만질 수 없어.”라는 말을 하며 마음을 다독일 수밖에 없었다. 그렇게 알려주는 게 옳다 생각해 뒤돌아 말했지만 시부모님 앞에서는 말하지 못했다. 며느리라는 입장과 어른의 마음을 이해 못 하고 아이를 까탈스럽게 키운다는 눈초리를 받기 싫은 마음은 이렇게 모순적인 행동으로 이어졌다.

아이에게 허락을 받지 않는 이런 스킨십은 무릇 시부모님 세대만의 일은 아니다. 나조차도 아이가 귀여워서, 기특해서, 예뻐서 내가 원하는 때, 내가 원하는 방식으로 스킨십을 표현했다. 그런 행동의 기저엔 ‘좋은 의도로 하는 스킨십은 괜찮다.’ ‘가족이니까, 사랑하니까 괜찮다.’ ‘아이에게 좋음을 표현하는 방식은 내가 원하는 대로 해도 된다.’ ‘어른은 아이보다 위다.’ 이러한 여러 이유와 ‘어리니까 괜찮다.’라는 생각이 자리하고 있다.

첫째 아이가 다섯 살경이었다. 지금은 금연을 하시지만 한때는 흡연가였던 시아버님은 주변에만 가도 담배 냄새가 났다. 오랜만에 본 손주를 품에 끌어안고 볼에 뽀뽀하시던 시아버님을 아이가 온몸으로 거부한다. 순간 당황해 받아 안으며 대충 얼버무리며 아이를 달랬다. 나중에 왜 그랬냐고 물어보니 아이의 말 "할아버지한테 담배 냄새나서 싫어." 당시엔 이 말을 할아버지 앞에서 하지 않은 게 어디야 하며 안도하고 넘어갔다. 상황을 모면하고 귀가하는 길, 다음엔 어떻게 할까 남편과 이야기 나눴다. 다음엔 아이의 마음을 먼저 물어보자는 쪽으로 결론을 내렸다. 드디어 할아버지와 다시 상봉하는 날이 왔다. 만나기 전 아이에게 물었다.

"다영아, 오늘도 할아버지가 뽀뽀하면 어떡할 거야?"

"담배 냄새나면 싫어."

"그래도 할아버지는 다영이가 너무 좋아 안고 뽀뽀하고 싶어 하실 것 같은데 어떡하면 좋지?"

"그래도 싫은데…."

"그럼 다영이는 할아버지가 어떻게 하면 좋겠어?"

"손잡는 건 괜찮은데 뽀뽀는 싫어."

아이의 의견을 물어보고 도착한 집. 아버님은 어김없이 아이의 얼굴을 바로 손으로 잡으셨다. 이때를 놓치면 안 된다. 내가 미움을 받더라도 아이의 의견은 반영되어야 했다. 그래야 아이가 건강하게 자란다. 얼른 아이 옆으로 가 아버님께 말했다. "아버님, 다영이가 이제 제법 커서 할아버지와 악수하고 싶다고 하네요." 인사의 흐름은 살짝 끊겼지만 아이는 악수와 웃음으로 인사를 대신했다. '어른들이 반가운 마음에 하는 건데.' '괜히 불편한 소리를 하면 분위기 이상해질 것 같아.' '나도 그랬는데.' 같은 생각이 아이의 불편함을 지켜만 보고 있던 나를 정당화했다. 그러나 이제는 안다. 아이가 싫어하고 힘들어한 건 할아버지가 아니라, 할아버지의 몸에서 풍기는 담배 냄새라는 것을 말이다. 하지만 그땐 아이가 할아버지의 포옹을 싫어한다는 말이 곧 할아버지를 거부한다는 말로 여겨져 아이의 싫다는 표현을 나조차 받아들이지 않았다. 이걸 알아차리는 데 오랜 시간이 걸렸다. 알아차리고 나니 아이를 대신해 시아버지께서 오해하지 않게 말할 수 있었다. 이런 상황은 아이가 어릴 때만 벌어지지 않는다.

둘째 아이가 중학생이 됐다. 어른들과 한 공간에 함께 있는 시간보다 각자의 휴대전화를 들고 방에서 휴식을 취하는 시간이 늘었다. 그날도 8시간의 이동 거리로 녹초가 되어 방에서 잠시 쉬고 있었다. 첫째 아이와 나는 앉아 있고 둘째 아이는 우리를 보며 엎드려 휴대전화 삼매경이었다. 시어머니가 들어오시더니 둘째 아이에게 다가가신다. 그러고는 "많이 컸네." 하는 말과 함께 "착착착" 소리가 들린다. 무슨 소리인가 돌아보니, 엎드린 둘째 아이의 바지 속 팬티까지 들어 올려 엉덩이를 두드리고 계신다. 그 상황을 나와 첫째 아이가 봤다. 둘째 아이 엉덩이까지 다 보게 됐다. 순식간에 일어난 일이라 정적이 흘렀다. 내가 할 수 있는 조치를 취해야 했다. "어머니, 그러시면 안 됩니다. 애 다 컸어요." 웃으며 하는 말이었지만 시어머니로선 당황스러울 수 있다. 왜냐하면 할머니 눈엔 항상 어려 보이는 손주이기에 귀엽고 예쁜 마음에 너무도 아무렇지 않게 한 행위이기 때문이다. 시어머니는 "내가 예뻐해서 그렇지."라고 말하며 급히 방을 나가셨다.

'너무했다. 어른한테.'라는 생각이 들 수도 있다. 하지만 우린 사람과 관계에만 초점을 맞추는 게 아니라 그 상황을 봐야 한다. 즉 '대상'이 아닌 '상황'을 알아차려야 한다. 어린아이에게 포옹과 스킨십을 할 때, 중학생에게 궁디 팡팡을 할 때 할아버지와 할머니는 아이에게 어떤 의견도 묻지 않았다. 상대에게 묻지 않고 자신이 원하는 행동을 의지대로 하는 건 잘못된 것이다. 만약 이 대상이 할머니, 할아버지가 아니라 다른 사람이라면 어떨까. 생각이 달라지지 않는가? 내가 원하는 행위를 상대에게 하는 게 아니라 자기 몸에 하더라도 다른 사람에게 보여주지 않아야 하는 것이 있다. 자위나 용변을 보는 행위같이 아주 사적인 행위가 그에 해당한다. 하물며 상대에게 행동을 할 때는 당연히 상대의 의견을 물어봐야 한다. 그 대상은 오랜만에 만나는 친인척만이 아니라 현재 아이를 양육하고 있는 양육자라 하더라도 마찬가지다.

아이가 어리기에, 잘 모르기에, 나쁜 의도가 없기에, 사랑하는 마음에 한다 하더라도 모든 행동은 당사자의 동의를 구한 후에 이루어져야 한다. 아이의 머리칼을 쓰다듬고 싶어도 "다영이가 너무 대견해서 머리 쓰다듬어주고 싶은데 그래도 돼?"라고 물어봐야 한다. 중학생 아이를 안아주고 싶다면 "철수가 밥을 맛있게 잘 먹어 예뻐서 꼭 안아주고 싶은데 그래도 괜찮아?"라고 물어봐야 한다. 양육자가 집에서 아이에게 하는 사소한 스킨십도 물어보며 아이의 동의를 구하는 것을 습관화할 때, 아이도 사회에 나가서 자연스럽게 동의를 구할 것이다. 혹 동의를 구하는데 아이가 "안 돼." "싫은데." 같은 말로 거절을 한다면 받아들여 줘야 한다. 자신의 거절이 받아들여지는 분위기에서 자란 아이가 사회에 나가 거절을 표현할 수 있고, 타인의 거절도 자연스럽게 받아들인다.

'어리니까 지켜줘야 한다.' '어리다고 아이의 의사를 묻지 않고 마음대로 표현하면 안 된다.' '가족이라도 예절은 지켜야 한다.' '가족이니까 더 지켜줘야 한다.' '예쁘다면 예쁘다고 말로 표현해도 충분하다.' 의도가 좋다고 모든 것이 긍정적으로 해석되진 않는다. 그러니 어리니까, 엄마니까, 아빠니까, 가족이니까 괜찮다는 말로 아이에 대한 무례를 포장하는 건 이제 그만하자. 건강한 어른은 아이를 한 인격체로 존중한다.

3

유아가 하는 자위행위 괜찮을까?

자위에 관해 어떻게 생각하는가? 자위해 본 경험이 있는가? 이 질문에 불편함을 느끼는 사람도 제법 될 것이다. 내가 경험을 했든 하지 않았든 지금 중요한 건 양육하고 있는 아이의 자위행위 아니냐며 되묻는 분도 있다. 양육자의 경험을 물어보는 것이 꼭 답을 얻기 위한 것만은 아니다. 자위행위에 대한 양육자의 생각을 알아보기 위함이다. 어떠한 상황에 직면했을 때 경험했던 상황이라면 당황스러움이 덜하다. 전혀 경험하지도 생각해보지도 못한 상황이라면 당황스러움이 배가 될 수밖에 없다. 물론 자신이 경험해 본 상황이라 하더라도 자신이 아닌 다른 사람의 상황에 어떻게 대처할지 대응법이 바로 떠오르지 않기도 한다. 하지만 이해하려는 노력은 할 것이다.

강의가 끝나고 다른 사람의 질문이 다 끝나기를 기다려 어머님 한 분이 바깥까지 조용히 따라나선다. 그리고 나를 불러 세웠다. 다른 사람 있는 곳에선 도저히 물어볼 용기가 안 난다며 입을 뗀다.

"저의 딸이 여섯 살이거든요. 밤에 같이 자는데 얼마 전부터 제가 뒤로 돌아누우면 엎드려 자꾸 꼬물대요. 그러면서 끙끙거리는 소리도 내고 땀도 흘리고요. 그게 선생님이 말한 유아 자위 맞죠?" 맞다고 하자 말을 이어간다. "그게, 저는 애가 심한 것도 아니고 어쩌다 한 번씩 하는 거라, 책을 봐도 그렇고 선생님 말씀도 그렇고. 성장하는 과정이니 그냥 넘어가면 좋겠는데. 아이 아빠가 애한테 뭐라고 자꾸 해서 어떻게 해야 할지 모르겠어요." 아버님이 아이에게 무슨 말을 하냐는 질문에 돌아온 답에 순간 내 귀를 의심했다. "딸애한테 더럽게 뭐 하는 거냐고. 저한테도 애 교육 제대로 안 하느냐고. 여자애를 저렇게 더럽게, 창녀처럼 키우냐고. 아이 앞에서 막 소리 지르는데 어떻게 해야 할지 모르겠어요."

딸의 자위를 처음 보는 아빠로선 당황스러울 수 있다. 그렇다고 여섯 살 아이에게 '더럽다거나 창녀처럼'이라는 표현까지 쓸 일인가? 그런 표현을 쓴 아빠는 아이의 자위를 어떻게 받아들이고 있는 걸까? '자위는 더러운 행동' '자위는 남자만 하는 행동' '자위는 여자는 하면 안 되는 행동' '자위는 성욕을 느끼고 표현하는 행동' '여자는 조신해야 하는 존재' '여자는 성욕을 느끼고 표현하면 안 되는 존재' '성욕을 느끼고 표현하는 건 부정한 행동' 그러니 딸은 자위행위를 하면 안 되는 존재로 인식하고 있지는 않을까. 사람의 성적 가치관과 성을 바라보는 관점은 다 다르다. 아버님의 관점을 무조건 잘못됐다 할 수 없다. 아버님도 태어날 때부터 그런 성적 관점을 가지진 않았을 것이다. 자라온 사회 문화적 환경이 그런 관점을 만들어냈을 것이다. 그렇더라도 이젠 관점을 바꾸면 좋겠다.

유아 자위는 질문한 어머니의 말대로 성장 과정 중 흔히 목격된다. 내가 성교육에 관심을 가지고 공부하게 된 계기도 유아 자위 때문이다. 공부하면서 알아차리고 반성한 것 중 하나가 아이의 자위행위를 대하는 어른의 시선이다. 유아 자위는 말 그대로 성장 과정 중 나타나는 여러 행동 중 하나이다. 그러니 크게 문제로 생각하지 않으면 좋겠다. 7세 이전에는 놀이 개념의 자위가 많다. 자신의 몸과 몸의 반응을 만지고 놀며 관찰하는 것이다.

하지만 결핍과 불안 등이 원인이 되어 자위행위로 나타나는 경우도 있다. 이런 경우 원인 회피를 위해 본능적으로 자위행위 횟수가 늘어난다. 그럴 땐 아이가 어떤 상황에서(예를 들어 혼자 있거나, 발표를 한다거나, 혼이 난다거나 하는 등) 자위행위를 하는지 관찰해야 한다. 관찰 후 원인을 파악했다면 아이가 스트레스 상황에 놓이지 않게 양육자가 최대한 노력해야 한다.

성장 과정 중에 보이는 자위행위라 하더라도 자신이 조절하지 못할 정도로 오래 지속한다면 아이의 언어로 이해시킬 필요가 있다. 어리다 하더라도 자위 에티켓을 알려줘야 한다. 설명을 할 땐 비유하며 설명하길 권한다. "다영아, 우리가 화장실에서 쉬할 때 다른 사람 안 보게 문 닫고 혼자 있는 공간에서 하잖아. 그건 왜 일까? 쉬할 때 다영이 몸을 다른 사람에게 보여주지 않기 위해 혼자서 하는 거야. 다영이의 몸을 다영이가 만지는 것도 같은 거야. 자신의 몸을 만지는 게 잘못된 건 아니야. 하지만 자기의 몸을 자기가 만질 때도 다른 사람에게 보여줘선 안 되는 거야. 그러니까 몸을 만지고 싶을 땐 다른 사람이 없는 곳에서, 다영이만 있는 공간에서 만져야 되는 거야. 알겠지. 다음엔 그렇게 하자."

자위에 관해 말할 때 어디에서, 어떨 때 하면 안 된다는 말을 해줘야 한다. 여기서 끝을 맺으면 아이는 자신이 한 행동을 잘못된 행동으로 생각해 수치심과 죄책감을 가질 수 있다. 그러지 않기 위해선 그 행동이 잘못된 건 아니라는 의미를 표현하면서, 긍정 언어와 대안 제시로 마무리를 해줘야 한다. 자신만의 공간에서 할 수가 있으니 집에 가서 하자는 말 등 긍정적으로 끝을 맺으면 더없이 좋다.

앞서 얘기한 여섯 살 아이의 행동도 성장 과정 중 자연스러운 행동이다. 하물며 그 아이는 다른 사람이 보는 곳에서 한 것도 아니다. 아이가 혼자서 자위행위 하는 걸 보거나 느꼈을 때, 일상생활을 못 할 정도로 집착하며 하는 정도가 아니라면 못 본 척해도 된다. 그 시기가 지나가면 자연스럽게 줄어들 행위다. 아이는 우리가 컸던 대로, 우리가 예상하는 대로 크지 않는다. 성장 중 자연스럽게 보이는 부분적 행동을 문제로 만들어 심각하게 생각하지 않기를 바란다.

4

목욕, 언제까지 같이 할 수 있을까?

최근 한 기사를 접했다. 제목은 이러했다. "4살 딸 씻겨보고 싶다는 시누 남편 불쾌… 예민하다고요?"(출처: 서울신문, 2022. 8. 8.) 바로 클릭했다. 내용을 보니 사연자는 4살 딸을 키우고 있다. 사연자의 시누네는 10살과 8살의 아들만 둘이다. 멀지 않은 곳에 살며 종종 왕래하는 사이이다. 어느 주말 시누네에 놀러 간 날, 일찍 들어온 시누이 남편이 씻으러 가면서 사연자의 4살 딸에게 이런 말을 했다고 한다. "다영이 고모부랑 같이 씻을까?" 놀라며 "뭐라고요?"라고 반문하는 사연자에게 시누 남편은 "아들만 둘이라 딸이랑 같이 목욕해 보고 싶었다. 딸 낳으면 씻겨주는 게 로망이었다."라고 웃으며 말했다고 한다. 사연을 들으니 어떤 생각이 드는가. '그럴 수도 있겠네.'라고 생각할 수도 있고, '어떻게 저런 말을 할까.'

라는 생각이 들 수도 있다. 기사를 접한 사람도 두 가지 의견으로 나뉘었다.

이런 상황과 고민은 친척 사이에서만 일어나지는 않는다. 나도 두 아이를 양육하고 있다. 아이 돌봄을 내가 주로 하다 보니 아이 목욕도 내가 시키는 횟수가 많았다. 둘째가 태어나니 목욕탕에 혼자 둘을 데리고 가는 게 힘들었다. 태어난 지 얼마 안 된 둘째는 내가 씻기고, 첫째 아이는 남편에게 맡겼다. 집에서도 첫째 아이를 잘 씻기기에 걱정하지 않았다. 그러던 어느 날 남편이 이젠 첫째 아이를 남탕에 그만 데리고 가야겠다고 말한다. 귀찮아서 그만할 사람은 아니기에 이유를 물었으나 "그냥"이란 말만 돌아왔다. 궁금했지만 당시엔 두 아이 양육이 버거워 더 물을 정신도 없었다. 첫째 아이를 못 데리고 가겠다면 둘째는 되겠지란 생각에 다음엔 둘째를 맡겼다. 앉지도 못하는 아이라 아기 욕조가 필요했다. 물어보니 남탕엔 아기 욕조가 없단다. 그럼 여탕에서 아기 욕조를 들고나와 건네는 수밖에 없었다. 그런 수고로움을 하면서까지라고 생각할 수 있겠으나, 혼자 아이 둘을 씻기는 거에 비하면 수고도 아니다. 먼저 아기 욕조를 건네고 둘째를 안겨주고 난 첫째와 아주 편안하게 목욕을 즐겼다. 당시 첫째 아이는 만 4세가 되지 않은 여자아이였다.

2022년 6월 22일부터 만 4세 이상의 자녀는 이성 부모와 함께 목욕탕에 입장할 수 없다. 만 4세 이상 여자아이는 남탕에, 남자아이는 여탕에 들어갈 수 없는 거다. 입장 나이도 '만 5세 이상'에서 '만 4세 이상'으로 낮춰졌다. 내가 초등학생일 때 목욕탕에서 같은 반 남자친구를 마주친 적이 있었다. 그 시절에 비하면 엄청난 변화다. 첫째 아이 어릴 때도 여탕에서 예닐곱 살 되는 남자아이를 종종 마주쳤다. 하지만 이제는 입장을 허가한 목욕탕 운영자가 경고와 영업정지, 4차례 이상 적발되면 목욕탕 폐쇄 처벌을 받는다.

시간이 많이 흐른 뒤, 그때가 떠올라 남편에게 남탕에 잘 데리고 가던 첫째 아이를 왜 안 데리고 간다고 했냐고 물었다. 남편은 남자아이들이 딸애의 벗은 몸을 유심히 보더라는 말을 한다. 그렇게 보는 이가 아이만이 아니라 성인 남성들도 그러는 걸 보고 더는 데리고 가면 안 되겠다는 마음이 들었단다. 성을 공부하며 깨우쳐가는 과정에 이 말을 들으며 남편의 대처가 훌륭했다 느꼈다. 만약 당시에 남편의 이런 말을 들었다면, 데리고 가기 귀찮아 핑계 대는 거라고, 어린애 몸을 그렇게 유심히 보는 어른이 어디 있냐고 핀잔줬을 것이다.

이런 상황을 겪지 않더라도 부모는 이성의 자녀와 함께하는 목욕에 관해 고민하는 시기가 생긴다. 언제까지 아빠가 딸을 목욕시켜도 될까를 고민한다. 이 질문의 성별만 바꾸면 '언제까지 엄마가 아들을 목욕시켜도 될까?'인데 이상하게 엄마가 아들을 목욕시키는 것에 관해선 고민하지 않는다. 왜일까? 이 부분 한번 생각해보시라 권한다. 부모가 이성 자녀와 함께하는 목욕을 분리해야 할 때는 그 고민이 시작되는 시점이다. 고민의 주체가 배우자가 됐든 자신이 됐든 다른 양육자나 가정 구성원 중 누군가가 "이성 자녀의 목욕은 언제까지 시키는 게 좋을까?" 말하는 순간이 그때다. 그럼 그때부터는 동성 부모가 목욕시키는 게 좋을까? 이런 순간이 오면 자녀의 '목욕 독립'을 권한다.

함께하는 목욕에 관한 고민은 아이가 두세 살일 땐 하지 않는다. 대체로 아이가 다섯 살 이상이 됐을 때 한다. 다섯 살쯤이면 혼자 씻는 교육을 한다면 충분히 혼자 할 수 있다. 아이는 할 수 있는데 양육자가 불안할 뿐이다. 깨끗이 씻을까? 미끄러지진 않을까? 안 씻는 곳이 있으면 어쩌지? 같은 걱정으로 양육자가 아이를 목욕 독립시키지 못한다. 하지만 염려가 무색할 정도로 아이는 충분히 혼자 할 수 있다. 다만 씻는 법을 알려주지 않고 "이제 다 컸으니 혼자 씻어 봐."라고 바로 맡겨버리는 건 폭력이다. 태어난 순간부터 씻기는 했으나 혼자 씻는 건 처음이다. 그러니 친절하게 하나하나 단계별로 알려주고 기회를 충분히 줘야 한다.

물론 양육자의 눈에 차지 않을 수 있다. 그래도 연습하고 교육하는 중엔 아이에게 충분히 맡겨주길 바란다. 목덜미에 조금 남아있다면 거품은 수건으로 닦아내고 당부의 말을 전하자. “오늘은 목덜미에 거품이 조금 남아서 수건으로 닦았으니까 내일은 목덜미까지 꼼꼼히 씻자.” 아이의 손을 잡고 “아이그, 내가 이럴 줄 알았어. 다시 들어와.”라고 하면 안 된다. 아이의 목욕 독립에 인내심을 가지고 지켜봐주면 좋겠다. 아이가 자신의 힘과 의지로 할 수 있는 범위를 차근차근 넓혀주며, 아이가 자신의 몸을 깨끗이 관리할 수 있는 능력을 키워주자. 자기 몸을 자신의 힘으로 씻는 것은, 자기 몸에 대한 책임을 배우는 시작이 될 것이기 때문이다. 어느 순간 아이가 온전히 혼자 목욕하고 나온 날, 자신의 힘으로 자기 몸을 깨끗이 한 그 수고로움과 뿌듯함을 충분히 축하해줄 마음의 준비를 하고 지켜보며 기다리자. 그럼 아이는 한 단계씩 성장하며 건강히 잘 자랄 것이다.

5

남자아이 성교육은 아빠가 하는 게 더 좋을까?

딸 셋 중 둘째 딸로 자랐다. 남자 형제가 없었고 남자 사촌들은 일 년에 두세 번 만나는 게 다였다. 초등학교를 졸업하고 여중과 여고, 여대를 졸업했다. 그러다 보니 남자에 관한 이해가 전혀 없었다. 남자는 그냥 이성의 존재, 나와는 다른 사람이라는 인식만이 있을 뿐이었다. 그런 내가 남자아이를 낳았다. 어른들이 둘째를 가진 나를 보며, 배 모양도 입덧도 분명 딸이라고 했다. 딸 둘을 키우는 상상을 하며 이리저리 절약되는 것들, 친구 같은 자매로 키우면 좋겠다며 생각하던 내겐 청천벽력 같은 소리였다. 임신 막달에 병원에서 살짝 귀띔해주긴 했으나, 의사 선생님도 성별은 낳아봐야 정확히 안다고 했다. 낳는 그 순간까지도 자매 키울 희망을 놓지 않았다. 그런 마음으로 만난 둘째였다. 남자아이를 만날 마음의 준비도 전혀 안 된 상태였던 것이다. 처음엔 기저귀 가는 것도 어색하고, 이러는 게 맞나 싶은 생각에 편하게 아이를 대하지 못했다. 아들은 딸과 완전 다르다는 두려움은 아이를 돌보면서 끊임없이 부족한 엄마로 느끼게 했다. 둘째한테 예상 못 한 작은 반응만 나타나도 남편을 찾았다. 남자아이니까 남자인 당신이 해 보라고. 특정한 상황이 유아 자위였다.

아이가 10개월쯤 됐을 때다. 아이가 기저귀 안에 손을 넣고 자꾸 음경을 만진다. '이거 뭐지?' 싶었다. 내가 어떻게 해야 하지? 한동안 관찰을 하며 자는 아이 손을 기저귀에서 빼주기도 하고, 안 된다는 말로 타이르기도 했다. 양육자들은 알 거다. 10개월 아이가 무슨 대화가 되겠는가. 그럴 때마다 아이는 눈치를 보지만 손은 기저귀 속으로 향했다. 내가 할 수 없는 일이다 싶어 남편에게 도움을 구했다.

"자기야. 재 손이 자꾸 기저귀 안에 들어가. 뭐라고 말 좀 해 봐."
"무슨 말을 해?"
"애랑 얘기 좀 해 봐."
"재가 말이 통할 나이냐?"
"그래도 같은 남자잖아."

"남자는 다 그래. 잘 때 팬티 속에 손 넣고 자면 마음에 안정이 와."

그렇구나. 남자는 잘 때 팬티 속에 손 넣고 자면 안정이 되는구나. 남편의 말을 듣고 안심이 됐다. '그래. 잘 때만 그렇다는데 뭐. 다른 사람 안 보니까 괜찮지.' 이런 생각을 하며 일상을 보냈다. 어느 날 낮, 텔레비전을 보고 서 있는 둘째를 보는데 동공이 흔들렸다. 기저귀 안에 들어가 있는 손이 보였다. '남자는 잘 때만 만진다며. 그렇다며!' 그 자리에 없는 남편에게 마음속으로 고함을 쳤다. 지금은 그 행동이 성장 과정 중 자연스럽게 나오는 행위이자, 자기 신체 반응에 관한 호기심으로 하는 유아 자위라는 걸 안다. 하지만 그 당시엔 꼭 고쳐야만 하는 문제행동으로 보였다. 고쳐주지 않으면 행위가 계속되고 강화되어 대단히 큰 문제가 될 것 같았다.

남자아이니 남편이 나보다 더 잘 알 거라고 생각했다. 행동에 관한 원인과 해결책도 척척 내놓을 거로 생각했다. 아이가 커가면서 해야 한다는 성교육도 당연히 남자아이는 남편의 몫이라 생각했다. 그런데 그건 남편에게 미루고 싶은 나의 바람일 뿐이었다. 이런 이론을 대입하면 딸에 관한 모든 것은 내가 더 잘 알아야 했다. 여자아이의 행동 원인과 해결책도 내가 척척 내놓아야 했다. 나도 그렇지 못했다. 엄마가 처음이니, 첫아이니 모르는 게 당연하다고 말했다. 그럼 남편도 그렇지 않은가? 양육자가 양육하는 아이의 모든 것을 알 수 없다. 그건 동성이라는 조건을 내건다 해도 마찬가지다. 성교육을 하면 자주 받는 질문이다. "남자아이 성교육은 아빠가 하는 게 좋죠?" "남자아이들 소그룹으로 성교육하려고 하는데 남자 선생님은 없나요?" 남자아이니까 남자에게 교육받는 게 좋다는 것, 너무나 공감된다. 그렇다고 여자가 남자아이 성교육에 부적절하거나 부족하다는 생각은 안 하면 좋겠다.

성교육은 성교육 대상자와 조금 더 친밀한 대상, 즉 말이 잘 통하는 사람이 하면 된다. 그 사람이 이성 양육자든 동성 양육자든 상관없다. 말이 잘 통한다는 건 아이의 마음을 읽고 공감하는 면이 크다는 의미다. 아이의 성교육은 지식적인 면만 다루는 게 아니다. 아이의 마음 챙김과 감정, 성장 과정 중의 관계 등 많은 것들을 다루기에 아이의 생활을 잘 알고 이해해 줄 수 있는 사람. 아이의 말을 존중해서 들어줄 수 있는 사람이면 충분하다. 이성 양육자가 성교육을 하면 이성에 관한 정보와 관계 형성에 관한 것을 섬세하게 알려줄 수 있다. 동성 양육자가 성교육을 하면 아이와 공감 형성이 더 빠를 수 있다. 그렇다고 이성 양육자가 공감을 못 하거나, 동성 양육자가 이성 관계에 관해 부족하게 알려주는 건 아니다. 그러니 꼭 성별로 아이의 성교육 주체를 정하지 않았으면 한다.

만약 양육자 중 한 명이 아이의 성교육을 돕기로 했다면 성교육에 들어가기 전 꼭 해야 할 일이 있다. 엄마와 아빠가, 또는 집안 양육자가 혼자가 아니라면 양육을 하는 모두가 둘러앉아 성교육의 방향성을 먼저 논의해야 한다. 각자가 성교육에 관해 어떤 생각을 하고 있는지, 무슨 내용을 교육할 것인지, 어떤 수준으로 교육해야 하는지, 어떤 책을 보여 줄 것인지, 그 책에서 어떤 내용을 아이와 나눌 것인지 등을 우선 나눠야 한다. 양육자들 간에 성교육 방향이 맞지 않으면 아이는 더 헷갈린다. 하나의 질문을 했는데 양육자마다 다른 말을 한다면 아이는 인터넷이나 지인에게 답을 찾고자 할 수 있다. 그러니 양육자들 간 성교육의 방향성을 먼저 나누길 당부한다. 한 양육자가 아이와 성에 관해 이야기를 나누고 나서도 혼자 뿌듯해하지 말고 다른 양육자와 공유해야 한다. "다영이가 이런 걸 물어왔는데 이렇게 답해줬어."와 같이 말이다. 그래야 아이가 다른 양육자에게 다른 질문, 다음 단계의 질문을 해도 같은 결로 답할 수 있다.

아이의 기저귀 속 손 사건이 있고 난 뒤, 남편에게만 맡겨선 안 되겠다 싶어 아이의 성교육을 어떻게 해야 하는지 공부하기 시작했다. 정확히 말하면 남편을 믿지 못해서가 아니라 남편이나 나나 성교육에 관해 무지하다는 걸 인정했다는 말이 맞는다. 그 결과 아들과 몽정과 피임에 관해 아주 편안하게 이야기하는 사람은 남편이 아니라 내가 됐다. 여자아이니까 엄마가 더 잘하겠지, 남자아이는 아빠가 더 잘하겠지 하는 생각을 내려놓아도 좋겠다. 아이를 존중으로 대하며 말이 더 잘 통하는 사람, 아이의 질문을 웃어넘기지 않고 진중하고 기분 나쁘지 않게 대화할 수 있는 사람이 하면 된다. 그러니 아이의 성교육은 아이를 위해 성을 먼저 공부하고 준비할 의지가 있는, 할 수 있는 사람이 하자.

6

언제, 어디까지 알려줘야 할까?

"우리 아이는 너무 관심이 없는 것 같아요."

"또래 애들보다 늦는 것 같아요. 아직도 나랑 같이 자려고 하고 아기 같아요."

"너무 모르는 것 같은데 자기 나이에 맞는 성교육 해줘야겠죠? 그런데 그러다 관심 없던 애가 막 이것저것 알려고 덤비면 어떡해요? 순진한 애한테 괜한 호기심만 심어주는 건 아닌지 걱정돼요."

부모는 성교육을 시작함에 걱정이 많다. 아직 물어오지도 않았는데 교육한다고 알려주면 관심 없던 아이에게 성에 관한 호기심을 부채질하는 건 아닐까, 괜한 짓을 하는 게 아닐까 걱정한다.

아이의 성격과 성향, 환경에 따라 다르지만, 아이도 성에 관해 궁금한 게 있다. 다만 성이라는 주제를 이야기 나누고 다룰 편안한 환경이 주어지지 않았을 뿐이다.

성교육은 스킨십과 성관계, 피임 교육만을 다루지 않는다. 아동·청소년이 건강한 관계를 맺고 살아가기 위해 알아야 하는 관계 형성에 관한 기술적인 교육도 성교육에 들어간다. 건강한 관계 형성을 위한 기술적인 부분은 어떤 것을 말할까? 의사소통, 경청, 거절, 의사결정, 대인관계, 비판적 사고, 감정이입 연습, 공감, 낙인과 차별에 대한 저항, 권리 주장 같은 것들이다. 어떤가. 그럼에도 아직 성교육이 망설여지는가? 아니면 '이런 게 왜 성교육이냐?' 싶은가. 성을 이야기할 때 타인과의 관계, 사회 관계를 배제하고 교육할 수 없다. 누군가와 함께하는 생활에서 지켜나가고 보호해야 할 것들을 아이에게 알려줘야 한다. 관계에서 필요한 필수적인 교육, 나의 경계를 알고 타인의 경계를 아는 것, 존중을 기반으로 자신과 타인을 대하는 법, 나의 감정을 제대로 알아차리고 건강하게 표현하는 법, 타인의 감정을 수용하고 공감하는 법 등은 나이만 든다고 저절로 알게 되지 않는다. 하나씩 알려주고 연습하는 교육이 필요하다.

언제 어디까지 알려줘야 하는지 '나이별로 딱 여기까지 하세요. 몇 살에는 여기까지 해야 합니다.'라는 나이별 성교육 지침서는 없다. 이렇게 말하는 이유에 관해 설명이 필요할 것 같다. 우리나라엔 교육부에서 발표한 '국가성교육표준안'이라는 게 있다. 아이의 학령기별로 필요한 성교육 주제와 교육 방법이 실려 있다. 활동지와 수업자료, 교육지도서로 구성되어 있다. 많은 공을 들였겠으나 성별 고정관념을 그대로 드러내고, 성차별을 암시하는 내용에 반박도 많이 받았다.

(사)한국성폭력상담소와 (사)한국여성의전화에서 발표한 "교육부 '학교성교육표준안'에 대한 의견서"에 보면 초등 저학년 23차시에 '(남성의) 성에 대한 욕망은 때와 장소에 관계없이 충동적으로 급격하게 나타나는데'라는 문장이 있다. 중등 4차시엔 '성 욕구 진행 과정 면에서 여성의 성욕은 자극을 통해서 성호르몬이 뇌로 전달되어 이성에 대한 관심을 갖게 되어 접근욕과 접촉 욕구가 생긴 후에 성교욕이 생기는 데 비해, 남성의 경우는 자극을 통해서 성호르몬이 뇌로 전달된 후 성교욕이 빠르게 진행된다.', 고등 13차시엔 '남녀 성 심리 특성의 차이-남성은 신체 접촉 중심적, 성행위주임, 충동적, 공격적, 적극적, 사랑보다는 상황에 의해 성관계 원함. 성관계하고 싶은 욕구가 강함'이라고 적혀있다. 이런 교

육 내용은 남성의 성적 충동에 대한 잘못된 통념을 심어줄 수 있다. 그리고 남성의 성충동은 충동적이고, 공격적이라고 일반화시킬 경향이 있다. 또한 성적 욕구는 남성의 전유물로 보는 시각도 생길 수 있으며, 여성은 성적 욕구가 낮거나 성적 욕구를 드러내는 게 잘못된 것이라는 인식을 심어줄 수도 있다. 이걸 보고 난 후 성교육을 공교육에만 맡겨두고, 집체교육으로 하는 게 맞는가 하는 의문이 들었다.

물론 공교육에서 교육부 지침을 무시하기도, 개별적으로 교육하기도 불가능하다. 그러니 양육자는 아이가 공교육에서 어떤 내용의 성교육을 받는지 관심을 가져야 한다. 혹 아이가 잘못된 성 가치관을 형성할 만한 교육을 받았다면 대화를 통해 다시 잡아주는 역할을 해야 한다. 성교육에서 가장 중요하게 생각하는 과정은 자신의 감정을 알아차리고 표현하는 것이다. 감정에 관한 교육은 어린 나이부터 이루어져야 한다. 아이의 나이가 고등학생이라도 자신의 감정을 알아차리는 게 힘든 아이라면 거기부터 시작해야 한다. 고로 나이별 성교육이 있는 게 아니라 수준별 성교육이 필요하다.

"성에 관해 언제 알려줘야 하나요?" 아이가 성에 관해 물어볼 때가 적기이긴 하지만 일상에서 아이의 생활에 관한 질문으로 시작해 관계, 갈등 등을 다룬다면 일상생활 언제든 성교육을 시작할 수 있다. "어디까지 알려줘야 하나요?" 아이가 궁금해하는 부분까지 알려주는 게 좋다. 성교육을 하다 조금 더 알려주고 싶은 마음에 아이가 받아들일 수 없을 정도까지 알려줄 필요는 없다. 아이가 물어본 부분의 궁금증까지만 해소해줘도 훌륭하다. 아이가 성에 관한 질문도 하지 않고, 성에 관심이 없을 수도 있다. 달리 이해하면 성에 관해서 궁금해야 할 필요성을 못 느낄 수도 있다. 그렇다면 성에 대한 선입견이 없다는 말이니 더 자연스럽게 시작할 수 있다는 말이 된다. 성을 꼭 이성 관계, 스킨십으로 보는 게 아니라 건강한 삶을 사는 성인이 되기 위한 포괄적 성교육으로 접근하기 딱 좋을 때다. 아이가 초등 고학년이 되고 중학생이 되었는데 성에 관해 어떠한 질문도 하지 않는다고 성교육이 필요없는 건 아니다. 아이의 학교 생활과 친구 관계에 관해 궁금함을 드러내며 아이와 대화를 이어나가길 바란다. 친구와의 갈등과 다툼에 관한 고민 상담도 성교육이다. 아이의 사회 관계가 갈등 없이 행복하다면 이야기를 들어주며 지지하는 반응을 보여주는 것도 성교육이다. 아이에게 어떻게 성교육을 할까에 관한 고민 이전에 나는 성을 어떻게 인지하고 있는지, 양육자가 생각하는 성교육의 범위와 성인지 점검이 우선 되면 좋겠다.

때 이른 성교육으로 아무것도 모르는, 관심도 없는 아이에게 괜한 호기심만 심어주는 건 아닌지 걱정하는 양육자에게 묻는다. 왜 그렇게 걱정하는가? 정말 아이가 아무것도 모른다면 아이가 알고 받아들일 준비를 할 수 있게 교육하는 게 맞다. 올바르지 않은 것을 사실로, 진실로 받아들이기 전에 올바르게 성을 인식시키고, 건강한 성 가치관을 만들 수 있게 도와줘야 하는 게 양육자의 책임이다. 아이가 성에 관한 자극적인 질문을 해야지만 아이가 성에 관심 있다고 생각하는 건 아닌가? 그래야지만 교육이 필요하다고 생각하는 건 아닌가? 성교육은 미리 준비하는 방향으로 나아갈 때 가장 큰 효과와 영향을 발휘한다. 아이의 일상에 관해 이야기 나누는 것을 시작으로 아이가 성에 관한 질문을 편하게 할 수 있는 환경을 만들어가길 바란다.

7

아이의 모든 질문에 즉답해야 할까?

"엄마 가슴은 왜 그렇게 커?"

"나도 아빠 고추처럼 클까? 안 크면 어떡하지?"

"엄마도 아빠랑 키스해?"

아이를 키우다 보면 당황스러운 질문을 받게 된다. 당황스러운 질문 중 단연 1위는 성에 관한 질문이다. 위와 같은 질문을 하는 건 그래도 순수한 편에 속한다. 함께 텔레비전이나 영화를 볼 때, 혹은 그림책을 보다가도 아이는 질문을 쏟아낸다. 아이가 부모에게 질문을 하는 건 부모가 답을 알려줄 수 있다고 믿기 때문이다. 하지만 부모도 모든 질문에 바로 답을 하지 못한다. 몰라서일 수도 있고, 알고 있지만 어떻게 답을 해야 할지 감이 안 잡힐 때도 그렇다. 그럼 이런 상황에선 어떻게 하는 게 좋을지 한번 생각해보자.

예능프로그램을 아이와 함께 보는데 출연자 중 두 남녀가 게임을 하며 손을 꼭 잡는 것을 본 다른 출연자들이 둘을 연인으로 몰아가는 상황이 생겼다고 가정해보자. 당사자 둘은 극구 부인하는데 주변 출연진은 "오, 둘 사이가 이상해."라며 연인으로 몰아간다. 아이가 묻는다. "엄마 둘이 사귀어?" 이럴 때 우린 어떤 말을 해줄 수 있을까? 어떻게 말해주는 게 좋을까? 답은 알고 있다. 둘이 사귀지 않는다는 것. 분위기상 농담처럼 하는 말이라는 것. 시청률을 위한 설정이라는 것. 이런 여러 이유로 사실이 아닌 것을 사실인 것처럼 말한다는 걸 안다. 하지만 어떻게, 어디까지 아이에게 알려줘야 하는지, 어떻게 이야기를 풀어가야 하는지 감이 오지 않는다. 귀찮기도 하고 아이가 얘기한다고 이해할까 하는 생각도 든다. 이럴 때 어른이 많이 하는 말. "그냥 재미로 그러는 거야." "잘 모르겠네." 부모의 이런 답은 아이의 질문에도, 호기심에도, 성장에도 도움 되지 않는다.

이런 가벼운 상황만 그렇진 않다. "엄마, 뽀뽀랑 키스랑 뭐가 달라?" "아빠, 아기는 어떻게 태어나는 거야?" 이런 질문에 가볍게 답해 줄 부모가 많지는 않다. 가볍고 자연스럽게 답을 하려면 그 전부터 아이와 많은 대화가 오가는 관계여야 한다. 다양한 주제로 대화하는 게 일상적이되 성에 관한 주제도 일상의 주제로 다루는 가정. 그런 가정에선 아이의 성적 질문을 아주 자연스럽고 가벼운 대화로 풀어나갈 수 있다. 이처럼 가벼운 일상적인 대화로 이어갈 수 없다고 생각된다면 어떻게 해야 할까?

잘 모르겠으면 쿨하게 모르겠다고 인정하자. 그리고 언제까지 정리해서 답해 주겠다고 약속하자. "다영아, 아빠가 네 질문에 대한 답을 알기는 하는데, 우리 다영이가 잘 이해할 수 있게 어떻게 설명해야 하는지 모르겠어. 그러니까 아빠에게 시간을 좀 줄래? 오늘 밤(혹은 몇 시간 후, 혹은 내일)까지 정리해서 꼭 얘기해줄게." 이렇게 약속하고 시간을 벌자. 그리고 약속 시간 전에 주변 선배 양육자에게 물어보든, 책이나 인터넷 검색을 통하든 혹 성교육 전문가에게 물어볼 수 있는 여건이 된다면 물어보고 아이에게 전해 줄 지혜로운 답을 정리하면 된다. 정리 후 약속 시간에 맞춰 아이에게 꼭 답을 줘야 한다. 아이의 모든 질문에 즉답할 수 있는 어른이 많지는 않다. 바로 답을 못 할 이유가 있다면 답해 줄 약속을 정하고 그 약속을 지키면 된다.

그럼 앞의 예능프로그램 예시로 돌아가 보자. 아이와 어떤 식으로 대화를 나누면 좋을까. 질문에 대한 질문으로 대화를 시작하면 좋겠다.

"엄마 둘이 사귀어?"

"다영인 둘이 사귀는 것처럼 보여?"

이런 대화가 오가면 아이는 자신의 생각을 말한다. 둘이 사귀는 것 같다든지 혹은 아닌 것 같은데 사람들이 왜 그러는지 모르겠다는 등. 이후 답을 들어보면서 사귀는 거 같다고 생각한다면 어떤 이유로 그러는지 들어본다. 손을 꼭 잡아서라는 이유를 든다면 게임을 위해 손을 잡을 수밖에 없는 상황이라는 것을 다시 인지시켜준다. 그리고 어쩔 수 없이 손을 잡아야 하는 상황을 보고 주변에서 둘 사이를 사귀냐고 이야기하는 것은 놀리는 것이라는 것, 그건 잘못된 행동이라는 것을 알려준다. 그러지 말라고 하는 상황에서도 계속 이야기를 하는 건 안 된다는 것, 그 또한 폭력이라는 것까지 이야기할 수 있으면 더없이 좋다. 만약 아이가 초등 고학년 이상이라면 이런 상황(둘의 관계를 사귀는 사이로 몰아가는 상황)이 친구들 사이에서 벌어진다면 성희롱적 발언이 될 수도 있음을 이야기할 수 있는 기회로 삼을 수도 있다. 아이가 둘은 아닌 것 같은데 사람들이 왜 그러는지 모르겠다는 답을 한다면, 공감을 통한 성인지 감수성을 향상시켜주면 된다. "다영이 말이 맞아. 둘이 사귀는 거 아니지. 시청률 때문에 프로그램 분위기 띄우려고 일부러 그러는 거야. 만약 다영이가 저런 상황에 처한다면 마음이 어떨 것 같아?" 이런 말로 자신의 의지와 다른 상황에 몰린 사람의 처지에 공감하는 공감 능력을 키워줄 수 있다.

아이의 질문은 대화의 물꼬를 틔워줄 수 있는 좋은 마중물이다. 아이의 질문을 당황스럽다는 이유로 그냥 넘기지 않으면 좋겠다. 부모도 초보다. 셋째, 넷째를 키운다고 해서 양육 마스터가 될 수 없다. 아이는 각기 자신의 세상을 자신만의 방식으로 만들어가며 자라기 때문이다. 그러니 몇 명을 양육하든 부모는 초보를 면할 수 없다. 첫째 아이를 키우는 초보, 둘째 아이를 키우는 초보가 있을 뿐이다. 그러니 아이의 질문에 답을 바로 못 하는 건 어찌 보면 당연한 거 아닐까? 아이의 모든 질문에 답할 수 있어야 좋은 부모, 준비된 부모라는 생각을 떨쳐버리면 좋겠다. 아이와 함께 배워가고 성장하는 부모가 멋있는 부모라고 확신한다. 아이도 자신의 질문을 진심으로 대해주는 어른을 더 믿는다. 믿음과 신뢰가 쌓인 관계라면 어떤 상황이 닥치더라도 그 어른에게 손을 내밀 것이다. 도움을 청할 것이다. 아이가 질문으로 손 내밀 때 그 손을, 그 기회를 꼭 잡아주는 어른이 되길 바라고 또 바란다.

2장

아이가 태어나고 누워만 있을 땐 '언제 목을 가누나.' '언제 걷나.' 하는 생각을 한다. 아이가 걸어 다니면 '언제 대화가 되려나.' 한다. 말을 한창 배울 때는 신기하고 건강히 자라는 모습에 더없이 고맙다가도, "이거 뭐야?" "왜?" "내가 할 거야." 같은 말을 하면 피곤해지기도 한다. 그런 단계를 다 넘어서 대화가 되려 하면 '사춘기'라는 시기에 도래한다. 언제 크나 했던 아이가 어느새 훌쩍 자라 있다. 언제까지고 아기로만 봐 왔는데 생각도 말도 행동도 부쩍 자라 있다. 매일같이 보는 아인데 '언제 이렇게 컸지?' 하는 순간을 맞이한다.

첫아이를 키울 때 이런 느낌을 받았다. 어떻게 키웠는지 모르겠는데 어느 순간 다 자라서 자신의 몫을 하는 아이가 눈앞에 서 있다. 누가 데려다 키우다 다시 데려온 것도 아닌데 이상하리만치 어떻게 키웠는지 기억이 나질 않는다. 첫째 양육의 시간은 추억이라는 이름을 붙이기보다 무탈하게 지나왔다, 견뎌냈다는 표현이 더 적절하게 느껴진다. 그렇게 정신없이 첫째 아이를 키우고 둘째를 만났다.

둘째 땐 첫째를 키운 경험이 있으니 베테랑 양육자가 되어 편할 거로 생각했지만 정신없음은 똑같다. 첫째와 둘째, 아이가 다른데 어찌 똑같을 수 있겠는가. 약간의 차이라면 아이의 지금, 이 순간이 다시 오지 않을 걸 알기에 충분히 순간을 만끽하고 즐기자는 마음이 생겨난다는 거다. 그렇게 마음먹고 조금 다른 시선으로 보며 키웠음에도 둘째도 어느새 훌쩍 자라 내 앞에 서 있다. 첫째와 마찬가지로 자신의 세상을 열심히 만들고 다듬어가며 살아가고 있다.

이 장에선 아이들의 폭풍 성장기, 매일이 다르고 하루에도 열두 번씩 다른 인격체라고 의심하게 만드는 성장기의 꽃, '사춘기'에 집중해보고자 한다.

1

중2병, 정말 있나?

"사춘기가 뭐예요?"

초등 3학년 아이가 물어본다. 사춘기라는 말을 처음 들은 때가 언제냐고 물었다. 엄마와 이야기하는데 엄마가 "너도 곧 문 쾅 닫고 들어가겠네."라고 하길래 자기는 화를 잘 안 내니까 안 그런다고 했단다. 아이의 답을 들은 엄마는 "사춘기 되면 다 그래."라는 말을 했다. 아이는 궁금했다. 도대체 사춘기가 뭐길래 그때만 되면 문을 쾅 닫고 들어가는 걸까. 그러던 찰나에 나를 만나 물어보게 된 것이다. '사춘기', 겪는지 모를 정도로 부드럽게 지나가기도 하지만 양육자와 아이 모두 힘든 시간을 겪기도 한다. 그럼 한번 생각해보자. 사춘기는 뭘까?

네이버의 심리학용어사전에서는 '신체가 성장함에 따라 성적 기능이 활발해지고 2차 성징이 나타나며 생식기능이 완성되기 시작하는 시기'라고 정의한다. 청소년들이 아동기를 벗어나면서 신체적, 정신적 변화를 겪는 시기다. 성호르몬이 분비되면서 몸의 2차 성징이 나타난다. 스파이더맨이 거미에 물린 다음 날, 바로 신체적 변화가 생기는 것처럼 '자고 일어나니 달라졌어.' 할 정도로 하루아침의 급격한 변화는 아니지만, 서서히 몸의 변화를 알아차릴 정도로 진행되며 이전과 확연히 다른 모습으로 성장한다. 시간을 두고 순차적으로 변화하기에 잘 적응할 거로 생각할 수 있다. 그런데 찬찬히 생각해보자. 성호르몬이 분비되고 음모와 겨드랑이 털, 수염이 자란다. 생식기의 성장과 키의 성장도 이루어진다. 월경과 몽정을 하며 신경 쓸 것들이 늘어난다. 생식기 말고는 큰 차이 없던 남자아이와 여자아이의 몸에 확연한 차이가 생긴다.

몸의 변화만으로 버거운데 감정도 소용돌이 친다. 호르몬의 변화, 신체적 변화, 거기다 그 시기에 겪는 사회적·환경적 요인 변화는 정서적 변화를 초래한다. 생활하면서 사용하던 물건 하나, 자주 가던 공간만 바뀌어도 적응하는 데 시간이 걸린다. 그런데 이전과는 완전 다른 사람인 듯한 자신의 모습을 보는 아이는 어떨까.

부모, 성인 양육자는 사춘기를 미리 겪어 본 경험자이자 인생 선배다. 그 말은 사춘기의 힘듦을 경험해봤기 때문에 사춘기 아이의 혼란스러움과 힘듦을 잘 이해할 수 있다는 말이 된다. 그런데 "사춘기 어떻게 보내셨어요?"라고 물어보면 대체로 "저는 사춘기라는 걸 모르고 지나갔어요."라든지 "잘 기억이 안 나요."라고 말한다. 기억 안 날 수 있다. 그럼 자신의 사춘기가 어땠는지 물어보자. 누구에게? 나를 키워 준 양육자에게. 부모님일 수도 있고 조부모님일 수도 있다. 아니면 함께 자란 형제에게 물어보는 것도 좋겠다. 자신의 기억과 사뭇 다른 증언을 들을 수 있으니 마음의 준비를 하고 물어보길 바란다. 나는 순하게 지낸 것 같은데 "너무 힘들어서 언제 지나가나 했지."라는 말을 들을 수도 있다. 이렇듯 느끼는 감정과 적응하는 속도, 겪은 기억은 다르지만 사춘기는 누구나 겪는 시기이자 과정이다. 지나온 사춘기에 관한 이야기를 나누다 보면 아이의 사춘기를 함께 보내는 주변인이 힘들겠다 생각 들겠지만, 가장 힘들고 당황스러운 사람은 당사자다.

'사춘기' 하면 함께 따라오는 짝꿍 같은 단어들이 있다. '질풍노

도의 시기' '반항기' '중2병' 등이 그렇다. 앞에서 이야기한 '문을 쾅 닫는' 문제적 행동도 당연한 듯 따라붙는다. 열거한 단어와 행동은 하나같이 부정적인 반응들이다. 그럼 폭풍 성장기인 사춘기에 들어서는 청소년 전부 이와 같은 부정적 반응을 보일까? 주위 청소년 몇몇만 둘러봐도 다 그런 건 아니라는 걸 알 수 있다. 그럼에도 이런 부정적 단어들이 사춘기를 표현하고 대변하는 걸 당연시한다. 이쯤에서 생각을 한번 바꿔보자. 아이가 사춘기에 접어들면 말과 행동, 감정적 변화가 생기는 건 자연스러운 현상이다.

사춘기에 접어든 아이가 아침엔 행복한 표정으로 등교하더니 하교할 때는 얼굴에 짜증이 가득하다. 이럴 때 양육자는 어떻게 반응하는가? 무슨 일이 있었는지, 왜 기분이 좋지 않은지 물어본다. 안 좋은 기분에 좋은 대답이 나올 리 만무하다. 친절하지 않은 아이의 대답에 양육자의 마음도 상한다. 마음 상한 양육자는 아이의 태도를 언급하며 잔소리 폭격을 쏟아붓는다. 만약 사춘기에 관한 이해가 있다면 염려되어 물어본 질문에 탐탁지 않은 답이 오더라도 더는 묻지 않을 것이다. 그러려니, 사춘기엔 하루에 열두 번 이상 감정이 요동치니까 '기분이 나아지면 말해주겠지.'라고 생각할 것이다. 시간이 지나고 감정이 정리되면 아이는 편안한 모습으로 돌아온다. 하지만 사춘기에 관한 이해가 없다면 부모는 아이의 예의에 어긋나는 태도에 중점을 두고 몰아세울 수 도 있다. 이런 전개로 아이와 갈등이 생겨도 양육자는 "애가 사춘기에 들어서면서 까칠해졌어."라고 말한다. 이 갈등의 원인은 아이의 감정에 관한 양육자의 공감 부족이다. 사춘기에 책임을 떠넘기지 말자.

아이는 성장하면서 자신만의 관계와 세상을 구축한다. 그 과정에서 본인의 힘으로 갈등을 해결해 나가며 관계를 유지하는 기술을 배워간다. 그런 과정 없이 부모에게 전적으로 의존하며 자신만의 방법과 방식을 배우고 연습하지 못하면 사회생활이 힘들어질 수 있다. 아이가 자신의 힘으로 해결해보고자 이야기하지 않는 걸 '사춘기 반항'이나 '중2병' 등의 용어로 규정해버리면 안 된다. '중2병', 초등학생도 아는 단어다. 중학생이 중2병이라 그렇다는 말을 스스럼없이 하기도 한다. 한창 성장하며 변화하는 시기인 15세를 병으로, 환자로 규정한 사람이 아이 자신일까? 그렇지 않다. 아이를 지켜보는 어른이 만든 말이다. 병명으로 만들 정도로 힘들다는 표현인 건 안다. 만약 정말 병이라면 치료 방법도 있어야 하지 않을까? 병명을 만든 사람이 치료법도 가장 잘 알 터이다. 중2병에 맞는 치료법은 뭘까? 이런 질문을 던지면 열에 아홉은 얼른 지나가길 바라며 견디는 것이라 말한다. 그냥 지나가길 기다리기만 하는 것이라면 병으로 생각하면 안 되는 거 아닐까? 사춘기 아이 양육에 대한 결론은, 힘든데 방법이 없다는 것으로 끝이 난다. 그리고 한마디 덧붙이는 부모님이 있다. "나중에 꼭 자기 같은 아이 낳아 키워봐야 해요." 부모님의 이 말에서 힘듦의 정도가 느껴진다. 그렇지만 부모, 양육자로서 사춘기를 부정적으로 묘사하고 규정하는 건 이제 안 해야 한다. 사춘기에 관한 이해를 바탕으로, 인생에서 가장 흥미진진한 시기인 사춘기를 함께 즐겨보는 건 어떨까.

사춘기는 있다. 성장 과정 중 급격한 성장 시기의 명칭이다.

중2병은 없다. 아이가 자신의 삶을 구축해 나가는 성장 과정에서 변화하는 말과 행동이 다소 불안정적으로 보일 뿐이다. 그러니 병이라는 말을 붙여 잘못된 것으로, 무시하듯이 표현하지 말자. 아주 건강히 성장하고 있는 아이를 환자로 만들지 말자. 아이의 성장하는 모습을 짜증 섞인 눈빛으로 보며 버티고 견디는 게 아니라, 세심히 지켜보면서 아이에게 다시 오지 않을 귀한 시간과 감정을 추억으로 남겨두기를 권한다.

2

몸이 이상해요. 정상인가요?

"거기에 나는 털은 왜 꼬불꼬불해요?"

초등 4학년 아이의 질문이다. 거기는 생식기를 이른다. 생식기에 나는 털, 음모를 이야기한다. 왜 꼬불꼬불하게 날까? 예전엔 보온, 먼지와 같은 외부 감염 요인으로부터의 피부 보호 등을 이유로 들었다. 겨드랑이털은 마찰로 인한 피부 쓸림을 완충한다고도 했다. 분명 이런 이유도 있다. 아주 옛날 속옷을 제대로 못 갖춰 입을 땐 이보다 완벽한 답은 없었을 것이다. 하지만 요즘엔 브라질리언 왁싱으로 음모까지 제모하는 사람이 늘 정도로 자신이 생각하는 미의 기준에 맞춰 몸을 가꾼다. 그렇다고 털의 용도가 사라진 건 아니다. 몸에 털이 나는 걸 덜 진화된 증거라고 이야기하는 사람도 있지만 털은 필요로 생겨나고 자란다. 처음 질문으로 돌아가 음모는 왜 곱슬곱슬하게 날까. 이유는 모낭에서 찾을 수 있다. 털의 형태는 모낭에 의해 결정된다. 사춘기에 들어서면서 생성되는 성호르몬이 성기 주변의 모낭을 납작하게 만든다. 모낭이 납작할수록 털은 곱슬거린다. 머리카락은 직모와 곱슬머리 등 사람마다 다른 형태를 보이지만 음모는 모든 사람이 똑같이 곱슬거리는 형태를 띠는 이유다.

음모에 관해 다른 질문은 이런 것들이 있다. "음모 색은 사람마다 다른가요?" "음모도 머리카락처럼 계속 자라나요?" 음모 색은 본인의 머리카락과 같은 색으로 난다. 머리카락이 흑발이면 음모도 검게, 머리카락이 무지개색이면 음모도 무지개색이 되는 것이다. 몸의 털은 같은 색으로 난다. 머리카락은 끊임없이 자라지만 음모는 일정 길이만큼 자라면 더는 자라지 않는다. 음모의 평균 길이를 궁금해하는 청소년도 있다.

한 게시판에 이런 고민이 올라왔다.

'음모 길이가 좀 길어졌는데 원래 이렇게 되는 건가요? 난 참고로 여자고 15'

음모가 처음 날 땐 연한 색의 보송한 솜털 형태로 난다. 그래서 눈으로 보면 알아차리기 쉽지 않다. 솜털 같던 털이 점차 빠지면서 털 색이 진해지고 두께도 두껍게 난다. 길이는 대략 4~5cm 정도이지만 사람마다 차이가 난다. 음모가 날 때쯤엔 대체로 혼자 샤워하는 나이기에 아이가 얘기하지 않으면 아이 몸의 변화를 부모가 알 방도가 없다. 그렇기에 평소 아이에게 몸의 성장과 변화에 관해 미리 알려주고 준비된 마음으로 기다리는 분위기를 만드는 것이 좋다. 가정에서 그런 분위기가 만들어진다면 아이는 부끄러워하거나 망설이지 않고, 몸의 변화에 관해 양육자와 대화할 것이다. 앞의 게시판 고민으로 돌아가 보자. 질문 아래 답을 다는 이들의 의견이 분분하지만, 제대로 된 답은 찾아볼 수 없다. 답보다 질문에 적힌 숫자 '15'에 관한 내용이 많다. 한 답변자가 털이 15cm냐는 질문에 다른 답변자가 '15세 여자라는 말이겠지.'라고 답을 한다. 그러니 아래 이런 답이 또 달린다. '거기 털이 15cm면 땋고 다녀도 되겠네.' 궁금해서, 누구에게 물어봐야 할지 몰라서 혹은 누구에게든 묻기 부끄러워 자신의 신분이 드러나지 않는 익명으로 커뮤니티에 고민을 올렸는데 돌아오는 건 놀림과 비아냥이다. 이처럼 청소년은 몸의 작은 변화에도 고민한다. 하지만 고민을 마음 놓고 물어볼 곳이 마땅찮다. 만약 부모님이나 선생님, 양육자나 전문교육 기관에서 미리 교육을 받았다면 어땠을까? 몸의 변화에 관한 준비를 했더라면 걱정하고 고민할 필요도 없다. 혹 성에 관한 고민이나 궁금증이 있다면 누구에게, 어디에 물어보면 된다는 고민 해결을 위한 방법을 알려줬다면 어땠을까? 당연히 그곳, 그 사람에게 연락을 취했을 것이다. 고민을 올린 당사자는 결국 자신의 음모 길이에 관한 고민을 해결하지 못했다. 적어도 게시판 댓글로는 그랬다.

이런 상황은 시대와 세대를 초월한다. 내가 어릴 때도 몸의 변화를 누구에게 물어볼 수 없었다. 고등학생쯤 되어서야 정말 친한 친구 중 한 명이 어쩌다 신체에 관한 고민을 고백처럼 하면 "나도 나도"라는 말로 위안을 얻곤 했다. 그러곤 거기서 끝이었다. 다른 고민이나 생각을 나누거나 하지 않았다. 그런 이야길 꺼내면 '까진 애' '야한 얘기 좋아하는 애' 취급을 받았기에 입 밖으로 낼 생각도 못 했다. 나의 경험은 몇십 년 전이다. 그런데 이런 경험이 왜 지금도 이어지는 걸까? 왜 우리 사회는 아이에게 자신의 몸의 변화에 관한 정확하고 자세한 정보를 제공하지 않고 쉬쉬하는 걸까.

우리나라는 교육과정을 개정한다. 그 결과에 따라 교과서 내용도 달라진다. 초등 5, 6학년 학생에게 제공되는 교과서 중 '보건책'이 있다. 첫째 아이가 초등 5학년이 되었을 때 보건책의 존재를 알았다. 집에서 제대로 하지 못하는 성교육을 공교육에서 보건교과서로 정규 과정으로 다룬다 하니 안심이 됐다. 2015년에 만들어진 보건책은 2019년까지 활용했다. 그중 사춘기 신체 변화를 그림으로 표현해 놓은 페이지가 있다. 나체의 그림에 여자는 성장할수록 가슴과 음모, 키가 발달하는 과정을 단계별로 표현하고, 남자는 음경의 크기와 음모, 키의 성장을 각각 네 단계로 표현했다. 2020년 교과서 개정을 하며 그림에 변화가 생겼다. 성장을 하며 생기는 몸의 변화를 보여주기 위해 아무것도 입고 있지 않던 나체의 그림에 속옷이 입혀졌다. 속옷 안에서 어떤 성장의 변화가 생기고 있는지 학생은 알까? 물론 알 수 있다. 그림 옆에 텍스트로도 설명이 되어 있고, 자기 몸의 변화와 같은 과정을 겪겠구나 유추할 수도 있다. 그럼에도 그림으로 표현하는 게 필요한 이유는 글보다는 이미지가 주는 이해력이 높기 때문이다. 세심히 알려줘야 할 내용이 가려진 그림은 성교육이 과거로 회귀한 느낌마저 들게 했다. 교과서 내용에 왜 이런 수정이 생긴 걸까? 교육과정 개정 과정에서 교육부는 여러 단체의 의견을 수렴한다. 한 단체에서 보건책을 '포르노 같은 교과서'라며 교육부 앞에서 여러 날 시위하며 보건교과서 폐지를 요구했다. 그 영향으로 학생에게 정확한 정보를 제공해야 할 의무가 있는 보건책의 내용에 수정이 이루어진 것이다.

아이의 몸은 하루가 다르게 변화하고 성장한다. 자기 몸과 마음이 어떻게 변화하는지 제대로 알려주고 변화를 맞이할 준비를 시켜야 한다. 아무리 준비해도 막상 변하는 몸을 마주하면 당황스럽다. 그런데 준비마저 하지 않는다면 자연스럽고 일반적인 변화를 문제로, 이상이 생긴 것으로 인식할 수 있다. 아이는 건강하게 성장하는 자신을 불안한 마음으로 바라보지 않고, 변화를 알아차리고 체크하며 건강하게 잘 자라고 있음을 확신할 수 있어야 한다. 그러기 위해 공교육과 가정에서 성에 관한 바른 정보와 지식을 아이의 수준에 맞춰 제공하면 좋겠다. 아니, 제공해야 한다.

3

월경을 대하는 우리의 자세

"엄마, 오늘 학교에서…."

중 1학년이 된 첫째가 이야기를 시작하기 어려운지 한참 뜸을 들인다. 아이의 입에서 '학교에서'라는 단어가 시작되면 불안함이 몰려온다. 첫째이기에 경험하는 모든 것이 처음이다. 책으로, 선배 부모로부터 도움말을 듣기는 하지만 책과 그분들이 하는 말은 그들의 경험이고 그들이 이야기지 나의 이야기는 아니다. 그렇기에 그들이 알려주고 들려주는 말은 어디까지나 조언일 뿐 똑같이 한다고 똑같은 결과를 내진 못한다. 그래도 양육의 첫 단계가 경청이라는 진리와 같은 조언은 무시할 수 없으니 아이가 다음 말을 이을 때까지 보채지 않고 기다렸다.

"오늘 학교에서 생리가 샜어. 나도 몰랐는데 친구가 얘기해줘서 알았어."

이 말까지 했을 때 '다행이다.'라는 생각이 들었다. 하교해서 집으로 돌아오는 시간까지 알아차리지 못했으면, 집에 와서 충격이 더 컸으리라. 다행이라는 말을 건넸다. 그런데 아이의 말이 이어진다. "그래서 담임 선생님한테 가서 집에 잠시 다녀와도 되냐고 물어봤거든. 체육복도 없어서 옷 갈아입으려고." 아이 말을 들으며 속으로 '많이 컸네.' 싶었다. 워낙 소심한 아이라 당황스러움에 아무것도 못 하고 그냥 있을 거로 생각했는데, 담임 선생님께 도움을 청한 아이의 행동은 기대 이상이었다.

"그러게 와서 갈아입지 그랬어. 아니면 엄마한테 옷 좀 챙겨와 달라고 연락하지."

"만약 선생님이 안 된다고 하면 연락하려고 했지. 그런데… 선생님이 '그래서 나보고 어쩌라고.'라고 하셨어. 그래서 전화해도 되냐는 말도 못 물어봤어."

아이의 말을 듣는데 내 귀를 의심했다. '뭐라고? 그래서 나보고 어쩌라고?' 양육자의 입장은 주관적이다. 다시 생각해봤다. 내 아이가 뭘 잘못했나? 선생님이 그런 말을 할 수밖에 없는 말을 했을까? 다시 확인해봐도 집에 잠시 다녀와도 되냐는 말만 했다고 한다. 이 이야기를 하면 십중팔구 이런 말을 한다. "그러게, 남자는 이해를 못 해요. 그래서 남자 선생님에게 생리에 관해 말하는 게 참 그래." 그럼 나는 답한다. "여자 선생님이셨는데요." 나의 말을 들은 분들은 의아해하고 분개한다. 어떻게 여자 선생님이 그런 말을 아이에게 할 수 있냐며 분통을 터뜨린다.

월경, 다른 말로 생리. 평균적인 생리 주기는 28일에서 길면 35일 정도다. 생리를 달의 주기와 비슷하다고 해서 월경이라고 한다. 생리, 월경. 명칭에 얽매이지 않았으면 좋겠다. 명칭보다 중요한 건 내 몸에서 일어나는 자연적인 현상을 자연스럽고 일상적으로 받아들이고 표현하는 것이다. 여기서는 일상적으로 편하게 쓰는 명칭인 '생리'로 표현하겠다.

여자아이가 처음 생리(초경)를 하는 시기는 개인적인 차이는 있지만 대략 초등 5학년, 12세 전후가 대부분이다. 늦게 시작하는 경우 중학 2학년(15세) 정도까지 보기는 하나 그 이상의 나이가 됐음에도 생리 시작 징후가 보이지 않으면 산부인과 진료 보기를 권한다. 초경 징후는 질 분비물인 냉으로 알 수 있다. 이는 초경 이후 매월 생리를 시작하기 전 나타나는 징후이기도 하다. 냉은 자궁, 질에서 벗겨진 오래된 세포와 분비물들이 끈적한 액체 형태로 배출되는 것이다. 냉은 질을 약산성으로 유지해주며 질 내를 청결하게 한다. 외부 세균으로부터의 감염을 막고 배란기 수정을 돕는 역할도 한다. 그렇기에 배란일이 다가오면 끈적임이 더해지고 색이 탁하게 변하며 분비량이 증가한다. 초경을 할 때도 냉의 상태를 보며 준비할 수 있다. 가장 처음에 나오는 냉의 형태는 맑은 콧물처럼 끈적임도 덜하고 색도 투명에 가깝다. 그러다 끈적임이 더해지고 색이 조금씩 탁해지다가 갈색을 띠면 일 년 이내 초경을 시작한다.

초경의 교육과 준비에서 빼놓지 않고 해야 하는 것이 초경, 생리를 하는 이유와 시작하는 단계다. 생리 준비 교육을 떠올리면 생리대를 어떻게 교체하는지에 관한 것을 가장 중요하게 생각하는 사람이 많다. 물론 중요하다. 하지만 청소년 대상 성교육을 하러 가면 생리를 왜 하는지에 관한 질문이 빠지지 않고 나온다. 이는 생리하는 건 알겠는데 왜 하는지, 왜 해야 하는지에 관한 이해가 없기 때문이다. 생리 교육은 생리를 하는 이유, 시작하는 단계, 생리통, 생리대 종류, 사용법, 교체하는 방법, 배란일 계산법 등 알려줘야 할 것이 많다. 거기서 끝나지 않는다. 생리는 날짜와 시간을 예고하고 시작하는 게 아니기에 생리대가 항상 준비된 상황일 순 없다. 그럴 경우 친구에게 빌린다, 학교라면 보건실이나 화장실에 비치되어 있다, 혹 살 수 있는 상황이라면 편의점이나 마트, 약국 등에서 사면 된다 같은 대처 방안도 알려줘야 한다.

생리에 관한 부분은 남자아이에게도 알려줘야 한다. 함께 살아가는 세상이다. 나와 함께 살아가는 다른 사람에 관한 이해가 바탕이 되지 않으면 건강한 관계를 맺고 살아갈 수 없다. 남자아이에게도 여자가 생리를 하는 이유와 생리통에 관해 설명해 줘야 한다. 생리 전 징후로 호르몬으로 인한 감정적 변화도 겪을 수 있다는 설명도 필요하다. 하지만 여기까지만 설명하면 예상치 못한 상황이 발생하기도 한다.

초등 5학년 남자아이를 양육하고 있는 어머님이 성교육을 받고 아이에게 여성의 생리 전 정서·감정 변화에 관해 얘기를 했다고 한다. 같은 반 여자아이를 위한 배려의 필요성도 언급하셨다 한다. 그러고 얼마 후 아이는 엄마 때문에 문제가 생겼다고 했다. 같은 반 여자친구가 기분이 너무 안 좋아 보이기에 생리하는구나 싶어 "너 기분 안 좋아 보이네. 생리하냐?"라고 물어봤는데 여자친구가 그 자리에 엎드려 울음을 터뜨렸다는 것이다. 물론 남자아이는 나쁜 뜻으로 이야기한 건 아니다. 하지만 이야기를 들은 여자친구는 당황하고 부끄러울 수 있다. 교육한 어머님도 최선을 다해 교육했을 것이다. 하지만 아이는 양육자의 속마음에 있는 모든 것을 다 챙겨가지 않는다. 말로 표현한 것만 머리와 마음에 챙긴다. 그러니 이런 구체적인 말도 덧붙여야 한다.

"엄마가 지금 알려준 것처럼 여자는 한 달에 한 번 생리를 해. 생리를 시작할 땐 호르몬 변화 때문에 감정적 변화도 겪어. 모두가 그렇진 않지만, 누군가는 기분이 좋다가도 갑자기 짜증이 늘거나 기분이 안 좋아질 수 있어. 혹시나 같은 반 여자친구 중 그런 친구가 있다면 생리를 시작한 친구일 수 있으니 이해해 주면 좋겠어. 그리고 이런 사실을 알았다고 친구에게 가서 일부로 아는 척할 필요는 없어. 어떨 땐 알지만 모르는 척 넘어가 주는 게 최고의 배려거든."

이런 말까지 해야 하나 싶은 분도 있을 것이다. 해야 한다. 나의 마음과 다르게 혹여나 생길 수 있는 문제 상황까지 예시로 알려줘야 한다. 아이에게 이렇게 당부하면 "나도 그 정도는 알거든."이란 말을 하는 아이도 있다. 그럼 "우리 철수가 이해하고 배려 잘하는 거 알지. 그래도 혹시나 해서."라고 염려와 당부를 한 번 더 내비친다고 나쁠 건 없다.

우리나라는 2006년 3월부터 시행된 '생리공결제'라는 제도가 있다. 한 달에 하루, 생리로 힘든 날 결석을 인정해주는 제도다.

초등, 중등, 고등학교에 다 적용된다. 학교에 따라 진료확인서를 요구하기도 한다지만 담임 선생님께 전화나 문자만 해도 결석과 조퇴가 인정된다. 첫째의 생리 사건으로 돌아가 보자. 아이도 생리공결제에 관해 알고 있었다. 하지만 담임 선생님의 반응을 보고는 더는 말을 못 하고 다시 반으로 돌아갔다고 한다. 아이는 친구에게 체육복을 빌리고, 보건실에서 생리대를 받아 옷을 갈아입었다 한다. 하지만 집에 와서 씻는 순간까지 찝찝함과 상처받은 마음은 나아지지 않았다고 한다. 충분한 공감과 위로를 전하며 다음에 또 그런 상황이 생기면 어떻게 해야 할지 다시 이야기 나누었다. 마지막으로 친구에게 고마우니 옷 깨끗이 빨아서 작은 간식이라도 챙겨 건네자는 말로 마무리했다.

초경의 상황이 아니다. 생리를 일 년 이상 경험한 아이도 당황스럽게 만드는 게 생리다. 생리를 받아들이는 마음이야 당사자인 여자가 더 자연스럽다. 하지만 이번 사건으로 보듯이 생리를 하는 사람을 대하는 자세는 성별을 따지지 않는다. 여자의 몸을 타고났다면 당연히 하는 생리지만 그렇다고 여자가 더 잘 이해하고 공감하리라는 편견은 안 가지면 좋겠다. 사람이라면 당연히 하는 몸의 반응에 부끄러워하지 않고 당당하게 표현하는 것, 표현하는 걸 자연스럽게 받아들이는 것, 당연한 것을 당연하게 여기는 것이 중요하다. 아이에게 당연한 것을 쉬쉬하며 숨기지 말라고 알려줘야 한다. 당연한 것을 놀림과 웃음의 소재로 삼으면 안 된다는 것. 이해를 바탕으로 상대의 입장에 공감하는 배려는 건강한 관계 형성을 위한 자신의 책임이라는 것을 대화를 하며 알려주어야 한다. 그러려면 양육자의 인식부터 당연하고 당당하게 바뀌어야 한다.

4

발기와 몽정에 관한 동상이몽

세 자매 중 둘째 딸로 자랐다. 중학교도 고등학교도, 하물며 처음 대학도 여대를 나왔다. 초등학교는 남녀공학을 다녔으나 그땐 남자, 여자의 개념보다는 그냥 옆에 있는 아이였다. 이성에게 관심을 가지기 전의 남자는 아버지가 전부라 내가 아는 남자의 모습은 성장이 마무리된 완전체의 모습이다. 아이를 양육하기 전엔 대부분이 그럴 것이다. 물론 어린이집과 유치원, 학교 등 교육기관과 아이 돌봄 기관 관계자들은 다르다. 아이의 성장과 관련성이 없는 직업을 가진 사람은 나의 아이를 양육하기 전엔 아이가 커가는 과정을 미리 경험하기 어렵다. 그렇게 어른 남자만 보던 내가 남자인 아이를 낳았다.

처음 기저귀를 갈 때부터 나와는 다른 생식기를 어떻게 대해야 할지 몰랐다. 혹 내가 잘못 건드려서 문제가 생기는 건 아닐까 걱정도 됐다. 남자아이 양육에 관한 어떤 정보도 지식도 없는 상태에서 고민만 깊어졌다. 무조건 부딪힌다고 해결되진 않았다. 영유아기 땐 첫째 키운 경험치로 큰 어려움 없이 넘겼다. 고민은 그다음부터였다.

'2차 성징이 시작되면 어떻게 하지? 어떻게 달라지나? 아는 척을 해야 해? 아니면 알려줘야 해? 그냥 넘어가? 다른 사람들은 어떻게 하나?'

궁금증과 고민이 꼬리에 꼬리를 물고 이어졌다. 그 궁금증과 고민이 성교육 공부의 시작이 됐다. 연애도 많이 하고 사랑해서 결혼해 아이를 낳았으니 남자에 관해선 어느 정도 알고 있다 생각했다. 하지만 공부를 하면 할수록 난 정말 남자에 관해 아는 게 없었다. 나의 무지를 인정하고 나니 보이기 시작했다. 그중 남성 호르몬의 주성분인 테스토스테론으로 인한 정자 생성과 사정에 관한 건 신세계였다.

남자아이의 성장을 이야기할 땐 발기, 몽정, 포경수술을 빼놓을 수 없다. 아주 예전에야 "그게 뭐예요?" 하는 이성 양육자가 많았지만 이젠 대부분 알고 있다. 발기는 음경을 감싸고 있는 해면체에 혈류가 증가하면서 모세혈관이 팽창하며 크게 부풀어 음경이 꼿꼿하고 단단해지는 것이다. 발기가 되는 이유는 여러 가지가 있다. 그중 성욕이나 말초신경의 자극을 가장 큰 이유로 꼽는다. 하지만 이 이유는 일부에 지나지 않는다. '야한 것을 봐서' 혹은 '성적으로 자극되는 신체 접촉'으로 인한 발기는 일부라는 것이다. 남성호르몬이 왕성하게 분비되는 시기엔 자기도 모르게 발기되는 경우가 흔하게 일어난다. 교실에서 책상 사이를 지나가는데 음경이 책상에 스치는 경우가 있다. 공교롭게도 책상 높이가 딱 음경 위치와 맞아떨어진다. 그런 사소한 자극에도 발기는 일어난다. 수면 중에도 서너 번의 수면 발기가 일어나고, 아침에도 발기가 된 상태로 깨어나는 일은 너무도 자연스러운 현상이다.

몇 년 전 가족과 갔던 워터파크에서의 일이다. 한 무리의 남자 아이들이 풀을 건너다니며 재밌게 놀고 있었다. 아이들이 내가 있던 풀로 건너왔다. 한참을 놀다가 다른 풀로 가려는데 한 아이가 친구들에게 얘기한다.

"우리 저기 가자."

"그래. 가자."

"야, 잠깐만. 잠깐만 있다 가자."

"왜?"

"그러니까… 잠깐만 있다가 가자고. 아이씨."

"왜? 그거냐? 왜 지금 그래 가지고. 그냥 뛰어. 아무도 안 봐."

"그럼 너희들 먼저 가 있어. 조금 있다 갈게."

놀다가 갑자기 이게 무슨 대화일까 생각하다 '아하' 했다. 갑자기 발기된 것이었다. 발기가 됐는데 수영복을 입고 있으니 바로 움직일 수 없었던 것이다. 혼자 잠시 머물던 아이는 어느 순간 "됐다!"라며 신나게 뛰어갔다. 물놀이를 하는 동안에도 발기될 수 있다. 대단한 이유가 있는 게 아니라 일상생활을 하면서 나도 모르게 발기가 되는 상황, 내 아이에게도 당연히 생길 수 있다. 그러니 아이에게 발기는 대단히 자극적인 원인이 아니라도 일어날 수 있음을, 다양한 이유로 일어나는 자연스러운 몸의 반응이라는 것을 알려줘야 한다. 발기가 됐을 땐 음경에 집중하지 말고 그 순간에 할 수 있는 일상적 생각과 활동을 이어가면 해면체에 몰렸던 피가 빠져나가면서 발기도 가라앉는다는 '발기 시 어떻게 해야 하는지'까지 알려준다면 금상첨화다.

이런 발기 상황을 겪는 것만으로도 당황스러운데 나도 모르게 '사정'이 되는 경험을 한다면 더 당황스럽다. '사정'은 자신의 의지로 하는 인위적인 사정과 자신도 모르게 자면서 무의식중에 하는 '몽정', 일상적인 생활 도중 의지와 무관하게 사정되는 '유정'이 있다. 자신의 의지로 인위적인 자극을 통해 사정할 때인 자위를 제외하고, 몽정과 유정을 사전 지식이 없는 상태에서 경험한다면 이것만치 당황스러운 게 없다. 몽정과 유정도 초경처럼 알려줌으로써 받아들이고 대처하는 준비가 필요하다.

몽정도 초경처럼 축하가 필요하다. 이렇게 이야기하면 축하=이벤트로 생각하는 경우가 많다. 물론 축하의 목적으로 파티를 여는 것도 나쁘지 않다. 하지만 파티도 당사자인 아이가 원할 때 가능하다. 예전엔 몽정 파티를 해주는 부모가 아이의 마음을 더 잘 이해하는, 남자아이 성교육의 모범 답안처럼 인식되었다. 그럴 수 있다. 하지만 여기엔 전제가 있다. 아이가 원하는 것인가? 나도 아들을 키우며 고민했다. 몽정 파티를 해주고 싶은 마음도 강하게 느꼈다. 그런 마음을 가지고 초등 3학년이 된 아이에게 사정과 몽정, 유정을 설명해주며 파티 이야기를 꺼냈다.

"철수야, 우리 철수 첫 몽정 하면 엄마가 파티해 줄게."

"진짜? 파티? 생일 파티 말고 또 파티?"

"응. 해줄게."

"그럼 케이크도 먹어? 선물도 줘? 친구 초대해도 돼?"

생일이 아닌데 파티를 해준다는 말에, 선물과 친구를 초대해 놀 수 있다는 마음에 아이는 좋아했다.

"그럼 이 층 케이크 사줄게. 선물도 사줄게. 뭐 가지고 싶어? 친구도 초대해."

이날 이야기를 나눈 후 아이는 일 년이 지나 4학년이 되어도 몽정을 하지 않자 언제 하냐며 물어보기도 했다. 개인마다 차이는 있으나 대략 초등 6학년 전후로 한다고 하니 물음이 잠시 멈췄다. 그렇게 6학년이 되자 아이가 말한다.

"엄마, 나 몽정해도 파티 안 할래."

"왜? 엄마는 철수 첫 몽정 너무 축하해주고 싶은데. 몽정을 한다는 건 철수가 건강하게 잘 자라고 있다는 의미니 엄마는 축하해주고 싶은데… 그럼 어떻게 축하해줄까?"

"파티는?"

"안 해."

"케이크는?"

"케이크 말고 피자."

"선물은?"

"해줘."

"친구 초대는?"

"절대 안 돼."

이렇게 대화는 마무리됐다.

그럼 다음 단계는 무엇일까? 아이의 몽정 여부를 알아야 한다. 초등 6학년 전후로 몽정을 하기에 아이가 “나 몽정했어!”라고 아주 기쁘고 편하게 이야기할 나이는 아니다. 이럴 땐 양육자의 지혜가 필요하다. 알고는 싶은데 표시 내며 화려하게 알릴 수 없는 소식이라면 말은 하지 않되 알아차릴 방법을 마련해야 한다. 어떤 방법이 좋을까 곰곰이 생각하다 나의 생활 습관을 적용하기로 했다.

“철수야, 엄마가 철수 첫 몽정 축하해주려면 몽정을 했는지 알아야 하잖아? 철수가 알려주면 가장 좋겠지만 그러지 못할 수 있잖아. 그럴 때 엄마가 알아차릴 수 있는 방법을 찾았어. 엄마도 생리하면 예고 없이 생리 피가 나와서 팬티에 묻거든. 그럼 팬티를 손빨래해서 화장실에 걸어두거든. 그래서 한 번씩 화장실에 팬티가 젖은 채 걸려있었던 적 있잖아. 생리처럼 몽정도 예고 없이 찾아오니 몽정을 하면 팬티를 빨아서 화장실에 걸어놓을래? 그럼 엄마가 눈치챌게.”

방법이 나쁘지 않았나 보다. 알겠다고 말하고 일 년 후 어느 날 아침, 화장실에 아이의 팬티가 걸려있다. 건강하게 잘 크고 있구나 싶은 감사한 마음에 오후 일을 마치고 들어가는 길 아이가 원하는 것을 준비해서 들어갔다. 피자 한 판, 꽃다발 그리고 카드.

들어가 안아주며 건강하게 자라줘서 너무 고맙다고 말하며 가족이 다 모이면 피자에 초 꽂고 축하하자 이야기했다. 그랬더니 아이가 말한다.

"엄마랑 둘이 축하하면 안 돼?"

아이에게 가장 중요한 순간, 아이가 원하는 대로 하는 게 맞다. 아이와 둘이서 피자에 초 꽂고 축하 노래 부르고 꽃다발과 카드를 전했다. 선물은 주말 온 가족이 함께 나가 직접 골랐다. 이런 이벤트를 하면 가족의 반응은 각기 다르다. 옆에서 지켜보던 딸아이는 이런 이벤트는 우리 가족만 할 거라며 별나다는 반응을 보인다. 남편은 자기도 축하해주고 싶었다며 나를 부러워한다. 가장 중요한 당사자는 어땠을까?

"엄마, 나 엄청 기분 좋아. 그냥 기분 좋은 게 아니라 '내가 사랑받고 있구나' 하는 마음이 들어. 생일 축하받는 것과는 좀 다른 느낌이야. 완전 뿌듯해."

아이가 이런 말을 할 줄 몰랐다. 건강하게 커가는 아이의 성장 과정을, 한 사람의 생애를 함께할 수 있음이 너무나 감사하다. 그 감사한 마음이 전달된 것이리라.

아이에게 알려줘야 하는 건 지식만이 아니다. 자신이 존중받고 사랑받는 사람이라는 인식과 마음을 선사하는 것. 그것이 어른이자 보호자인 부모와 양육자가 해야 할 일이다. 성장 과정 중 하나로, 소소한 일로 넘어갈 수 있는 것을 어떤 마음으로 어떻게 대하는지에 따라 아이는 평생 가져갈 수 있는 감정을 하나 가지게 된다. 이후 아이는 몽정을 할 때마다 알려주진 않는다. 하지만 최근 이런 말을 한다.

"엄마, 난 몽정이 싫어."

"왜? 건강하게 잘 자라고 있는 몸의 반응인데 왜?"

"몽정하면 음경이 서 있는 거잖아. 그 상태로 몽정을 하니까 팬티 위가 젖어. 밴드가 축축해지니까 아침에 일어나면 찝찝해."

이후 나누는 대화는 그렇겠다는 공감과 생리할 때 잠자리의 불편함까지 함께 나눈다. 우리가 원하는 건 이런 대화를 자연스럽게 나눌 수 있는 자리와 기회다. 그러려면 아이 몸의 변화와 반응에 관해 제대로 알려주고 준비시켜 긍정적으로 받아들이게 해주는 과정이 필요하다. 거기다 대안까지 전한다면 아이는 고민스러울 때, 걱정될 때 자연적으로 부모를 찾을 것이다. 그러기 위해선 '나도 부모로서 이 정도까지 했어.' 하는 자기만족이 목적인 축하보다, 당사자인 아이가 원하는 방식과 표현 방법으로 축하를 건네는 존중이 우선 되어야 한다. 아이가 파티를 원하지 않는다면 "축하해주고 싶은데 왜 그래?"라는 반응보다 "그럼 어떤 방법으로 축하해주면 좋을까?"라며 존중을 기반으로 아이와 대안을 모색하는 것처럼 말이다. 아이가 정말 무엇도 원하지 않는다면 “건강하게 커줘서 고마워. 축하해. 사랑한다.”라는 말을 전하는 것만으로 충분하다.

5

자위를 대하는 센스, 아는 척하지 않는 배려

한 사람의 탄생부터 성장 과정 전반을 지켜보는 양육자는 아이가 커가면서 하지 않던 행동을 할 때 어떻게 해야 할지 고민스럽다. 자위는 그런 당황스럽고 고민스러운 여러 행동 중 상위를 차지한다. 아이들에게 '자위'가 무엇인지 물으면 뭐라고 답할까? 대부분 '자기를 위로하는 행위'라 말한다. 자위를 한자로 풀이한 의미다. 국어사전에 따르면 자위自慰는 '자기 마음을 스스로 위안함'이라고 나온다. 적힌 의미 그대로 풀이해 생각해보자. 자신의 어떤 마음을 위로한다는 걸까? 그전에 스스로 위로하는 것을 '자위'라고 하는 것에 동의하는가? 나는 반만 동의한다. 통상 '위로'는 괴로움이나 슬픔을 달래주는 것을 말한다. 내가 아는 자위는 괴롭거나 슬퍼서 하는 행위가 아니다. 성적 쾌락을 얻기 위한 목적도 분명 있다. '자위'는 성적 욕구를 느끼는 사람이 자기 신체를 스스로 자극하여 성적 쾌락을 얻는 행위의 명칭이다. 자극하는 신체 부위가 꼭 성기, 생식기로 국한되지도 않는다. 어린 아이만, 사춘기 청소년만 하는 행위도 아니다. 앞서 유아 자위에서도 말했지만 자위는 사람이 살아가는 과정에서, 특히 한참 성장하는 과정에 있는 아이가 자연스럽게 할 수 있는 행위다. 문제적 행동이 아니라는 것을 상기시키면 좋겠다. 다만 행위를 보이는 연령에 따라 대처 방식의 차이를 둘 필요는 있다.

초등 이상의 자위를 한번 생각해보자. 초등 3학년 남자아이의 어머님이 담임 선생님께 연락을 받았다. 아이가 다른 아이들이 보는데도 자꾸 옷 속으로 손을 넣어 음경을 만지는 경우가 몇 번 목격이 됐다고 한다. 그러면서 선생님은 이렇게 말을 했다.

"어머님, 철수 병원에 데려가서 치료를 좀 해야 할 것 같아요."

선생님 입장에선 당황스럽다. 다른 아이들이 보는 곳에서 음경을 만지고 있는 아이가 있다면 누구도 유쾌하지 않다. 선생님을 이해 못 하는 거 아니다. 하지만 자위행위는 치료로 고쳐지는 질병이 아니다. 예절을 배우고 행동 교정을 통해 습관화된 행위를 개선해 나가야 한다. 그러기 전 대화를 통해 자위에 관한 인식 변화가 우선 되어야 한다. 그럼 이렇게 선생님의 연락을 받은 부모는 어떻게 해야 할까? 아이를 앉혀놓고 취조하는 식의 물음은 안 된다.

우선 선생님께 들은 이야기를 사실 그대로 전하며 왜, 어떤 상황에서 그런 행동이 나오는지를 물어봐야 한다. 여기서 중요한 건 사실 그대로를 일상의 어조로 물어봐야 한다는 것이다.

"철수야, 선생님이 전화가 와서 철수가 친구들이 있는 곳에서 음경을 만지는 경우가 있다고 하셨어. 맞아?"

돌려 말하거나 야단치듯이 말하지 않고 사실을 전하면 아이는 받아들인다. 다음은 왜 그러는지, 어떤 상황에서 옷 속에 손이 들어가는 행위가 나오는지 물어봐야 한다. 초등 3학년이면 열 살이다. 열 살이면 충분히 대화할 수 있다. 철수는 발표를 한다든지, 무언가를 하기 위해 자신의 순서를 기다릴 때 드는 불안함에 음경에 손이 간다고 했다. 원인을 알았다고 "다음엔 그러지 마."라며 대화를 끝내선 안 된다. 예절을 알려주며 예절에 어긋나는 행동은 하면 안 된다고 말해야 한다. 다음으로 그렇게 불안할 때 어떻게 하면 좋을지 대안을 전해야 한다. "철수야, 불안해서 너도 모르게 그렇게 했던 거구나. 하지만 다른 사람과 함께 있을 때, 여러 사람이 함께 생활하는 장소에선 음경이나 엉덩이 같이 자신만 볼 수 있는 부분을 만지면 안 돼. 그게 생활 예절이야. 그렇다고 이제부터 안 하겠다 마음먹었다고 바로 고쳐지진 않을 거야. 다음에도 불안하면 손이 음경에 갈 수 있어. 그럴 땐 엄마가 이거 줄 테니까 얼른 손 빼고 이걸 가지고 놀아."라고 말하며 작은 손가락 장난감을 전해주면 좋겠다.

지금까지 아무렇지 않게 하던 행동을 부모님과 선생님의 입을 통해 듣는 순간, 아이는 자기 행동을 '잘못'으로 인식한다. 그러면 아이는 수치심과 죄책감을 가질 수 있다. 교육하며 가장 신경 써야 하는 부분이 이것이다. 모르고 한 행동을 '잘못된 것, 틀린 것', 문제로 만들어버리면 안 된다. 그렇기에 일상적인 어조와 표정으로 이야기해야 한다. 아이에게 지금처럼 하면 안 되는 이유와 예절을 알려주고 다음에도 같은 상황이 생기면 어떻게 해야 하는지에 관한 대안까지 전하는 것이다. 그리고 선생님께 전화해 아이와 대화했다는 것을 알리며, 금방 개선되진 않겠지만 가정에서 차근차근 교육할 테니 학교에서도 잘 부탁드린다는 말을 전해주면 좋겠다.

아이가 청소년기에 접어드는 시기가 되면 양육자는 자위 행동에 관해 고민하게 된다. 예전엔 부모의 센스 있는 행동 지침이 유행처럼 전해졌다. 사춘기 자녀가 자위를 시작할 나이가 되면 '아이 방에 두루마리 휴지를 넣어줘라.' '아니다, 휴지보다는 티슈가 낫다.' '아니다, 티슈는 생식기에 들러붙으니 물티슈를 넣어줘라.' '안 된다, 물티슈는 형광물질이 있으니 수건을 넣어줘라.' 어쩜 이리 세심한 부분까지 신경 써 지침이 바뀌는지. 그럼 그 수건은 누가 처리하는가? 부모들이 이렇게까지 고민하는 걸 아이는 알까? 두루마리 휴지든 티슈든 물티슈든 수건이든 다 좋다. 그런데 잠시 생각해보자. 아이 방에 이런 물건을 넣어주는 행동이 정말 센스 있는 부모의 행동일까? 만약 내가 아이라면 부모의 센스에 감사해하고 감동할까? 이런 행동은 아이와 성에 관해 자연스럽게 이야기하며, 함께 공부하고 준비했을 때 긍정적으로 받아들여진다. "네가 필요하다 싶은 게 있으면 말해. 쓱 넣어줄게."라고 말하며 아이의 동의를 받았을 때 가능한 행동이다. 성에 관해, 자위에 관해 어떠한 대화도 하지 않는 부모가 어느 날 내 방에 휴지를 떡하니 가져다 놓는다면 아이는 어떨까? 몰래 자위를 하는 아이라면 고민과 걱정에 이어 두려움까지 느낄 것이다. '혹 내가 하는 걸 봤나? 눈치를 챘나? 그럼 이제 어떡해야 하지?' 센스 있다는 건 굳이 아는 척하지 않아도 되는 거라면, 모르는 척해줘도 된다는 것을 의미한다.

아이의 자위행위에 관해 모르고 지나가는 부모가 더 많다. 그만큼 자위 예절을 잘 지키며 하는 아이가 많다는 이야기다. 그럴 땐 굳이 아는 척하지 않아도 된다. 쿨하고 센스 있는 부모가 되고 싶어 '우리도 다 알고 있어.'라는 의미의 행동을 굳이 하지 않아도 된다. '건강히 잘 크고 있구나.'라는 마음으로, 대견하고 고맙게 지켜봐 주면 된다. 내 만족을 위한 센스 있는 부모보다, 아이를 존중하며 아는 척하지 않는 배려를 보여주는 부모가 되면 좋겠다.

6

성교육이 필요 없다는 아이

아이가 초등 고학년이 되니 교과서도 제법 많아졌다. 그중 눈에 들어온 책이 '보건' 교과서다. 어떤 교육을 하나 펼쳐보니 건강, 가족, 성 등 다양한 내용을 다룬다. 특히 '성' 부분은 집에서 다루기 쉽지 않아 공교육에서 교육해주니 짐을 더는 듯 행복했다. 공교육, 그것도 의무교육인 초등학교에서 교과서까지 사용하며 하는 교육에 신뢰가 느껴졌다. 그런데 실상은 그렇지 않았다. 부모로서 성적보다는 삶을 살아가는 태도 형성에 공교육의 초점을 맞췄다. 다른 과목은 몰라도 보건 시간이 든 날이나 학교에서 보내오는 성, 도덕, 폭력에 관한 안내장은 꼭 챙겨보는 편이다. 보건 시간이 든 날이면 아이에게 물었다. "오늘 뭐 배웠어?" "몰라." "오늘 보건 시간 있었잖아. 그 시간에 보건 선생님이 어떤 거 교육해주셨어?" "그냥… 기억 안 나." 이런 대화가 일상이었다. 그래도 '보건 선생님이 주제에 맞는 수업은 해주셨을 것이니 양호하다 해야 하나?' 생각하게 된 계기도 있다.

첫째 아이가 중학생 때 일이다. 외부 강사가 반별로 들어가 성교육을 하는데, 성교육은 하지 않고 자신의 이야기만 옹골차게 한 시간을 하고 갔다 한다. 외부 강사가 온다는 말에 나름 기대했는데 성교육과는 전혀 관련 없는 이야기를 하고 갔다니. 기가 찰 노릇이었다. 우리 집 아이만 이렇게 보건 시간에 회의적인가 싶어 지인의 아이를 만나거나 성교육을 위해 아이를 만나면 꼭 물어본다. "최근 학교에서 어떤 성교육을 받았나요?" 그럼 열에 여덟아홉은 "기억나지 않아요."라는 답을 한다. 왜 기억나지 않을까?

여성가족부가 2019년 2월에 초등 4학년부터 고등 청소년 16,500명을 대상으로 '성교육이 도움 되지 않는 이유'를 조사했다. 그 결과 1, 2위가 학년별 성교육 내용이 별로 다르지 않다(34.1%), 교재가 재미없다(18.2%)로 나타났다. 다른 답변으로 성교육 교사가 전문적이지 않다(9%), 성교육 시간이 부족하다(7.2%)는 답도 있었다. 성교육은 연령과 수준에 맞춰 차별화되어야 한다.

공교육 상황상 그럴 수 없다는 것을 이해한다. 그렇더라도 적어도 연령에 따라 아이들이 현실에서 갖는 성에 관한 궁금증과 고민, 걱정은 해소되어야 한다. 조사에 답한 학생의 답변 중 '학년별 성교육 내용이 별로 다르지 않다'는 것은 충격이다. 물론 다르지 않아야 하는 건 있다. 성교육의 기반이라 할 수 있는 존재 자체로 존중받아야 한다는 것과 성을 건강하게 바라보고, 성별에 따른 차이를 차별해선 안 되는 등의 핵심 가치는 학년이 달라도, 성인이 되어도 같은 결로 가야 한다. 하지만 조사 문항의 응답인 '별로 다르지 않다'는 말이 의미하는 것은 저학년 아이들에게 교육하는 것과 고학년 이상의 청소년에게 하는 교육, 초등학생에게 교육하는 내용과 중고등학생에게 교육하는 내용이 다르지 않음을 의미한다. 학생의 답을 그냥 흘려보내면 안 된다. 학교에서 어떤 내용의 성교육이 이루어지는지 부모와 양육자, 어른으로서 관심 가져야 한다.

이러한 이유로 성교육 시간이라 하면 으레 노는 시간, 자는 시간으로 생각해 시작부터 참여하지 않는 학생을 종종 보게 된다. 청소년수련관으로 성교육을 간 적이 있다. 초등 고학년 여학생들만 모인 반에 들어가 성교육을 시작하려 하니 한 여학생이 이런 말을 한다. "엎드려 있어도 돼요?" 교육을 시작도 하기 전에 이런 말을 하니 아이가 아픈지 걱정이 됐다. 아파서 그러냐는 말에 아이는 "아니요. 저 다 알아요. 다 아는 거 하실 거잖아요."라고 답했다. 얼마나 많은 성교육 수업에서 같은 내용을 반복했는지, 아이가 성장하면서 가지는 성에 관한 궁금증과 고민을 해소해 주는 교육을 하지 않았음이 예상됐다. 자신이 다 알고 있다고 자부하는 아이는 한둘이 아니다. 한 중학교에선 남학생이 벌떡 일어나더니 "선생님이 아는 것보다 제가 아는 게 더 많을걸요."라는 말을 하기도 했다. 그럼 아이들은 말대로 정말 다 알고 있는 걸까? 도대체 뭘 다 알고 있는 걸까?

2018년 한국여성정책연구원에서 중학생을 중심으로 '청소년 성교육 수요조사 연구'를 했다. 조사 중 성에 관해 어느 정도 아는지에 관해 묻는 질문에 여학생은 10점 만점에 7.26점, 남학생은 7.28점 정도로 자신의 성지식 수치를 적었다. 이후 성에 대한 지식을 질문하고 답을 들으며 측정했더니, 여학생은 4.29점, 남학생은 3.16점으로 자신이 말한 점수의 반 정도 수준으로 나타났다. 다 안다고 생각하지만 정작 알아야 하는 것을 모르는 상태로 나타났다.

성교육은 몸의 구조와 기능, 남녀의 차이를 아는 것이 다가 아니다. 사춘기에 들어 맞닥뜨리는 몸의 변화와 성관계를 통한 임신과 출생만을 말하지 않는다. 건강과 권리, 책임과 의무, 존중을 바탕으로 관계를 통해 살아가는 데 필요한 것을 배우고 익히는 교육이다. 성교육은 사람이 태어나 죽음을 맞을 때까지 자신의 몸과 마음을 건강하게 관리하고 행복하게 살아가기 위해 필요한 것을 배우는 과정이다. 아이들이 '알고 있다'는 것은 일부에 불과하다. 그런데 그 일부도 아이의 호기심을 부추길 수 있다는 걱정에 제대로 알려주지 않는다. 그럼 아이는 무엇이 궁금할까? 같은 조사에서 성에 대한 정보나 관심사에 관해 물어보니 사랑과 연애, 성관계, 성평등, 페미니즘, 남녀의 성 심리, 남녀의 생물학적 차이, 데이트폭력, 성폭력 등이 궁금하다 이야기한다. 아이는 자신이 살아가면서 듣고 느끼는 것에 관해 알고 싶고 이야기 나누고 싶어 한다. 충분히 궁금할 나이다. 궁금해야 하는 나이다. 아이가 궁금해하는 것, 성장 과정에서 겪고 경험하는 것에 관해 교육하고 나누어야 한다. 그렇게 소통하고 나누는 과정을 통해 성 윤리와 성 가치관이 형성된다.

"나 다 알아요."라는 말에 담긴 의미를 파악하자. 자신이 알고 있는 것을 전부로 알고 있는 건 아닌지, 물어본다고 해도 알려주지 않을 것이라는 의미가 내포된 것은 아닌지, 정말 필요한 현실적인 성교육이 아닌 구태의연한 시간 때우기 형식의 성교육을 받을 것이라고 생각하는 것은 아닌지, 아이의 말에 숨은 의미를 파악해야 한다. 의미를 파악했으면 바꿔가야 한다. 성교육은 생물학적인 성과 성관계만 말하는 게 아니라는 것을 알려줘야 한다. 다른 사람에게 피해가 되지 않는 질문이라면 충분히 답해 줄 수 있다는 열린 마음이면 더없이 좋겠다. 형식적인 성교육이 아니라 아이의 연령과 수준에 맞는, 현실적으로 도움 되는 성교육으로 진행해야 한다. 그렇게 진심을 가지고 아이에게 다가간다면 아이도 마음 열고 다가올 것이다. 너무 열린 마음에 의욕이 앞서 아이가 받아들일 수 없는 부분까지 교육할 필요는 없다. 아이들이 궁금해하고 꼭 알려줘야 하는 부분까지만 교육해도 충분히 훌륭하다.

부모의 고민 중에 이런 것이 있다. "아이가 이제 중학교에 들어가요. 그럼 다 알려줘야 하는 거죠? 그런데 어디까지 알려줘야 할지." 아이들은 똑같은 관심사와 이해 수준으로 자라지 않는다. 몇 살에는 어디까지 알면 좋다는 지침이 있을 순 있으나 모든 아이에게 똑같이 적용되진 않는다. 내 아이 혹은 내가 만나는 아이의 수준에 맞춰 교육해야 한다. 고등학교에 진학하는 아이라 하더라도 성관계에 관해 모를 수 있다. 그럼 그 아이에겐 성관계에 관한 지식을 바로 알려주기보다는 간단하게라도 사랑의 의미와 사랑을 느끼는 사람과의 관계에 관해 짚어주는 게 우선 되어야 한다. 나이에 따른 수준이 있는 게 아니라 아이가 알고 받아들일 수 있는 수준에 따라 교육이 달라져야 한다. 아이에게 도움 되는 성교육을 하는 부모, 양육자, 어른이 되고 싶다면 아이의 성적 질문과 고민을 해소해 주는 현실에 충실한 것도 중요하지만, 이후의 과정에 관해 알아가고 공부하는 자세를 가지면 더할 나위 없겠다는 말을 전한다.

아이는 지금의 나이로 계속 살아가지 않는다. 미취학 아동이 초등생이 될 것이고, 초등생이 어느 순간 고등학생이 될 것이다. 아이는 매일 성장하고 다양한 사람을 만날 것이기에 언제 어느 순간 어떤 고민과 궁금증을 가지고 다가올지 모른다. 아이가 흥미 있어 하는 것에 관심을 기울이고, 아이가 만나는 사람에 관해 관심 가지기를 바란다. 아이의 건강한 가치관 형성을 위해 일상에서 나누는 대화를 어떻게 하면 자연스럽고 편안하게 나눌지 고민하는 시간을 가지기를 바란다. 그래야 아이가 자신의 기준으로 '다 안다'고 벽을 만들지 않고 사소한 고민도 물어올 것이다.

3장

청소년이 사는 세상

"요즘 아이들은…"

'요즘 아이들'의 의미가 좋은 의미, 정감 있는 어투로 사용되진 않는다. 부정적 시선으로 예전 아이와 지금의 아이를 비교하면 좋은 건 떠오르지 않는다. 요즘 아이의 생활을 나의 학창 시절과 비교하면 혀가 내둘러질 정도다. 하루 안에 다 소화하는 게 가능할까 싶을 정도의 일정을 소화한다. 아이를 위해 그렇다고 하지만 일정의 대부분은 성적과 교육에 할애된다. 그렇다면 예전 아이의 학창 시절은 한가하고 여유로웠나? 돌아보면 그렇지도 않다. 다시 고3으로 돌아가면 어떻겠냐는 질문을 하면 나야 너무 재미있게 보냈기에 다시 돌아가고 싶지만 돌아가지 않겠다는 사람이 제법이다. 그럼에도 지금의 아이 생활보다 낫다고 생각하는 이유는, 그래도 그때는 대학을 졸업하면 직업과 직장을 구하기 어렵지 않았기 때문이다. 지금의 아이처럼 그 시절을 치열하게 살았다면 현재 나의 위치와 역할이 바뀌어 있을 확률이 높다. 이런 생활의 변화가 아이를, 청소년을 예전의 청소년과 완전 다른 존재로 만들어버린 걸까? 내가 청소년일 때도 어른들은 "요즘 애들이란" "요즘 애들은"이라고 우리를 지칭했으니 생활의 변화가 그 원인이라 말하긴 힘들다.

'요즘 애들'은 어떤 세대에도 있었다. 세대가 달라지는데 당연하지 않겠는가. 요즘 아이를 이해하기 위해선 예전 아이와 비교하는 것도 필요하겠지만, 요즘 아이의 변한 세상을 알아보고 이해하는 시선도 필요하다. 무턱대고 예전 아이가 낫다, 옳다고 하기엔 두 세상이 비교 불가할 정도로 빠르고 다르게 변하고 있다. 음식점에서 사람이 하던 주문과 음식 서빙을 키오스크와 서빙 로봇이 차지하고 있는 것처럼 말이다. 요즘 아이가 사는 세상은 나의 어릴 때 세상과 다르다. 다르다는 것을 인정하자. 어떻게 달라지고 변화했는지 바라보고 알아보려는 마음을 가지자. 우리 아이가 사는 '요즘 세상'을 이해해 보자.

1

난 특별하고 달라. 하지만 튀는 건 싫어

나는 시골에 산다. 시내에서 벗어난 변두리에 살기에 거주하는 구역을 벗어나면 논밭 뷰가 펼쳐진다. 유아를 키우긴 더없이 좋은 환경이지만 아이 공부와 교육 비중에 신경을 써야 하는 나이가 되면 대부분 교육환경을 생각해 이사를 간다. 공교육 기관인 학교에서도 아이 공부 환경을 생각한다면 이사 가라는 선생님이 있을 정도다. 사교육을 받으려 해도 다양한 학원 환경이 잘 갖춰져 있지 않다. 먼 곳에 있는 학원을 다니려 해도 대중교통이 잘 갖춰져 있지 않아 힘들다. 대학 입시전형에 있는 '농어촌 특별전형' 지역에 해당한다는 말을 하면 "그런 자격은 어떤 사람이 가지나 싶었는데, 있구나."라는 말을 듣는 환경이다. 아이를 키우다 보면 아이에게 좋은 자극이 될 환경을 제공하고 싶다. 그런 이유로 지인도 아이가 초등 6학년이 될 때 이사를 갔다. 한참 예민할 시기지만 중학교 진학을 위해 초등학교 졸업 전에 가는 게 나을 거라는 판단이었다. 활발한 성격을 가진 아이라 어딜 가나 잘 적응하고 지낼 거로 생각했다.

초등 6학년 여학생, 사춘기 절정에 들어서는 시기다. 아이의 좋은 성격만으로 다 괜찮지는 않았다. 이 시기 아이들은 친한 무리를 형성해 생활하게 된다. 물론 친한 무리를 짓지 않고 독자노선을 걷는 아이도 있다. 혼자의 시간도 즐기되 함께해야 할 땐 거리낌 없이 다가가는 아이도 있다. 성격과 성향에 따라 다른 생활을 하지만 아이가 두려워하는 건 있다. 자신의 의지로 무리에 들지 않는 건 괜찮다. 하지만 무리에서 배제되는 건, 거부당하는 느낌을 받는 건 두려워한다. 누군가에게 거부당하는 느낌을 좋아하는 사람은 없다. 어른도 힘든 거부, 거절이 아이가 괜찮을 리 없다. 청소년기, 사춘기에 들어서는 아이가 두려워하는 건 환영받지 못하고, 소속되지 못하는 것이다. 청소년기 아이에겐 소속감이 중요하다. 소속감, 같은 공동체에 소속되어 있다고 느끼기 위해 아이는 완전 똑같진 않지만 비슷한 결을 내비친다. 거리에 지나가는 청소년을 보면 이런 특징을 대번에 알아볼 수 있다. 초등학교 졸업 후 중학교에 입학하면 사복이 아닌 교복을 입는다. 같은 색과 같은 모양의 교복, 분명 똑같은 디자인 교복이지만 아이마다 각기 다른 자신만의 스타일링을 한다. 교복 치마를 아주 짧은 길이로 수선하기도 하고, 바지를 꽉 낄 정도로 줄이기도 한다. 복숭아뼈 아래로 내려가는 바지 길이는 질색하기도 하고, 셔츠 단추가 떨어질 정도로 타이트한 사이즈를 선호하기도 한다. 두세 치수 큰 사이즈를 입어 아예 몸매를 드러내지 않기도 한다. 왜 이렇게 할까?

청소년기 특징 중 하나인 '상상 속의 청중'에서 이유를 찾을 수 있다. 청소년의 자기중심적 사고로 자신을 무대 위의 주인공으로 생각해 다른 사람들이 자신의 외모와 행동을 주시한다고 생각하는 것이다. 이런 생각은 '난 너희와 달라.' '난 특별해.'와 같은 생각으로도 표현된다. 같은 공간에서 같은 시간을 보내고 교복처럼 같은 옷을 입어야 하지만, 난 다르고 특별하기에 같은 옷이라도 나만의 스타일로 다르게 연출하는 것이다.

"엄마, 이상하지?"
"안 이상한데."
"좀, 너무 짧지?"
"조금 짧나? 자르기 전과 비슷한 것 같은데."
"저번보다 훨씬 짧아졌잖아. 애들이 뭐라 그러면 어떡해."

이런 대화를 자주 하는 상대는 아들이다. 딸은 일 년에 두 번 빗질하는 아이다 보니 머리 스타일에 그다지 관심이 없다. 아들은 초등 고학년까진 머리카락 자르러 가자고 애원할 정도로 정리를 안 하고 덥수룩하게 다니더니, 어느 순간부턴 조금만 길어 내려와도 참지 못하고 미용실 가야 한다며 닦달을 한다. 아이가 이렇게 머리 스타일이 이상하지 않냐고 물어보면 나름 찬찬히 관찰한다. 내 눈으론 아무리 찾아봐도 차이를 찾지 못하겠는데 뭐가 짧다고 하는지 도통 모르겠다. 내 마음 같아서는 더 짧게 자르라고 말하고 싶지만, 아이 머리 스타일을 내 마음대로 할 수 있는 나이는 지났다. 성심성의껏 답을 해준다. "하나도 안 짧아. 괜찮은데." 이런 말을 하면 아이는 이렇게 답한다. "이상하잖아. 그치." 답을 듣기는 하는 건지, 괜찮다고 해도 괜찮지 않다고 말할 거면 왜 물어보는 건지 짜증이 나지만 그냥 그러려니 한다. '답정너' 답은 정해져 있고 너는 대답만 하면 된다는 말이다.

아이는 답을 정해놨다. 옆에서 어떤 말을 해도 자신이 이상하면 이상한 거다. 그럴 시기다. 그러니 마음 상하지 말고 차분히 들어주고 반응해주면 된다. 하지만 부모도 사람인지라 이렇게 맞받아칠 때도 있다. "내 말을 듣지도 않을 거면서 왜 물어봐?" 이런 답정너의 대화가 길어지면 진심 이런 말도 해주고 싶다.

"친구들은 네가 머리카락 자른 것도 눈치 못 챌 거야. 사람은 타인에게 그렇게 관심을 많이 두지 않거든."

말하고 싶어도 참아야 한다. 아이는 부모를 짜증 나게 하려는 게 아니라 어색해서, 원하는 대로 되지 않아 그러는 것이니 말이다. 친구에게 이상하다는 말을 들으면 어떡하나 걱정하는 것도 사춘기 특징 중 하나다. 아이는 자신은 다른 아이와 다르고 특별하다고 생각하는 반면 튀는 건 싫어한다. 무리에서 튀는 행동, 튀는 차림을 해 다른 아이의 입방아에 오르내리는 걸 원치 않는다.

특별하고 다르면서 튀는 건 안 된다. '특별한 게 튀는 거 아닌가?'라고 생각할 수 있다. 비슷하고 같아 보여 차이를 이해할 수 없겠지만, 이해해야 한다. 특별하다고 해도 너무 튀어 친구들과 함께하기 힘들 정도까지의 모습은 아니길 바라는 게 아이의 마음이다. 어느 장단에 춤을 춰야 할지 모르겠다면 아이의 마음 컨디션에 맞춰야 한다. 아이가 머리 스타일에 관해 반복적으로 "이상하지 않아?"라고 물어본다면 반복적으로 "어색해서 그런 거야. 잘 어울려, 괜찮아."라는 긍정적인 말을 들려줘야 한다. 아이는 안 듣는 듯하면서도 부모가 끊임없이 들려주는 긍정의 언어에 안심한다. 다른 상황에서도 마찬가지다. 아이가 고민하는 것이 아무리 하찮아 보여도 무시하는 반응을 보이면 안 된다. 아이는 심각하다. 그럴 땐 공감하며 들어주고 긍정의 언어로 반응해 줘야 한다. 그래야 아이가 사회에서 상처받아 패인 마음을 치유할 긍정의 힘을 축적할 수 있다. 아이는 사회생활을 하면서 끊임없이 상처를 받는다. 그 상처를 치유하는 건 자신을 긍정하는 마음과 힘이다. 부모의 긍정 표현이 아이에게 '난 참 괜찮은 사람이야.' '언제나 내 편은 있어.'와 같은 긍정 기운이 된다. 그러니 아이에게 끊임없이 긍정 주문을 걸어주자.

자신의 청소년기 모습을 생각해보자. 우리 부모님도 지금의 우리와 같은 마음 아니었을까? 무슨 생각을 하는지, 왜 저리 사소한 것에 마음이 상하는지, 걱정하고 고민하지 않아도 될 만한 것에 왜 세상이 무너져라 마음 쓰는 것인지 이해되지 않았을 것이다. 이런 마음을 그대로 표현하는 부모님이나 어른의 반응에 마음 상한 경험 한 번씩 있을 것이다. 아이의 세상은 넓지 않다. 만나는 사람과 경험하는 범위가 어른보다 좁다. 그 좁은 세상에서 생기는 문제와 고민은 바깥세상에서 보면 별거 아닐 수 있겠으나 아이에겐 세상 전부를 흔드는 크기와 강도다. 그러니 받아들이는 경중이 다름을 이해하고 반응해주면 좋겠다. 나에게 큰 고민과 걱정을 별거 아닌 듯 무시하며 반응하던 어른의 모습에 마음 상했던 그때 나의 모습과 마음을 아이에게 대물림하지 말자.

2

'아니' '없어'라는 말은 부정이 아니야

"날 추워. 잠바 입어."

"아니."

"오늘 저녁, 나가서 먹으려 하는데 뭐 먹고 싶은 거 있어?"

"아니. 없는데. 아무거나."

"가는 길이 좀 멀어. 화장실 미리 다녀올래?"

"아니."

사춘기에 접어든 둘째와 대화 80% 이상이 이렇게 이어진다. 긴 문장으로 대화하지 않는다. '아니' '없는데' '아무거나' '됐어' 이 네 마디면 모든 대화가 가능하다. 아이마다 성향이 있기에 안 그런 아이도 많다. 어떤 어머님은 청소년기, 사춘기에 접어들면 자기 방에 들어가 나오지 않는 아이들이 태반이라 하는데 왜 자기 애는 말수가 줄어들 기미가 보이지 않냐는 상담을 하기도 한다. 나에겐 기분 좋은, 자랑 같은 투정으로 보인다. 아이에게 부모님이 잘 들어주는 사람이라는 인식이 있어 그렇게 끊임없이 이야기하는 것이니 뿌듯해하면 좋겠다는 말을 건넨다.

아이의 성향마다 다르다고는 하나 첫째도 이런 시기를 겪고 넘어갔다. 첫째는 대답 대신 뚱하게 있는 것이 추가됐다. 거기다 첫째는 나의 첫 사춘기 자녀였으니, 나도 아이도 이리저리 부딪혀 서로의 마음이 멍들기 일쑤였다. 첫째를 겪고 나니 뚱하게 있는 반응 하나가 줄어든 둘째의 사춘기는 수월하게 받아들여진다. 그럼에도 질문과 당부, 부탁에 부정적인 답만 돌아오니 답답하긴 하다. 답답한 마음에 첫째에게 푸념을 했다. "아니, 쟤는 왜 계속 '아니'라고만 할까?" 나의 푸념에 첫째가 이런 말을 한다.

"엄마, 엄마가 철수한테 질문 몇 개나 한 줄 알아?"

"두 개?"

"아니. 더 많이 했어. 밥 안 먹는다잖아. 지금 먹고 싶지 않나 보지. 그런데 또 뭘 먹고 싶냐고 물으면 어떡해."

"밥 말고 다른 게 먹고 싶은 게 있나 싶어 그랬지."

"그냥 쟤는 지금 아무것도 안 먹고 싶은 거야. 배가 안 고픈 거겠지. 그럼 그만 물어봐. 계속 물어보니까 짜증 나서 더 저러는 거잖아. 먹고 싶으면 얘기하겠지."

"엄마는 걱정돼서 그러지. 그런데 자꾸 아니라고만 하니까 나도 짜증 나고."

"엄마, 내가 저 나이 지나봐서 아는데 저 때는 좋아도 '아니' 싫어도 '아니'라고 할 때야. 그냥 다 싫거든."

첫째의 말에 머리를 띵 맞는 기분이었다. 걱정과 염려가 되어, 더 잘 챙겨주고 싶은 마음에 아이가 싫다고 괜찮다고 해도 내가 원하는 답을 얻길 바라며 묻고 또 물었다. 첫째 말대로 그만 물어야 했다. 아이가 먹고 싶을 때, 아이가 춥다고 할 때를 기다려야 했다. 당장은 필요치 않아도 필요할 때 챙겨주고 건네주면 되는 거였다. 나의 염려와 마음을 전하는 거로 끝냈어야 했다. 딱 거기까지, 한 번으로 끝내야 했다. 첫째의 답을 듣고는 나의 욕심을 알아차렸다. 이후 나의 질문은 딱 한 번으로 끝난다. 나의 염려와 걱정을 넣어 질문이라기보다는 당부의 말을 건넨다. 이런 식이다. "오늘 바람이 많이 불어. 감기 걸리지 않게 조금 도톰한 잠바를 입고 가는 게 좋을 것 같아." 내 말을 듣고 도톰한 잠바를 챙겨 입고 가면 땡큐, 아니면 어쩔 수 없다. 그날도 말을 들은 체 만 체

그냥 나갔는데 자기가 생각했던 것보다 더 추웠나 보다. 들어오며 이런 말을 한다. "엄마 말대로 바람 겁나 불어. 내일은 잠바 입고 가야겠다." 이 반응을 보면서 귀엽기도 하고, '왜 아이들은 꼭 경험해야만 알까? 그냥 좀 들으면 안 되나?' 하는 마음도 든다. '그러게 엄마 말 듣지.'라는 말이 목구멍까지 올라왔으나 삼켰다. 대신 "그래, 이젠 제법 쌀쌀해졌어. 귀찮겠지만 잠바 챙겨 다니면 좋겠어."라는 말을 전한다.

부모의 잔소리에는 아이를 걱정하는 마음이 담긴다. 그럼 걱정되고 염려되는 마음을 그대로 전하면 좋겠다. 감기 안 걸리고 건강했으면 좋겠다는 마음. 다치지 않으면 좋겠다는 마음을 그대로 표현하면 좋겠다. 그런 마음을 다 숨겨두고 "엄마 말대로 입고 갔으면 안 추웠잖아." "비탈길에선 뛰지 말라고 했지."와 같은 말을 한다. 이런 말은 아이에게 책임을 묻고 탓을 돌리는 것밖에 안 된다.

첫째의 말 "저 때는 좋아도 '아니' 싫어도 '아니'라고 할 때야!"라는 말을 곰곰이 생각해 본다. 왜 아니, 싫다는 말을 달고 살까? 진심으로 싫어서 그럴까? 한 번씩은 장난치듯이 아니라고 하는 걸 보면 그런 건 아닌 것 같은데. 그냥 그럴 때라고 무조건 이해만 요구하는 건 친절하지 않다. 그래서 또 찾아보고 공부해본다. 그러다 알게 된 단어, '정체성'. 국어사전에서 '정체성'이란 변하지 아니하는 존재의 본질을 깨닫는 성질 또는 그 성질을 가진 독립적 존재라고 설명하고 있다. 네이버 지식백과에서는 어린이가 부모나 가족으로부터 차별화되고 사회에서 취득하는 과정을 발전시키게 되는 '자아'의 의미로 설명한다. '존재의 본질' '그 성질을 가진 독립적 존재' '자아', 말 그대로 주관적 경험을 통해 자신을 찾아가는 것이다. 신프로이트주의 이론가인 에릭 에릭슨Erik Erikson은 사춘기에 정체성의 위기가 온다고 주장했다. 사춘기는 진정한 자신을 찾아가며 혼란을 겪는 시기라는 것이다. 사춘기는 견디고 넘어가길 기다리는 시기가 아니다. 많은 경험을 하고 그 경험에서 느낀 것을 통해 가치관을 형성해야 한다. 그렇게 배우고 얻은 가치로 자신의 정체성이 만들어진다.

아이의 정체성은 자신이 '어떤 성향을 지닌 사람'인지, '어떤 능력을 가진 사람'인지, 만나는 사람들 사이에서 '어떤 역할을 할 수 있는 사람'인지, '어떤 평가와 인정을 받는 사람'인지 알아가는 과정을 통해 '나는 이런 사람'으로 규정된다. 그 과정에서 아이는 긍정만이 아닌 부정과 거절을 통해 관계 속 자기의 역할과 자리를 찾는다. 아니라고 말했을 때 상대가 어떤 반응을 하는지를 가늠

하고, 상대에게 거절과 부정을 어떻게 표현해야 하는지 배우고 연습하며 성장한다. 그러니 정체성을 찾아가는 아이의 '아니'라는 한마디에 기분 상했다고 나의 감정을 아이에게 그대로 토로하지 않으면 좋겠다. 아이가 '아니, 싫어, 됐어'라는 말로 대화의 시작과 끝을 맺는다면 '아이가 성장하고 있구나.'라는 생각을 가지고 예쁘게 봐주면 좋겠다. 아이의 부정적인 답은 부모를 부정하는 게 아니라 자신의 의견을 표현하고, 부정적인 자신의 의견도 받아주는 사람이 있음을 확인하는 것이기 때문이다. 아이의 부정은 부정이 아님을, 부정을 부정으로 받아들이지 않길 바란다. 거절과 부정을 통해 자신의 존재를 인지하고 확인하는 아이를, 자신이 어떤 사람인지 정체성을 확립해가는 아이의 성장 과정을 인내심 가지고 기대하며 지켜봐 주길 바란다.

3

음경 평균 길이가 얼마인지 물어볼 수 있잖아

부모, 양육자는 아이가 성을 어떻게 바라보기를 바라는가? 거의 매일 아이의 성 관련 사건·사고가 매스컴을 통해 들린다. 그런 사건의 댓글을 보면 "시대도 바뀌었으니 제대로 된 성교육을 해야 합니다."라는 의미의 글이 도배를 한다. 제대로 된 성교육이 필요하다는 말은 아직 제대로 된 성교육이 안 되고 있다는 말이다. 그럼 제대로 된 성교육은 뭘까? 아이와 어른이 생각하는 필요 성교육 기준과 관점엔 차이가 난다. 한 아이가 이런 질문을 한다. "한국 남자들요, 남자 고추 평균 길이가 얼마나 돼요?" 이런 질문을 받았다 하면 대번에 이렇게 묻는다. "몇 학년 아이가 그래요?" "그게 왜 궁금해요? 별게 다 궁금하네. 혹시…." "그런 쓸데없는 생각 할 시간에."

그러게. 별게 다 궁금하다. 부모와 양육자의 입장에서 보면 이해 가지 않는다. 이해하려 해도 그다지 좋게 보이지 않는다. 단지 궁금해서가 아니라 다른 뭔가가 있는 듯한 생각도 든다. 그런 질문을 하는 것만으로 아이는 '까진 아이' '문제아'라는 낙인이 찍힌다. 나도 성을 공부하기 전엔 불편한 시선을 보내는 어른이었다. '나는 안 그랬는데.' 더 정확히 말하면 '나는 궁금해도 물어보지 않았는데.' '내가 궁금해도 되는지 생각도 못 한 부분인데.' '이런 걸 물어볼 수 있는 분위기도 아니었는데.'라는 것이 더 맞다. 그런데 궁금하면 안 되나? 궁금하지 않나? 저 질문을 받았을 때 '궁금할 수 있지.'라고 생각하면 이상한가라는 의문도 든다. 그럼 누가 저 질문을 했을까? 소그룹 성교육 도중 초등 6학년 여학생이 한 질문이다. 소그룹으로 성교육을 진행하고자 한다면 이런 질문을 해도 놀림거리가 되거나 눈치 보지 않아도 되는 관계의 친구들과 함께 자리하길 권한다.

다시 이야기로 돌아가 보자. 아이가 음경 길이를 물었을 때 어떻게 반응하면 좋을까? 우선 이런 질문을 할 수 있는 분위기와 관계가 됐다는 것에 감사함을 느껴야 한다. 정말 궁금한 걸 물어볼 수 있다는 건 그만큼 상대방에 대한 신뢰가 있기 때문이다. "편하게 질문해주니 고마워."와 같이 나에게 질문해준 것에 관해 고마움을 표할 수 있다면 더없이 좋다. 반면에 고맙다는 마음과 말이 나오지 않을 정도로 당황했을 수도 있다. 그럼 당황스러운 마음을 표현하면 좋겠다. "그게 궁금했구나. 생각지도 못한 질문에 조금 당황했어."처럼 어른도 당황스러울 수 있다는 것을 알려주면 좋겠다. 어른은 다 알고 있어야 하고 어떤 질문에도 답할 준비가 되어 있어야 한다는 마음을 내려놓아야 한다. 어른도 모를 수 있고 당황스러울 수 있다는 것을 인정하고 표현해도 된다. 다음은 왜 그것이 궁금한지 이유를 물어보면 좋겠다. "다영인 그게 왜 궁금해졌을까?"처럼 말이다. 간단히 "그냥요."라는 답이 돌아올 경우 "그래. 그냥 궁금할 수 있지."라고 말하며 궁금한 부분을 해소해 주면 된다. 만약 친구와 이야기 나누다, 또는 어떠한 미디어를 보다 궁금해졌다 말한다면 그것에 관해(어떤 이야기를 나누다, 무엇을 보다 궁금증이 생겼는지) 우선 이야기 나누고 궁금증을 해소해 주길 바란다. 이런 이야기를 나누는 과정에서 아이의 피해 사실을 알기도 한다. 그럴 땐 아이의 피해 지원에 초점을 맞춰 이야기를 끌어나가야 한다. 그러니 궁금해진 이유를 꼭 물어보길 바란다.

그럼 이제 아이의 질문에 대한 답, 궁금하지 않은가? 최근 한 예능에 비뇨의학과 의사가 나와 이런 이야기를 한다. 1999년 한 대학교수가 한국 남성 123명을 대상으로 음경 길이를 측정 후 작성한 '20대 한국 남성의 음경 크기와 그에 대한 자신의 인식에 대한 연구' 논문을 보면 음경의 신장 길이stretched length(성기를 잡아 늘린 길이)는 9.6센티라고 표기되어 있다. 또한 2005년 2,335명의 군인을 표본으로 한 대한비뇨기과학회지 제46권 제6호에 실린 '20세 전후의 남성에서 포경수술 유무에 따른 음경 길이에 관한 고찰' 논문을 보면, 한국 남자 음경의 발기 길이erectile length(실제 발기된 길이)는 12센티 정도라고 적혀있다. 이런 이야기를 들으면 어떤가? 부끄러운가? 연구 조사의 결과를 들었기에 부끄럽지 않을 것이다. '아, 그렇구나.' 싶을 것이다. 아이에게 이렇게 이야기한다면, 아이도 별 반응 없이 받아들이고 궁금증은 풀릴 것이다. 충분히 궁금할 수 있는 부분이다. 여자아이만 궁금할까? 남자아이도 궁금해한다. 남자아이도 자기 신체 변화에 민감하게 반응하며, 타인의 신체와 자기 신체를 비교한다. 자신이 정상적으로 잘 성장하고 있는지, 혹 타인과 다른 부분이 있는 건 아닌지 끊임없이 고민하고 걱정한다. 고민 중엔 자기 음경 크기가 정상적인지에 관한 궁금증도 당연히 있다. 직접 비교 확인할 수 없기에 더 궁금하다. 그렇게 생긴 궁금증을 물어보는 게 나쁜 건 아니지 않는가. 그러나 이런 질문을 들은 어른은 고민에 휩싸인다. 혹 어떤 문제나 어떠한 경험으로 인해 궁금한 건 아닌지 걱정에 걱정을 더해 문제행동, 문제적 아이로 인식하게 되는 경우가 있다.

어른은 아이가 바르게 성장하기를 바란다. 어른은 아이가 착하게 성장하기를 바란다. 어른이 생각하는 '바르고 착하다'는 의미는 무엇인가? 아이가 하지 않아야 하는 것을 하지 않고, 하지 말라고 하는 것을 하지 않는 아이를 말하는가? 그럼 어른이 생각하는 '바름'과 '착함'이 아이에게 무조건 도움이 되는 것들인지 우리는 반문해봐야 한다. 어른인 우리는 아이의 성적 관심과 질문을 어떻게 받아들이고 있는가? 아이의 성적 호기심은 잘못됐다고, 그러니 하면 안 된다고 생각하고 있지는 않은가? 나름의 기준을 정해두고 기준에 부합하면 바르고, 그 기준을 넘어서는 질문과 호기심은 바르지 않고 착하지 않은 방향이라 생각하고 있지는 않은가? 질문하는 아이에게 '지금은 때가 아니다.' '조금 더 크면 알려주겠다.' '그런 것에 관심 두지 말고 네가 할 일을 해.'라고 말하는 것이 정말 아이를 위하는 것인가? 아이가 성장하고 있다는 엄연한 사실을 외면하고 싶은 마음의 소리가, 하면 안 되는 '금지'로 표현되는 건 아닌가 생각해봐야 한다. 어른이 생각하는 금지로 막힌 길, 과연 그 길은 올바른 길인지 다시 생각해 보자. 아이의 성적 질문을 대하는 나의 진심을 생각해 보자. 아이가 어떤 생각과 가치를 가진 성인으로 성장하길 바라는지를 담아 아이의 성적 질문에 답하자. 그래야만 금지로 막히지 않은, 정말 아이에게 도움 되는 올바른 길로 아이를 인도할 수 있다.

4

SNS로 말하는 게 편해

아이의 방학을 맞은 지인이 답답해 죽겠다며 사진을 하나 보내왔다. 확인해보니 아이와의 대화 내용을 캡처한 화면이다. 내용을 보니 일상적인 내용이다. “철수야 밥 먹자.” “철수야 아빠한테 얘기했어?” “철수 뭐 해?” 등으로 해야 할 말과 궁금한 것을 물어본다. 그런데 답이 전혀 없다. 한참 답을 기다리다 엄마는 결국 폭발한다. “너 내 문자 확인 안 하지.” “혼날래?” 그리고 화내는 이모티콘 세례가 쏟아진다. 그럼에도 아이는 반응이 없다가 두 시간 후 “?” 물음표 하나가 달랑 온다. 뒤따라오는 메시지. “ㅋㅋ” “ㅈㅅㅈㅅ” 제대로 된 글자가 아닌 초성으로 답하는 아이. 오후 다섯 시에 던진 엄마의 물음은 아홉 시가 되어 “나쁜 자식 ㅠㅠ” 이란 말로 끝을 맺는다. 시간을 보면 어디 멀리 있기에 이렇게 대화를 하나 싶다. 이 대화는 집 안에 있으면서 하는 둘의 대화다. 답답하면 직접 가서 물어보면 될 일 아니냐고 반문할 수 있겠다. 나 또한 그런 말을 했다. 그랬더니 방학이 되어 밤낮이 바뀐 아이 얼굴 보기도 싫어 그랬다는 답이 돌아온다. 같은 엄마로서 충분히 이해된다.

중학생 이상만 돼도 방학이면 밤낮 활동 시간이 바뀌는 경우를 종종 볼 수 있다. 나와 함께 사는 중학생 둘째 아이도 마찬가지다. 태어난 지 백일이 되면 바뀐 밤낮도 제자리를 찾아 밤에 잘 잔다는데, 청소년기가 되면 다시 야행성이 된다. 잘 생각해보면 나도 야행성 동물처럼 밤만 되면 눈과 정신이 말똥말똥해질 때가 있었다. 모든 작업과 활동은 어스름 해가 져야 제대로 능력 발휘하는 느낌을 받았다. 드라큘라도 아닌데 해가 져야 깨어나는 생활을 한동안 했었다. 물론 모든 사람이 그렇진 않겠지만 많은 아이가 비슷한 생활을 한다. 궁금하지 않은가? 정말 그럴 만한 이유가 있을까? 궁금하면 찾아봐야 직성이 풀린다.

『Why we sleep(우리는 왜 잠을 자야 할까)』라는 책을 쓴 매슈 워커 Matthew Walker 교수는 청소년기 수면 부족이 조현병을 포함한 정신질환 발병의 주요 요인이라고 주장했다. 합리적이고 논리적인 사고를 하는 전두엽이 청소년기에 성숙하는데 이 시기 만성적인 수면 부족을 겪으면 뇌 구조가 비정상적으로 만들어진다는 것이다. 이 주장만 들으면 덜컥 겁이 난다. 조현병, 정신질환. 생각지도 못한 병명이 청소년기 잠과 연관이 있다는 것만으로도 두렵다. 그만큼 잠을 잘 자는 것이 중요하다는 말은 알겠는데, 현실을 들여다보면 청소년기만큼 성인이 되는 준비에 치열해야 하는 시기도 없다. 그로 인해 오늘날 청소년은 제대로 된 수면 습관을 가지지 못해 수면 부족에 시달리고 있는 게 사실이다.

거기다 생체시계라는 것이 있다. 네이버 시사상식사전에 따르면 동식물의 다양한 생리·대사·발생·행동·노화 등의 주기적 리듬을 담당하고 기능하는 기관으로, 인체 내부에서 시간에 따른 생체리듬을 주관하는 생물학적 시계를 가리킨다. 이 생체시계가 성장에 따라 약간 다르게 맞춰진다. 아이일 때는 어른에 비해 살짝 빠르게 맞춰져 있기에 일찍 자고 일찍 일어나는 생활을 한다. 그러다 사춘기, 청소년기에 들어서면 생체시계가 어른보다 두 시간 정도 늦게 맞춰진다. 그런 이유로 수면호르몬인 멜라토닌이 어른보다 두 시간가량 늦게 분비된다. 아이 때에 비하면 서너 시간 뒤에 잠이 드는 것이다. 늦어진 수면호르몬 분비로 인해 일찍 자던 아이가 늦게 잠이 온다. 이런 상황을 매슈 워커 교수는 청소년 자녀에게 밤 10시에 자라는 건 남편 또는 아내에게 8시에 자라고 하는 것과 같다고 설명한다. 이 말을 다르게 응용하면 청소년에게 6시에 일어나라는 건 어른에게 4시에 일어나라는 말이다. 이런 생체시계로 생체리듬을 타고 있는 청소년의 성장 과정을 이해한다면, 평일에야 매일 해야 하는 일상이 있으니 어쩔 수 없이 일찍 일어난다지만 적어도 주말만은 푹 자게 놔둬도 좋지 않을까 싶다.

이제 다시 엄마와 아이의 대화창으로 돌아가 보자. 같은 집 안에 있는데 두 사람은 앱으로 대화를 주고받는다. 대화가 어색한 집안이라 그럴까? 그렇지 않다. 가족 간 대화도 여행도 많이 하는 집이다. 하지만 둘의 대화는 앱으로 이루어진다. 어릴 때 부모님과 이야기 나누다 혼난 경험이 제법 있다. 대답을 안 하면 안 한다고 혼나고, 대답하면 어른에게 대꾸한다고 혼났다. 질문에 답할 때 바닥을 보고 답하면 버릇없다며 혼나고, 어른을 바라보고 답하면 싹수없게 어른을 똑바로 보고 말한다 혼났다. 어느 장단에 맞춰야 할지 모를 노릇이었다. 지금 생각하면 그건 대화가 아니었다. 대화는 마주 보고 서로의 이야기를 주고받는 것이다. 이야기를 주고받으려면 상대를 존중하고, 상대가 이야기하는 것을 이해하려는 노력이 있어야 한다. 하지만 어릴 적 나와 어른의 대화는 그렇지 못했다. '답정너'처럼 어른이 원하는 답만 하면 되는 것이지 나의 이야기를 할 수 있는 대화는 아니었다. 이런 경험을 떠올리면 대화의 형태보다 대화의 내용과 질, 대화하는 상대와의 관계가 더 중요하다는 생각이 든다.

요즘 청소년은 얼굴을 보고 하는 대면 대화보다 SNS 대화에 편안함을 느낀다. 거기다 긴 문장보다 짧은 문장을 선호한다. 짧은 문장은 앱에 들어가 확인하지 않아도 알림창으로 전체 내용을 확인할 수 있기에 답해야 하는 것에만 반응을 보여도 되는 이점이 있다. 짧은 글에 의미를 담아 쓰기에 줄임말과 신조어, 초성으로 대화하기를 즐긴다. 이런 아이들 대화 특징에 양육자인 우린 어떤 반응을 보이는 게 좋을까? 그냥 요즘 아이들의 문화라고만 생각하고 넘어가 버리면 될까? 그래선 안 된다. 왜냐하면 우리 집에 그런 대화적 특징을 사용하는 아이가 있기 때문이다. 함께 살아가야 하는 이의 문화를 '너의 것' '그들의 것'이라 치부하고 알려고 들지 않으면 대화에 벽이 생기는 건 금방이다. 잘 모르고 궁금하면 알려달라 물어보는 노력을 해야 한다. 라떼를 말하며 옛 추억에 빠지지 말고 아이의 문화를 알아가야 한다. 대화하는 도중 감정 조절이 되지 않아 나의 감정을 온전히 발산하는 것보다 정제된 글로 소통하는 것이 나을 때가 있다. 긴 문장만이 나의 마음과 의사를 잘 표현하는 것일까? 열 마디 말보다 적절한 이모티콘 하나가 더 나을 때가 있다. 물론 온라인 대화가 얼굴 보며 대화하는 것에 비해 부족한 것은 많다. 얼굴 보고 대화하면 오해 없을 말이 글로 옮겨져 오해가 생기기도 한다. 의도치 않게 딱딱한 문장이 오해를 불러일으키기도 한다. 그렇다고 무조건 얼굴 보고 대화해야 제대로 대화하는 건 아니다. 부족하고 오해 살 만한 말은 부호와 이모티콘을 적극 활용해 보완할 수 있다.

어른의 대화 방식이 무조건 옳을까, 아니면 현재 자라는 아이의 방식에 맞추는 게 옳을까. 둘 중 하나만 옳다고 단정 지을 순 없다. 두 가지 방식을 적절히 활용해 대화하면 좋겠다. 그러나 온라인 방식이든 만나서 하는 대화든 대화에서 빠지면 안 되는 건 있다. 대화 상대에 대한 존중. 대화 상대가 누가 되었든 존중하는 마음으로 대화에 임해야 한다. 대화 시작 전부터 관계와 사이를 규정해 틀과 벽을 만들고 시작하는 대화는 편안하게 이루어지지 않는다. 각자의 말을 할 뿐이다. 그러니 대화를 하고자 자리를 만들었다면 '상대는 나와 다르다.' '상대는 내가 아니다.' '나는 상대의 다름을 존중한다.'라는 마음을 먼저 가지고 임하면 좋겠다. 그 상대가 누구든 말이다.

5

온라인, 게임에선 원하는 대로 할 수 있어

"이겼닭! 오늘 저녁은 치킨이닭!"

혹시 이런 말을 들어봤는가? 무엇을 이겼는데 저녁으로 치킨을 먹지? 하는 의문이 든다면 게임을 하지 않는 사람일 확률이 높다. 공식 명칭인 PUBG: BATTLEGROUNDS, 약칭 배틀그라운드이며, 더 줄여서 배그라고 부른다. 최대 100명의 인원이 무기와 탈것을 활용해 최후의 1인 혹은 한 팀을 우승자로 가려내는 배틀로얄 슈팅 게임이다. 청소년 이용 불가 게임이라고 되어 있으나 많은 청소년이 보호자의 동의를 얻어 즐겨하는 게임이다. 위의 문장은 영미권에서 배틀그라운드 1등을 하면 "Winner Winner Chicken Dinner"라는 문구로 등장한다. 이 말은 과거 라스베이거스 도박장에서 사용되었다는 설이 있다. 카지노에서 블랙잭의 기본 베팅은 2달러지만 카지노 식당에서 가장 비쌌던 닭고기 요리는 1.7달러였기에 블랙잭에서 우승한 사람은 닭고기 요리를 먹을 수 있다는 의미에서 유래됐다 한다. 이 말이 국내에 들어오면서 언어유희를 더해 "이겼닭! 오늘 저녁은 치킨이닭!"으로 변했다. 배틀그라운드 게임에선 한 번씩 치킨 메달을 증정하는 이벤트를 하기도 한다. 매일 접속만 해도 치킨 메달을 받고, 전투 후 팀원에게 '좋아요' 한 번씩만 보내도 치킨 메달을 주기도 한다.

게임을 하는 이유를 물어보면 그냥 재미있어서라고 하지만 양육자 입장에서는 꽤나 걱정된다. 특히나 무기를 이용하는 슈팅 게임인 경우 "쏴! 쏴!" "오케이 죽였다!" "나 좀 살려줘!" 같은 말들이 난무한다. 듣기 좋은 말은 아니다. 그럼 아이는 왜 이런 게임을 즐길까? 이유는 게임의 속성에서 찾을 수 있다. 첫 번째, 게임에선 즉각적인 보상을 해준다. 이기면 즉각 레벨업이나 아이템을 지급한다. 현실에서의 작은 성공은 성취감을 맛보는 것으로 끝날 수 있지만, 게임에선 눈에 보이는 보상으로 돌려준다. 두 번째, 금지보다는 허용되는 것이 많다. 제약보다는 허용의 폭이 넓다. 현실에선 나이로, 성별로, 능력으로 제한되고 하지 못하는 것이, 온라인 세상에선 제한요건으로 작용하지 않는다. 세 번째, 현실의 나와 다른 내가 온라인에서 활약하는 걸 보며 대리만족을 느낀다. 현실에선 1km 달릴 체력이 되지 않지만, 온라인에선 키보드와 마우스 몇 번이면 산도 넘고 헬기에서 뛰어내리는 것도 가능한 내가 된다. 하물며 대단한 전투를 치르고 나면 즉각적인 보상과 함께 온라인 세상에서 유명세와 권력을 쥘 수 있다. 네 번째, 아이들이 많이 하는 게임을 하지 않거나 알지 못하면 소통이 되지 않는다. 반면 다른 아이보다 조금 빠르게 정보를 알게 되면 인싸 등극도 가능하다. 온라인에선 현실과는 다른 '인정'을 받고 '자유'를 만끽할 수 있다. 친구와의 '소통' 창구가 되기도 하며, 새로운 만남을 이어가기도 한다. 이러한 이유가 아이가 게임을 계속하는 이유다. 양육자가 이런 말을 들으면 '내가 뭘 얼마나 옥죄었다고?' '자기가 하고 싶다고 하면 다 시켜줬는데 무슨 자유를 얼마나 더?'라는 마음이 든다. 아이를 옥죄고 자유를 막아섰다는 말이 아니다. 좋게 풀이하자면 현실에서 충분히 채우지 못한 욕구를 온라인에서 채운다고 생각하면 된다.

인정認定. 한자로 보면 알고 정한다는 의미다. 즉 '확실히 그렇다고 여긴다'는 뜻을 지닌다. 누군가를 인정한다는 건, 그 사람이 본래 가지고 있는 모습을 그대로 보고 그렇다고 여긴다는 의미다. 이 인정하기가 생각보다 쉽지 않다. 어른이 되어 사회에서 새로운 사람을 만나면 첫인상으로 그 사람을 평가한다. 그러다 혹 나와 다른 모습을 보면 인정보다는 틀림의 틀에 상대를 넣어버린다. 틀림의 요소에는 외모, 차림, 말투, 행동 등 눈에 보이는 모든 것이 들어간다. 성인은 다양한 경험으로 이런 평가에 조금은 무뎌지기도 한다. 하지만 관계 형성 경험이 적은 아이는 이런 평가로 상처를 주기도 하고, 받기도 한다. 하지만 온라인에선 나의 본 모습을 다 드러낼 필요가 없다. 내가 원하는 모습으로 꾸민 나의 캐릭터가 온라인 세상에서 내가 원하는 말과 행동을 하며 종횡무진 활보한다.

온라인 게임과 온라인 활동을 함에는 꼭 인정 욕구 충족만이 아니라 다양한 이유가 있을 수 있다. 현실에서 힘든 일이 있어 회피성으로 선택했을 수도 있다. 자신은 하고 싶지 않지만 타인의 요구, 강요와 협박으로 게임 아이템을 얻기 위해 게임을 하는 게임 셔틀을 당하는 것일 수도 있다. 친구들과 소통하기 위한 수단으로 게임을 선택한 아이도 있다. 물론 현실에서 받은 스트레스 해소용으로 잠시 잠깐 게임을 할 수도 있다. 이런 여러 가지 이유 중 아이가 왜 게임과 온라인 세상에 집중하는지 원인을 파악하는 게 중요하다. 원인을 파악했다면 원인에 대한 해결책을 게임이 아닌 다른 방식으로 함께 찾아 나가기를 권한다. 원인을 파악하고 대안을 찾는 모든 과정은 아이와 함께해야 한다. 당사자인 아이 의견을 무시한 채 아이를 위한 방법을 찾는 건 모순이다.

예를 들어 게임을 하는 시간 조정이 필요하다면 아이와 얘기 나눠 아이가 지킬 수 있는 시간으로 조율해야 한다. 3시간 하던 게임을 2시간으로 줄이겠다는 아이의 말이 부모 마음에 들지 않아도, 조정한 시간을 지켜내는 자신의 모습에서 성취감을 느끼게 하는 게 우선이다. 만약 인정 욕구를 게임에서 채우고 있다면 일상에서 채워줘야 한다. 아이는 존재만으로 인정받아 마땅한 존재이지 않은가. 아이가 건강히 숨 쉬며 살아가고 있다는 것만으로, 아이가 내 곁에서 잘 살아가는 것만으로도 인정받고 사랑받아 마땅하다. 사춘기에 접어들었다고, 많이 컸다고, 그런 표현을 잘 하지 않는 사이라도 표현해야 한다. 건강하게 자라주어 고맙다고, 곁에서 매일 함께 눈뜰 수 있다는 것만으로 감사하다고. 일상에서 하는 아주 사소한 아이의 행동에 고마움과 감사함을 담아 인정하는 말을 건네야 한다. 무언가를 잘해서가 아니라 존재만으로 사랑받아 마땅한 사람이라는 걸 알려줘야 한다.

아이의 놀이 문화가 부모와 다르다고 해서 틀리거나 잘못된 건 아니다. 다만 현실에서 충족해야 할 무언가를 오프라인이 아닌 온라인에서 찾을 땐 다시 현실로 시선을 돌릴 방법을 제시해줘야 한다. 온라인에서 '만들어놓은 나'는 현실의 나와 다르다는 것을 분별할 수 있는 능력을 키워줘야 한다. 무조건 "안 돼." "하지 마."라는 자세보다 온라인 세상에 몰두할 때 생길 수 있는 문제와 대처 방법들에 관해서도 나누는 시선이 필요하다. 재미를 위해 집중해서 즐기는 것과 다른 일상적인 것을 할 수 없을 정도로 집착하는 것은 차이가 난다는 것을 일깨워줘야 한다. 아이가 보는 세상, 아이가 즐기는 것을 함께 보는 노력을 하며, 아이와 양육자의 시간에 교집합을 만들어야 한다. 함께하는 시간이 늘수록 대화도, 교육도 자연스럽게 이루어질 것이다.

6

내게 잘해주면 좋은 사람, 친한 사람이야

아이가 입학하고 새 학년, 새 학기가 시작되면 걱정되고 기대되는 것이 친구 관계다. 어떤 친구를 만나냐에 따라 아이가 좋은 영향을 받기도 하고 안 좋은 영향을 받기도 하기에 친구 사이는 절대 가볍게 볼 수 없다. 두 아이를 키우니 친구를 만들어가는 전혀 다른 두 형태를 볼 수 있다.

첫째 아이는 조심성이 많다. 자신의 마음을 잘 내주지도 않는다. 친구에 관한 자신만의 엄격한 잣대가 있다. 초등학교 4학년 때 학교를 마치고 오는 아이와 마주쳤다. 딱 봐도 같은 반 친구인 듯 보이는 아이와 함께 걸어오기에 물었다.

"같이 오던 친구는 누구야? 같은 반이야?"

"친구 아닌데."

"같이 얘기하고 오더만. 같은 반 친구 아니야?"

"그냥 같은 반인데. 친구 아닌데."

아이의 답은 단호했다. 같은 반이지만, 집이 같은 방향이라 같이 왔을 뿐 친구는 아니란다. 아이의 말을 듣고 헷갈렸다. 내가 잘못 생각하는 건가? 같은 반에 같이 귀가하고, 함께 이야기하며 오는 관계인데 친구가 아닌가? 궁금함에 물어봤다. "그럼 다영이가 생각하는 친구는 어떤 사이야? 어떤 사이여야 친구라고 할 수 있는 거야?"

아이가 이야기하는 친구는 서로 말이 통해야 하고, 고민이나 걱정을 이야기했을 때 다른 애들한테 얘기하지 않는다는 믿음이 있어야 한다고 했다. 그러려면 만난 지 좀 된, 학교가 아닌 다른 곳에서 함께 보내는 시간이 있는 사이여야 한다고 했다. 그런데 집에 같이 온 아이는 그런 관계는 아니라 한다. 이 말을 들으니 첫째 아이가 생각하는 기준이 맞다는 생각이 든다. 국어사전에 '친구'란 가깝게 오래 사귄 사람이라고 적혀있다. 친구라는 호칭을 붙이려면 가깝게 오래 사귀어 친해진 사람이다. 친하다는 건 가까이 사귀어 정이 두터운 상태를 말한다. 그러니 시간과 마음의 투자가 있어야 한다는 아이의 말에 공감이 간다. 그냥 같은 공간에, 함께 있는 시간이 있다고 모두가 친구가 될 수는 없는 노릇이다. 이 대화로 첫째 아이에게 친구란 어떤 존재인지 확실히 알게 되었다. 첫째 아이와 이렇게 대화하다 보니 둘째 아이는 어떤 사이를 친구로 규정하는지 궁금해졌다.

둘째 아이는 초등학교 5학년 정도부터 친구들과 시내 나들이를 가기 시작했다. 버블티를 좋아해 매장을 투어하며 각종 버블티를 섭렵하기도 한다. 강아지를 보고 싶다며 애견 카페를 가는가 하면, 새로 들어선 패스트푸드점 오픈 시간에 맞춰 가기도 한다. 둘째에게 친구란 어떤 사이일까? 둘째 아이는 친구를 이렇게 규정한다. 자기에게 같이 놀자고 말하는 사이, 전화 통화를 하는 사이, 같은 반에서 같이 수업 듣는 사이라고 말이다. 그럼 오늘 만났는데 같이 놀러 가자고 말하는 사람도 친구냐는 물음에 "같이 놀았으면 친구지."라고 거리낌 없이 말한다. 첫째 아이와 사뭇 다르다.

대화가 여기까지 이르니 또 궁금함이 생긴다. 그럼 친구로 지내던 사이가 더 이상 친구가 아니라고 느낄 땐 언제일까? 첫째 아이는 "친하게 지내지 못할 정도로 싸웠을 때." "따돌릴 때." 둘째 아이는 "더 이상 만나지 못할 때, 내 뒷담을 깔 때, 배신할 때." 정확하고 단호하다. 싸우거나 만나지 못하고 자신을 험담할 땐 더 이상 친구가 아니라는 나름의 기준이 있다. 첫째 아이와 둘째 아이가 생각하는 친구는 이렇게 달랐다. 고민과 걱정을 나누는 깊은 관계여야지 친구라고 말하는 첫째 아이, 지금 만났어도 같은 공간에서 생활하고 같이 놀면 친구라고 말하는 둘째 아이. 누구의 말이 정답이라고 말할 순 없다. 다만 우린 부모로서, 양육자으로서 아이가 느끼는 '친함'과 '좋음'은 어떤 의미인지 생각해 봐야 한다.

사이와 관계는 이제 오프라인을 넘어 온라인으로 이어진다. 온라인으로 만난 사이에서도 친구가 생겨난다. 온라인으로 짧으면 몇 시간, 길면 몇 년, 한 번도 대면하지 않는 관계가 생겨난다. 마음과 시간의 투자로 만들어지던 친구라는 관계가 공간을 옮겨 온라인에서 생겨나는 것이다. 게임과 커뮤니티, 랜덤 채팅 등 다양한 경로로 관계가 형성되고 온라인에서의 만남이 오프라인으로 연결된다. 30여 년 전 나우누리, 천리안을 사용해 인터넷을 사용할 때도 온라인 만남은 있었다. 온라인 채팅만으로 알고 지내던 사람을 오프라인으로 만나기도 했다. 최근 들어 그런 만남이 생긴 게 아니라 인터넷이 일상화되기 시작할 때부터 그래 온 것이다. 이런 관계 형성과 만남의 연령이 계속 어려지고 있다.

게임을 좋아하는 아이가 있다면 이렇게 물어보자.

"만약 한 달 동안 네가 좋아하는 게임을 매일 하는데, 거기에서 만난 다른 유저가 완전 게임을 잘해. 그 유저랑 팀이 돼서 한 달 내내 게임에서 이겼어. 그리고 네가 갖고 싶어 하던 아이템을 선물로 줘. 그럼 그 유저는 너에게 친한 사람이야?"

아이의 답은? 친한 사람이라는 말을 제법 많이 한다. 그 사람이 자신에게 해를 끼치지 않았고, 온라인이지만 한 달 내내 만났으니 친하다는 표현을 한다. 친한 사람이자 이길 수 있게 도와줬기에 좋은 사람, 능력 있는 사람이라는 평가도 따른다. 거기다 아이템까지 줬기에 좋은 사람이라고 한다. 그럼 이어서 질문해보자.

"그럼 그 사람이 네게 어떠한 요구를 해. 예를 들면 작은 게임 아이템을 자신에게 줄 수 있냐든지, 게임 하는 컴퓨터 사진을 찍어 보내 달라든지, 아니면 게임 하던 상대방을 같이 욕 해달라는 부탁 같은 거. 그럼 들어줘?"

이 질문을 하면 고민하는 아이가 생긴다. 교육과정에서 폭력 예방 교육을 받기에 고민한다. 아이는 자신에게 해를 입히지 않고 이익을 가져다주는 관계를 좋은 관계, 친한 관계로 인식한다. 특히 온라인에서 만들어진 관계면, 자신에게 큰 불이익을 주는 요구가 아니라면, 요구를 들어줄 확률이 높다. '안 되면 더 이상 연락 안 하면 되지.' 하는 생각에 별 고민 없이 요구를 들어주기도 한다.

친한 사람이 친분을 빌미로 아이에게 무리한 요구를 한다면 아이가 거절할 수 있는 확률은 얼마나 될까? 온라인이든 오프라인이든 아이가 친한 관계, 좋은 사람이라고 느끼는 순간부터 아이는 상대의 부탁과 요구를 거절하기 쉽지 않다. '친함'과 '좋음'이 거절을 못 하게 만들고 아이를 힘들게 할 수 있다. 그러니 아이가 생각하는 친함과 좋음은 어떤 것인지, 친하고 좋은 사람이라 생각하는 사람이 어떤 부탁이나 요구를 했을 때, 어디까지 허용하고 수용할 수 있는지 이야기 나누어야 한다. 아무리 친하고 좋은 사람이라 하더라도 무리한 요구, 들어주지 않아야 하는 부탁은 거절해야 함을 알려줘야 한다. 혹 친하고 좋은 사람이라고 생각해 들어주었던 부탁이나 요구로 인해 피해를 봤다면 어떻게 대처해야 하는지도 알려줘야 한다. 친한 사이와 좋은 사이를 지속하려면 서로 지켜야 하는 경계가 있다는 것, 만나는 횟수와 나에게 잘해주는 정도가 좋은 사람, 친한 사람의 기준이 될 수 없다는 것을 이야기해 줘야 한다. 온라인이든 오프라인이든 친함과 좋음을 매개로 가해할 수 있다는 것을 인지해야 한다. 그러니 오늘 아이를 만나면 이 질문으로 성교육을 시작해보기를 권한다.

"네가 생각하는 친한 사람은 어떤 사람이야?"

"넌 어떤 사람을 좋은 사람이라고 생각하니?"

7

어쩔티비가 비하 표현이라고? 저쩔티비

'퐁퐁남'이라는 신조어를 들어본 적이 있는가? 처음 이 말을 들었을 땐 집안일 하는 남자를 표현하는 말인가 보다 했다. 그건 단순히 단어를 해석한 것일 뿐이었다. 김학준의 『보통 일베들의 시대』에선 퐁퐁남을 이렇게 설명한다. 연애 경험이 적으면서도 경제적으로 여유가 있는 남성이 성적으로 문란한 여성과 결혼하는 것으로, 그 결혼을 '설거지'에 빗대 표현한 신조어. 이때 설거지는 가사노동의 상징으로도 사용되지만, 그보다는 여성을 더러운 접시 또는 그릇에 비유함으로써 다른 남성과의 관계를 통해 이미 '더러워진' 여성을 (순진한) 남성이 '뒤처리'한다는 뜻을 가지고 있다고 한다. 익숙한 세제 이름이 이런 의미로 사용되고 있는 것이다. 이 말엔 여자는 결혼 전 다른 남성과 관계를 가지면 더럽다는,

그래선 안 된다는 의미가 내포된다. 만약 그런 여성을 만나 결혼한 남자라면 불쌍한 남자, 희생양이 되는 것이다. 여자는 결혼할 남자를 만나기 전에 다른 남성과 관계를 가져서는 안 된다, 여자는 순결해야 하다는 전제가 깔린 말이다. 이 전제에 부합하지 않는 생활을 한 여성을 비난하고 혐오하는 것이다. 이 단어를 사용하는 어린아이는 별로 없다. 하지만 중고생인 경우 알고 있는 아이가 제법 된다.

그럼 아이들이 자주 사용하는 신조어에는 어떤 것이 있는지 한번 보자.

착짱죽짱, 혜지, 기균충, 기생수, 엘사, 빌거지, 월거지.

여기서 알아들을 수 있는 단어는 몇 개인가? 렛 잇 고를 외치는 디즈니 〈겨울 왕국〉의 '엘사'를 떠올리면서 하나는 안다는 사람이 제법 된다. 하지만 여기 엘사는 다른 의미를 지닌다. 그럼 한 단어씩 의미를 알아보자. '착짱죽짱'은 코로나19 발발 원인이 중국인에게 있다며 중국인을 비하하는 '짱×'를 사용해 '착한 중국인은 죽은 중국인'이라는 뜻이다. '혜지'는 게임에서 상대적으로 쉬운 포지션이나 보조 역할을 맡은 이용자를 여성의 이름으로 부르는 것이다. '기균충'은 대학입시전형 중 교육기회균등전형으로 뽑힌 학생을 말한다. '기생수'는 기초생활수급자 가정의 학생을 일컫는 말이고, '엘사'는 정부가 공급한 임대주택 LH에 거주하는 사람을 가리킨다. '빌거지'와 '월거지'는 빌라 혹은 월셋집에 사는 사람을 비하하는 말이다. 여기에서 비하하고 혐오하는 조건들을 한번 보자. 인종, 성별, 주거 형태, 생활 환경 등이다. 그리고 그 대상은 또래를 향한다. 아이가 가진 인종과 성별, 주거, 환경 등은 아이의 선택도 아니고 자기 의지로 성장과 변화를 꾀할 수도 없다. 상대가 가진 어찌할 수 없는 조건과 환경이 싫음과 미움, 놀림의 조건이 된다. 단지 자신과 다른 것을 자기보다 못하게 여기며 비하하고 혐오한다.

국가인권위원회가 2019년 청소년 500명을 대상으로 '혐오 표현에 대한 청소년 인식조사'를 했다. 조사에 따르면 청소년 10명 중 7명이 일상에서 혐오 표현을 경험한 적이 있다고 답했다. 특히 청소년 83%가 SNS, 인터넷 커뮤니티, 유튜브 등을 통해 혐오 표현을 접했다고 한다. 혐오 표현은 인터넷 개인방송에서 가감 없이 송출된다. 십 대 청소년이 주 구독자인 방송인 '철구'와 '신태일'도 여성 방송인을 성희롱하는 등 혐오와 비하 발언으로 방송 정지를 당했다. 롤로 불리는 리그오브레전드 등 인기 게임에서도 팀원 실력이 좋지 않을 때 "애× 없냐." "장애인이냐." 등의 혐오 표현이 일상적으로 사용된다. 이런 이야기를 하다 보면 "우리 아이는 아직 어려서 그런 말 안 해요. 몰라요." "우리 아이는 그 게임 안 해요."라는 말을 한다.

그럼 어린아이는 혐오 표현을 사용하지 않을까? 하나만 예로 들어보자. 어린아이가 사용하는 신조어 중 '어쩔티비'라는 말, "어쩔 건데. 어쩌라고."의 의미로 해석한다. 아이가 이런 말을 하면 "저쩔티비"라고 되받아치며 장난으로 응대하기도 한다. 어쩔티비를 이기고 싶으면 단어 중 텔레비전을 뜻하는 '티브이' 대신 텔레비전보다 비싼 가전제품을 위치시키면 된다. '어쩔양문냉장고' '어쩔스타일러'처럼 말이다. 그럼 '어쩔티비'를 이길 수 있다. 여기까지만 이야기하면 그냥 재미있는 신조어 게임 같다. 모든 단어와 언어는 유래와 의미를 가진다. 그럼 '어쩔티비'의 속뜻은 무엇일까? '틀딱'이란 단어를 아는가? 틀딱이란 틀니를 딱딱거린다는 의미의 말로 자신의 나이를 빌미 삼아 젊은 사람을 훈계하거나 공공장소에서 예절을 어기는 노년층을 비하하는 말이다. 어쩔티비는 '어쩌라고 틀딱들아, 틀니 딱딱대지 말고 방에 들어가서 텔레비전이나 봐.'라는 속뜻을 지닌다. 내포된 의미를 알고 보면 재미있는 단어로는 안 보인다.

비하와 혐오를 담은 이 단어를 사용하는 아이에게 이제부턴 절대 쓰지 말라고 하는 것이 정답일까? 그러면 아이가 그날부터 사용하지 않을까? 그렇지 않을 것이다. 그럼 양육자는 어떤 역할을 해야 할까? 양육자가 해야 할 일은 우선 아이가 자주 사용하는 단어가 가진 의미를 알려주는 것이다. 어쩔티비가 노인 비하와 혐오적 의미를 담고 있다는 것을 모르는 아이가 대다수다. 지금까지 아무렇지도 않게 사용했던 단어를 사용하지 않는다는 건 자발적인 의지와 노력이 있어야 가능하다. 사용하지 않겠다 다짐해도 습관 때문에 자신도 모르게 나올 수 있다. 그럴 수 있다는 것을 인정하자. 하지만 되도록 사용하지 않을 것, 선생님이나 부모님처럼 어른과 대화할 땐 사용하지 않는 게 바람직하다는 걸 알려주자. 어쩔 수 없이 그 단어를 사용했다 하더라도, 상황과 상대를 보며 조절하며 사용해야 함을 알려주자. 현실의 비하, 혐오 표현이 무서운 이유는 모르고 사용하기 때문이다. 내가 좋아하는 BJ가, 유튜버가, 연예인이, 친구가 아무렇지 않게 웃으며 사용하는 단어를 들으면 자신도 모르게 같이 웃게 된다. 비하와 혐오가 담긴 단어가 우스갯소리로 취급되면서 거기에 담긴 의미 또한 웃고 넘어가도 되는 것으로 취급된다. 비하와 혐오가 유머와 웃음으로 형태를 달리해 일상에서 소비되고 있는 것이다.

무언가를 싫어하고 미워하는 마음은 가질 수 있다. 사람의 마음속까지 들여다볼 수 없으니 그런 마음을 품고 있다고 죄가 되진 않는다. 하지만 가지고 있는 마음은 말로든, 표정이든, 몸짓이든 어떤 형태로든 표현되어 나타난다. 특히 말은 힘이 세다. 많은 사람들이 사용하는 말은 그 힘이 더 커진다. 아이들이 새로운 단어를 이야기하면 가벼이 흘려 넘기지 말고, 궁금증을 가지고 물어보고 찾아서 말의 의미를 파악하면 좋겠다. 그 말이 안 좋은 의미를 내포하고 있다면, 아이와 함께 대체어를 찾거나 사용을 조절할 수 있는 능력을 키워가게끔 곁에서 도와주면 좋겠다. 아이의 세상, 어른의 세상이 따로 있는 게 아니다. 아이가 사용하는 말, 어른이 사용하는 말도 따로 있는 게 아니다. 형태가 없지만, 말은 틀을 만들고, 낙인을 만들고, 문화를 만든다. 그러니 말이 가진 힘을 올바르게 사용하면 좋겠다. 그 역할을 아이의 가장 가까이에 있는 부모, 양육자가 해주기를 바란다.

4장

어른이 되고 싶은 이유는 다양하다. 하고 싶은 게 있어도 미성년자이니, 청소년이니 하지 못하는, 하면 안 되는 것 앞에서는 얼른 어른이 되기를 바란다. 보호자 없는 친구들과의 여행과 숙박, 술과 담배 등. 그중엔 사랑과 연애도 들어간다. 학생이라고 사랑과 연애를 못 하는 건 아니지만 이상하게 좋지 않은 시선으로 보는 어른이 많다. 학생인 나에게 부모님은 말씀하셨다. "어른 되면 다 해. 대학 가면 다 돼." 학창 시절 앉아 있는 시간이 길어 자연적으로 체중이 늘었다. 다이어트를 위해 식사량을 조절하겠다는 나에게 부모님은 지금의 살은 젖살이라며 대학 가면 저절로 빠질 살이라 했다. 이성에 호기심이 생겨 연애와 사랑 등에 관해 물어보니 어른 되면 다 알게 된다고 했다. 그렇지 않았다. 어른이 되어도 연애는 어렵고 결혼에 관해선 알 길이 없었다.

몸과 마음의 성장과 변화에 초점이 맞춰졌던 청소년기가 안정기에 들어서면 관심의 방향이 나에게서 타인에게로 옮아간다. 주변에 있는 가족과 친구, 그러다 이성에게 관심을 가지게 된다. 이성적으로 관심이 가는 상대가 나에게 하는 말 한마디, 행동, 손짓 하나에 의미를 부여한다. 친절한 반응을 보이거나 시선이라도 마주치게 되면 '나에게 관심 있나?' '나의 마음을 알아차렸나?' 설레고 애가 탄다. 그러다 고백을 해 볼까 어쩔까 고민하는 단계에 이르면 조언을 해줄 누군가가 간절해진다. 이런 마음을 고백해도 좋을지, 고백하면 그린라이트가 켜질지. 섣불리 고백했다가 괜히 김칫국 마시는 건 아닌지 고민과 갈등이 이만저만 아니다. 그럴 때 물어볼 수 있는 사람은 자연히 가장 가까이 있는 부모님이나 친구다.

하지만 그런 고민을 말하면 "지금 그런 데 팔 정신이 어디 있어. 공부나 해."라는 면박에 가까운 답이 돌아온다. 공부가 중요한 때 이성에 관심 가지는 자녀가 걱정스러울 수 있다. 그러나 이런 금지는 아이에게 어떤 도움도 되지 않는다. 경각심을 주기는 커녕 대화 단절을 재촉한다. 아이도 사람이다. 본능적으로 성적 호기심과 욕구를 느낄 수밖에 없다. 그럼 언제 사랑을 말하고 물어보며 경험할 수 있을까? 생존의 본능처럼 사랑도 본능적으로 알아가는 것일까? 본능적 욕구는 태어나면서부터 가지고 있지만,

그 욕구를 건강한 방법으로 표현하고 채우는 건 배움과 경험을 통해 이루어진다. 사랑도 마찬가지다. 서로가 행복하고 건강한 사랑은 배우고 경험하면서 알아가야 한다. 이런 사실을 알면서도 어른은 왜 아이에게 사랑의 욕구를 조심시키고 외면하게 만드는 것일까? 아이는 무성애자가 아니다. 아이도 사랑을 느끼는 존재다. 이번 장에서는 아이의 사랑과 연애에 관해 이야기를 나눠보고자 한다.

1

아이의 사랑과 연애를 대하는 자세

한 동네에서 오래 살았기에 아이들끼리는 웬만하면 다 알고 대부분 같은 학교를 다녔다. 중학생이 되기 전 단과 학원을 다니기 시작한 겨울방학이었다. 어느 날 학원에서 얼굴만 아는 한 아이가 내게 초등학교 졸업앨범을 빌려달라 한다. 그땐 휴대폰이 보편화되기 전이라 집 전화로 연락을 취할 때였다. 지금이야 휴대폰이 있고 개인정보 보호를 위해 그러지 않지만, 그때 졸업앨범 뒤쪽엔 집 주소와 전화번호가 빼곡히 적혀있었다. 타 학교 학생 중 마음에 드는 아이의 연락처를 알기 위해 졸업앨범을 빌려가는 게 일상적이었다. 그 애도 그러려니 싶어 빌려줬다. 나처럼 앨범을 빌려줬던 친구의 말을 들으니 빌려 간 아이가 마음에 드는 아이의 사진을 찢어가 속상했다는 말을 한다. 앨범을 돌려받은 후 확인차 넘기는데 편지가 끼워져 있다. 언제부터 나를 봐왔다, 사귈 마음 없느냐는 말이 적혀있었다.

편지를 발견한 그 순간을 잊을 수 없다. 두껍고 무거운 앨범을 파라락 넘기다 편지가 있던 부분이 딱 펼쳐졌을 때의 놀람. 끼워진 편지를 발견한 나를 보는 친구들의 높은 데시벨의 꺅 소리. 2, 3초도 걸리지 않고 달아오르던 뺨의 온도까지 지금도 생생하다. 열네 살, 이성 교제는 생각지도 않았다. 중학교, 공부, 친구, 진단고사를 내 인생 전부로 생각했는데 갑자기 '이성' '고백' '이성 교제'가 떡하니 나타났다. 친구들은 나보다 더 흥분했고 어떻게 할 거냐는 질문을 소나기처럼 쏟아냈다. 뭘 어떻게 해야 할지도 모르겠고, 뭐라고 답해야 할지도 몰랐다. 학원에서 마주칠 때면 고백남과 함께 다니던 아이들은 고백남을 내 쪽으로 밀기 일쑤였다. 어떤 준비도 되어 있지 않던 나는 고백남이 보일 때마다 피하기 바빴다.

어찌할 바를 몰라 피해 다니길 며칠, 더는 안 되겠다 싶어 엄마에게 털어놓았다. 콩나물을 다듬으며 듣던 엄마는 큰 소리로 웃었다. 순간 이야기를 더 해야 하나 말아야 하나 싶어 멈칫했다. 큰 웃음이 조롱하는 것처럼 느껴져서 괜히 얘기했다고 생각한 찰나 엄마는 "다영이가 고백받았네. 그래도 이렇게 엄마한테 얘기해주니 좋네. 그래서?"라고 말을 이었다. 순간 마음이 놓였다. 엄마의 "얘기해주니 좋네. 그래서?"란 말은 엄마는 나를 혼내지 않을 거라는 안도와 '나의 편'이라는 확신이 들게 했다. 뒷이야기를 신나게 이어갔다. 한참을 웃는 얼굴로 듣던 엄마는 그 아이의 마음을 받아줄 건지, 받아준다면 어떤 마음으로 받아주는 것인지, 거절한다면 왜 거절할 것인지 물어왔다. 한참 이야기 나누고 홀가분해진 내게 엄마는 이런 말을 했다. "걔와 어떻게 지내는지 다음에도 얘기해줘." 나의 첫 이성 교제는 열네 살, 상대는 아버지 지인의 아들로 한 동네 살던 동갑내기 아이였다. 나의 첫 연애 경험과 연애 상담을 떠올리면 절로 미소가 지어지는 긍정적인 기억으로 남아있다.

또래 친구들도 나와 비슷한 추억을 가지고 있을 줄 알았다. 친구들의 첫 이성 교제에 관한 기억은 달랐다. 예나 지금이나 학생은 공부가 우선이고, 이성에 대한 호기심과 이성 교제는 공부에 방해가 된다는 부모님, 양육자의 판단은 완고했다. 아이의 이성 교제를 부정하고, 반대했다. 교육 현실을 간과할 순 없다. 마음으로는 긍정한다 해도 공부의 방해요인을 보란 듯이 지지하기도 쉽지 않다. 아이의 마음에 상처를 주지 않기 위해 이성 교제를 찬성

했다가 돌아오지 못할 강을 건널까 봐 걱정된다. 그럼 어떻게 해야 하는 걸까?

대다수의 아이가 첫 이성 교제 이야길 하지 않는다. 그럼 어떤 식으로 아이의 이성 교제를 알게 될까? 고백, 제보, 목격. 이 세 가지 방식으로 아는 경우가 많다.

첫째, 나의 경우처럼 고백하는 경우다. 아이가 말한다. "나 남친 생겼어." "나 여친 생겼어." 묻지도 않았는데 자신의 연애사에 관해 말을 하는 아이라면 감사할 일이다. 나의 부모님은 이런 이야길 해도 들어줄 거라는 확신이 있기에 마음 놓고 이야기하는 것일 테니. 아이와 그만큼 소통이 잘되고 있다고 자부심을 느껴도 좋다. 아이가 이렇게 먼저 말하면 고마움을 표하는 게 우선이다. "얘기해줘서 고마워. 우리 다영이가 언제 이성 교제하나 완전 궁금했는데, 드디어 첫 이성 교제네." 물론 마음에선 '절대 안 돼!' 팻말이 수십 개 세워질 수 있다. 그럴 땐 왜 그렇게 생각하는지 나의 마음을 돌아보면 좋겠다. 그런 마음을 숨기고 긍정의 말을 한다면 아이는 대번에 알아차린다. 그러니 절대 안 된다는 마음이 든다면 시간을 가지고 자신의 마음 정리를 먼저 하면 좋겠다. "그렇구나. 말해줘서 고마워. 그런데 너무 갑작스러워 아빠가 좀 당황했어. 조금 있다 다시 얘기할까?" 이후 다시 이야기를 이어가면 좋겠다. 마음 정리하는 시간을 가졌음에도 긍정할 수 없다면 아이와의 대화를 이어가기는 어렵다. 그렇다고 무조건 긍정하라는 건 아니다. 걱정되고 염려되는 부분을 솔직히 말하며 대화를 이어간다면 아이도 서운함만 느끼지 않고, 이성 교제가 일상에 미치는 영향을 생각할 것이다. 만약 아이의 고백에 긍정적인 반응을 보여줬다면 아이가 계속 이야기할 수 있는 분위기를 만들어주길 바란다. 마음껏 이야기할 수 있는 분위기가 만들어진다면 대화는 끊임없이 이어진다.

다만 이성 교제에 관해 대화할 때 하지 않아야 하는 질문은 있다. "잘생겼어?" "예뻐?" "어디 살아?" "공부는 잘해?" "친구는 많고?" "성격은 어때?" "인기 많아?" "인성은?" "부모님은 뭐 하신대?" 이런 호구조사는 결혼 상대를 파악할 때 하는 것이다. 지금 이성 교제하는 상대가 나의 사위, 며느리가 되는 게 아니다. 아이가 좋아해서 사귀기 시작한 상대를 나의 잣대로 재단하는 걸 아이는 좋아하지 않는다. 이런 질문으로 상대를 평가한다면 아이의 고백으로 시작한 대화는 물거품이 된다. 호구조사 대신 "그 아이의 어떤 점이 좋아서 사귀겠다고 결정한 거야? 궁금해." 같은 것을 물어보기 바란다. 아이를 존중하면서 연애 가치관을 알아보고 점검할 수 있는 질문이 될 것이다.

둘째, 제보가 들어오는 경우다. "다영이 엄마, 다영이가 철수랑 사귄대. 알고 있었어?" 아이 친구의 엄마 또는 다른 사람으로부터 소식을 듣는 것이다. 이런 경우 어떻게 할까? 귀가해 돌아온 아이에게 물어봐야 한다. 돌려 물어보거나, 넘겨짚듯이 물어보지 말고 사실 그대로 물어보는 게 좋다. "영희 엄마가 너 누구 사귄다고 하던데 맞아?" 이런 말을 건네면 두 가지 반응을 예상할 수 있다. 긍정하는 경우, 긍정적 반응과 질문을 이어가면 된다. 만약 "절대 아니거든."처럼 부정하는 경우라면 한발 물러서야 한다. "그래? 그럼 영희 엄마가 잘못 알았나 보네. 혹 이성 교제 시작하면 엄마에게 살짝 알려줘. 엄마는 네가 이성 교제를 언제 할까 완전 궁금하고 기대되거든. 얼마나 설렐까." 이런 말들로 부모에게 얘기해도 된다는, 부모가 아이의 이성 교제에 관심을 가지고 있고 기다리고 있다는 분위기를 만들어주면 된다.

셋째. 목격하게 되는 경우다. 아이가 누군가와 다정히 있는 걸 보게 되는 경우다. 이럴 때도 본 그대로를 물어보는 게 좋다. "아까 여기 앞에 너 지나갔어? 학생 둘이서 가는데 꼭 너 같더라." 이때도 아이의 반응을 보며 대화를 이어가면 좋겠다. 제보와 목격으로 알게 되었는데 아이가 부정할 경우 다음과 같은 말은 반감을 불러일으키니 삼가면 좋다. "아니 땐 굴뚝에 연기 나겠어?" "학교에 소문 다 났다던데 뭘." "하면 한다고 하지 뭘 그렇게 아니라고 해!" "딱 보니 너던데. 엄마가 너 못 알아보니?" 아이가 부정할 때는 그만한 이유가 있을 것이다. 현재 썸을 타고 있거나, 짝사랑이거나, 정말 아니거나. 이성 교제에 관해서 아이가 직접 말하고 긍정한다면 설렘과 축하를 건네며 대화를 이끌어가는 분위기를 만들길. 아이가 부정한다면 아이가 믿고 말해도 된다는 느낌이 들게 분위기를 만들며 기다려주면 좋겠다.

아이는 이성 교제를 대하는 부모의 반응에 따라 부모를 의지하고 상담해도 되는 자신의 편으로 규정할지, 적으로 규정할지 결정한다. 처음이란 건 오래 기억된다. 아이의 설레는 첫 이성 교제를 긍정해주면 좋겠다. 아이의 연애를 인생 선배로서 함께 설레며 바라보면 좋겠다. 그랬으면 좋겠다.

2

아이의 연애 가치관 점검하기

아이가 태어나 일 년을 건강히 살아왔고 앞으로도 잘 살아가라는 의미로 돌잔치를 한다. 이때 축하의 의미로 금반지를 선물로 준다. 아기 성장을 음양오행의 조화로 해석하면 성장 시 목木의 기운이 강한 간과 쓸개의 발달로 토土의 기운을 가진 위장 기능이 약해진다고 한다. 이를 보완하기 위해 금金의 기운을 몸에 지녀 건강하기를 바라는 마음으로 순금 돌반지를 선물했다고 한다. 이렇게 좋은 의미가 담겨있으니 계속 선물을 할 수 있으면 좋으련만 요즘엔 금이 정말 금값이라 금반지 선물을 편하게 하진 못한다. 오늘 시세로 금값을 조회해보니 한 돈에 1,228,038원이다. 18K로 반지를 맞춘다 해도 많은 돈이 든다. 시작부터 금 이야기를 하는 이유는 한 아이의 이성 교제에 금이 등장하기 때문이다.

초등학교 5학년, 나이로는 열두 살. 사춘기가 시작될 때이고 이성에 관심이 생길 때다. 열두 살 철수가 사는 동네엔 초, 중, 고등학교가 모여있다. 초등학교에서 10분을 걸어가면 중학교가 있고, 중학교에서 10분을 걸어가면 고등학교가 있다. 여느 날처럼 철수는 수업을 마치고 귀가 중이었다. 걸어가는데 교복을 입은 여중생 둘이 자꾸 힐끔거리며 철수를 쳐다본다. 그러다 철수에게 다가와 말을 건넨다.

"너 몇 학년이야?"

"5학년인데요."

"너 키 크다. 잘생겼는데."

"…."

"너 나랑 사귈래?"

갑자기 들은 말에 귀까지 빨개진 철수가 어쩔 줄 몰라서 서 있으니 저녁에 생각해보고 사귈 마음 있으면, 다음 날 아침 등굣길에 기다리고 있겠으니 답을 달라고 한다. 철수가 고민 상담을 위해 찾은 건 친구다. 친구들은 왜 그런 제의를 마다하냐며 요즘엔 연상연하 커플이 대세라며 교제를 독려했다. 그렇게 철수의 연애는 시작되었다. 교제를 시작하면서 철수는 들뜨기 시작했다. 휴대폰을 끼고 살고 학원 지각은 늘어갔다. 가족과 함께하는 시간은 줄었으며, 가족의 질문에 짜증으로 응대하기 일쑤였다. 이러니 철수의 이성 교제가 발각되는 건 시간문제였다. 교제를 시작하고 한 달, 결국 엄마가 알아버렸다. 그래도 철수 엄마는 안 된다는 말보다는 걱정과 염려를 건네며 고민 있으면 이야기하라는 말을 했다. 아주 긍정적인 분위기에서 아이의 첫 이성 교제가 시작됐다.

무탈하게 교제를 이어가며 사귄 지 석 달이 넘어갈 무렵 철수는 큰 고민이 생겼다. 여자친구가 백 일 선물을 요구한 것이다. 여자친구가 요구한 것은 백 일 기념 커플 금반지였다. 앞에서 금 시세를 알려준 이유가 여기 있다. 초등 5학년이 여자친구와 자신의 커플 금반지를 준비할 경제력이 있을까? 없다. 하지만 철수는 여자친구가 원하는 것을 들어주고 싶었다. 경제력이 없는 철수가 할 수 있는 건 부모님에게 조르는 것이다. 내가 철수 부모라면 어떻게 했을까? 철수 부모님은 거절했다. 나이에 맞지 않는다고, 그 애가 이상한 애라고 말하며 달랬다. 하지만 철수는 부모님이 해주지 않는다면 자기가 돈 모아 사겠다며 집 안에서 아르바이트를 하겠다고 한다. 부모님은 내키지 않았지만 그것까지 거절하기 힘들어 허락했다. 설거지하고 이천 원, 강아지 산책시키고 천 원 등, 용돈을 모았지만 커플 반지를 살 정도로 모을 순 없었다. 결국 백 일이 다가왔고 커플 반지를 준비하지 못한 철수에게 여자친구는 이별을 통보했다. 철수는 어떻게 되었을까? 철수는 헤어진 이유를 부모님 탓으로 돌렸다. 그리고 아주 많이 울었다. 철수 부모님은 우는 아이에게 이런 위로의 말을 건넸다. "그러게. 그 애 이상하다고 했잖아. 엄마 말 듣지." 이 말은 위로가 아니다. 엄마 말 안 들어 이런 일이 일어났다고 책임을 아이 탓으로 돌린 거다.

이럴 때 부모로서 어떻게, 어떤 말을 해야 할까? 어떠한 이유로 헤어졌든 실연은 실연이다. 특히나 첫 이별은 더 아프다. 부모, 양육자인 어른의 입장에서 보면 별거 아닌 듯 보이나 아이가 느끼는 실연의 아픔은 크다. 아이의 마음에 충분한 공감이 필요하다. 헤어진 후 철수에게 한 엄마의 말을 틀렸다고 할 순 없다. 커플 금반지는 5학년과 중학생에게 과하다. 왜 과한지 이유를 세심하게 설명해줄 필요가 있다. 설명 없이 '이상한 애'라는 한마디 말로 결론 내리면 안 된다. 헤어진 이유는 분명하다. 여자친구가 원하는 것을 준비하지 못했다는 것. 초등학생이 준비하기에 쉽지 않은 선물이었다는 것. 그럼 여자친구가 이상하다는 말보다 "네가 준비할 수 없는 과한 요구였어. 그건 네 입장보다 자신의 마음만 생각한 거 아닐까? 사랑은 서로를 아껴주고 위해주는 마음이 있어야 한다고 생각해. 네 생각은 어때?"라는 말이 더 설득력 있다. 사춘기에 들어서는 아이는 자신의 의사를 묻지 않고 강압적인 명령조나 자신의 탓인 듯 말하면 듣지 않는다. 이해되지 않으면 아무리 좋은 말도 듣지 않는다. 그러니 설명을 통해 이해를 구하고 아이의 의사를 물으며 생각할 여유를 줘야 한다.

이런 이야기를 듣다 보면 아이가 이보다 더한 피해를 받지 않을까, 이성 교제에 반기를 들 수밖에 없다. 여기서 우린 청소년 문화를 이해하고 넘어갈 필요가 있다. 어린 나이의 아이(초등생 이하)일수록 교제 기간이 짧다. 짧으면 이틀이나 사흘 정도 사귀기도 하고, 3개월 이상을 만나면 꽤 오래 사귀었다고 생각한다. 이틀, 사흘도 사귀는 것이냐 반문하기도 하지만 당사자는 분명 교제 기간으로 인식한다. 하물며 방학식 때 메신저로 '우리 사귈까?' 한마디로 교제를 시작해 방학 중 한 번도 만나지 않다가, 개학일이 다가오면 '우리 안 맞는 것 같아. 헤어지는 게 어때?'라는 말로 헤어지는 사례도 있다. 이런 경우 사귀었다고 할 수 있을까? 우리의 인식으론 사귄 게 아니지만, 당사자에겐 이 또한 사귐이다. 당황스러울 수 있다. 애써 이해와 공감을 바라지 않는다. 다만 요즘 아이의 연애 스타일 중 이런 일도 있다는 것을 알기 바란다. 철수의 여자친구는 철수와 이별 일주일 후, 철수의 친구와 사귀기 시작했다. 이 상황도 어떻게 그럴 수 있냐고 생각할 수도 있다. 하지만 아이 세상에선 가능하다. 왜냐하면 아이의 연애는 어른의 연애와 다르기 때문이다.

초등생의 연애는 '연애 경험'을 우선한다. 어떤 아이와 어떤 식으로 교제를 했는지는 중요하지 않다. 연애를 해 본 아이와 안 해 본, 못 해 본 아이로 구분 짓는다. 함께 다니는 무리에서 나만 연애를 못 해 본 상황이라면, 좋아하는 감정이 생겨서가 아니라 모솔 탈출을 위해 연애를 선택한다는 것이다. 만약 내 아이가 이런 이유로 연애, 이성 교제를 선택한다면 아이의 연애 가치관을 점검할 필요가 있다. 이성 교제, 연애를 무엇이라 생각하는지 이야기 나누어야 한다. 함께 다니는 아이와의 원활한 소통과 교감, 소속감을 느끼고 싶어 경험치를 비슷하게 만들고 싶은 마음은 알지만, 그러기 위해 원하지 않는 선택을 할 필요 없다는 것을 이야기해야 한다. 이런 이야기를 편하게 나누기 위해 필요한 건 무엇일까? 아이가 예민하게 받아들이는 주제를 편하게 이야기 나누려면, 일상의 소소한 이야기를 편하게 나누는 분위기를 만드는 게 우선이다.

아이의 이성 교제에 관한 생각을 물어보고 싶은가? 그렇다면 오늘은 아이에게 이런 말을 먼저 해 보자. "오늘 급식 메뉴로 나온 건 뭐야? 그게 나왔어? 맛있었겠다. 엄마도 먹고 싶네. 내일 점심 메뉴는 뭐야?" 전혀 상관없는 것처럼 보이는 대화지만 아이의 생활에 관심을 가지고 있다는 표현으로 이만한 시작이 없다. 잔소리가 아닌 관심을 표현해 보자. 편안하게 대화를 나누는 사이가 된다면, 예민한 주제도 편하게 툭 튀어나오는 마법의 순간을 맞이할 것이다. 그 마법의 순간을 위해 아이의 소소한 일상에 관심 가져보자.

3

권리와 함께하는 책임과 의무

삶은 선택에 관한 결정으로 만들어진다. 어떤 이유로 선택하든 선택하고 결정한 것에 따라 미래가 만들어진다. 당연한 말이지만 무서운 말이기도 하다. 어느 침대 광고의 문장이기도 한 "순간의 선택이 평생을 좌우한다."라는 말이 생각난다. 직업도 결혼도 선택하고 결정해 실행하는 순간 삶의 방향이 바뀌고 만들어진다. 그럼 한번 선택한 것은 절대로 바뀔 수 없나? 바꾸면 안 되나? 선택했으면 선택한 것과 연관된 모든 것을 다 책임져야 하나? 선택했지만 마음이 바뀔 수 있는 거 아닌가? 그럴 땐 어떡해야 하지? 이런 질문에 '내가 선택했으니까!'라는 답을 떠올린다면, '그러니 모든 것은 내가 책임져야 한다.'라는 결론에 이른다.

친구들이 모여 게임을 한다. 게임 규칙을 숙지하고 게임에서 졌을 때 어떻게 할지 벌칙도 정한다. 의견 교환을 통해 벌칙은 손목 때리기로 정해졌다. 게임이 진행되고 다영이가 벌칙자가 됐다. 벌칙을 수행하기 위해 손목을 내밀었는데 그러려면 다른 아이가 손목을 잡아야 한다는 생각이 든다. 순간 너무 싫다. 다른 사람이 손목을 잡는 게 공포에 가까울 정도의 싫은 느낌으로 다가온다. 그러면 다영이는 어떻게 해야 하는가? 싫다고 하고 싶다. 그러나 그 말을 하기가 쉽지 않다. 게임 규칙과 벌칙을 정할 때 다영이도 괜찮다고 동의했다. 그런데 이제 와서 누군가 내 손목을 잡는 게 싫다고 말하면 벌칙 받기 싫어 핑계 댄다 얘기할 것 같다. 나중에 친구들이 험담할 건 불을 보듯 뻔하니 이러지도 저러지도 못하는 상황이 벌어진다. 쭈뼛거리고 있으니 분위기가 이상해진다. 더 이상 뺄 수 없어 너무 싫지만, 손목을 내민다.

아이들에게 이 이야길 들려주면 "벌칙을 같이 정한 건데 중간에 싫다고 하면 어떡해요. 그러면 처음부터 싫다고 했어야지. 그거 손목 맞기 싫어서 그러는 거예요."라고 말한다. 이런 경우 어떤 방법이 있을까? 싫다고 하되 내가 싫은 구체적인 이유를 이야기하는 게 좋다. "벌칙은 받을 거야. 그런데 누가 내 손목 잡는 건 싫어. 그러니까 내가 내 손목을 잡을게. 절대 빼지 않을게."처럼 구체적인 이유와 대안까지 얘기한다면 금상첨화다. 아이들은 함께 정한 규칙을 개인적인 이유를 들어 거부하는 걸 좋아하지 않는다. 같이 정했으면 당연히 다 따라야 한다고 생각한다. 완전히 틀린 말은 아니다. 하지만 한번 정하고 선택한 것이, 그로 인해 발생하는 모든 것을 다 수용한다는 의미는 아니다.

사랑과 연애도 마찬가지다. 서로 사귀기 시작한다. 서로가 좋아 사귀기도 하겠지만, 단순히 연애에 대한 호기심으로 시작하는 경우도 있다. 주변 사람의 권유와 사귀는 분위기에 발맞추려 연애를 시작하기도 한다. 각자의 이유로 시작하지만 사귄다고 다른 사람이 하는 것, 상대가 원하는 걸 다 들어줘야 하는 건 아니다. 사람마다 속도가 있고 허용 범위라는 게 있다. 특히 연애에 관해선 더 그렇다. 수용하고 허용할 수 있는 말과 행동은 사람마다 다르다.

친구들이 아는 공개 연애를 하는 커플인 경우, 두 아이의 연애사는 대화 주제로 자주 등장한다. 연애하는 두 사람이 함께 있으면 "진도는 어디까지 나갔어?" "백 일이 지났는데 키스는 해 봤겠네." "아직도 안 한 거야?" "뽀뽀해. 키스해." 같은 반응으로 둘의 스킨십을 궁금해하거나 부추기기도 한다. 친한 친구들끼리 장난으로 충분히 할 수 있는 일, 그 정도도 못 받아들인다면 속 좁은 아이 취급을 한다. 친구들의 요구에 못 이겨 어쩔 수 없이 요구하는 행동을 하기도 한다. 요구하는 아이도, 수용하는 아이도 이 행위와 상황이 폭력임을 인지하지 못한다. 타인의 연애에 관해 유추하거나 넘겨짚는 말, 연애를 조장하거나 소문을 퍼뜨리는 말과 행동 등은 모두 성희롱에 해당한다. 이런 말을 하면 아이들의 반응은 이렇다. "그냥 친구들끼리 편하게 하는 말이잖아요. 오래 알고 지낸 애들끼리 '그런 말'도 못 해요? 말도 못 하고 살겠네." 말은 하고 살아야지. 다만 타인이 원하지 않는, 듣고 싶지 않은 '그런 말'은 하면 안 된다. 사귄 지 얼마 안 돼 아직 손도 잡지 못한 두 연인을 에워싸고 친구들이 "손잡아, 손잡아."를 외친다. 많은 아이가 보는 곳에서 손을 잡으려니 어색하고 떨린다. 생각할 시간이 필요하다 느낀다. 하지만 친구들과의 관계가 틀어지기 싫어, 좋은 분위기를 깨기 싫어, 요구를 수용하는 경우가 빈번히 일어난다.

아이에게 '자기결정권'과 '성적 자기결정권'을 알려줘야 한다. 자기결정권은 영어로는 'self-determination'로 자기 결정 능력이라고 정의한다. 자신과 관련한 사안을 자기가 결정할 수 있는 권리이자, 결정을 내릴 수 있는 능력이다. 대한민국헌법 제10조에서 "모든 국민은 인간으로서의 존엄과 가치를 가지며, 행복을 추구할 권리를 가진다. 국가는 개인이 가지는 불가침의 기본적 인권을 확인하고 이를 보장할 의무를 진다."고 정의한다. 헌법에서는 행복을 추구할 권리를 자기결정권으로 보는 것이 일반적이다. 자신의 행복 추구를 위해 결정을 내릴 수 있는 권리로 생각할 수 있다. 그 누구의 행복도 아닌 '나 자신'의 행복을 위해 결정을 내릴 수 있는 권리와 능력이다. 이에 비추어 앞의 예시를 생각해 보면, 아무리 친하다 해도 내가 원하지 않고 편하지 않은 것을 누군가의 재미와 행복을 위해 수용할 필요는 없다는 것이다. 헌법에서 이야기하듯이 행복을 추구할 권리, 즉 자기결정권은 인간으로서의 존엄과 가치, 인권에 바탕을 둔다. 이런 권리를 무시하고 박탈하는 것은 그 사람의 인권을 침해하는 것이다. '성적 자기결정권'도 사람으로서의 존엄과 인권적인 측면에서 꼭 지켜져야 한다. 성적 자기결정권이란 자신과 관련한 성에 관한 모든 것을 자신의 의지로 결정할 권리다. 개인의 성과 관련한 행복을 추구할 권리다. 이렇게만 보면 자유로운 권리로만 생각될 수 있다.

권리에는 책임과 의무가 따른다. 자기결정권, 성적 자기결정권에도 책임과 의무가 따른다. 자신의 행복 추구를 위한 권리를 주장하려면, 자신의 결정으로 발생하는 결과를 책임질 수 있어야 한다. 자신의 권리 추구를 위해 타인의 자기결정권, 성적 자기결정권을 침해하지 않을 의무도 져야 한다. 이렇듯 자기결정권, 성적 자기결정권에는 선택에 따른 책임과 타인의 권리를 침해하지 않을 의무가 뒤따른다는 것을 알려줘야 한다. 권리, 책임, 의무. 삼박자가 잘 발맞춰나갈 때 모두 함께 행복해질 수 있다. 그 모두에는 또래만이 아닌 부모와 자녀도 포함된다. 나는 아이의 '자기결정권'과 '성적 자기결정권'을 존중해주고 있는가? 일상에서 아이의 존엄과 가치, 인권을 보장하고 있는가? 양육자, 보호자의 권력과 권위로, 보호라는 명목으로, 아이의 인권을 침해하고 있지는 않는지 생각해 볼 거리다.

4

좋아해도 싫은 게 있어

세 자매 중 둘째로 자란 나는 불만 많은 아이였다. 어린 시절 언니의 모습을 떠올리면 긴 머리카락이 먼저 떠오른다. 등교 준비를 하는 바쁜 시간, 매일 작고 네모난 거울 앞에서 엄마가 언니의 긴 머리카락에 분무기로 물을 착착 뿌려가며 빗어서 땋던 장면이 생각난다. 네 살 차이 나는 동생은 그 시기 유행하던 헤어스타일에 알록달록한 머리 방울을 대롱대롱 달고 다니던 모습이 떠오른다. 언니와 동생의 모습이 부러웠지만 “다영인 짧은 머리가 어울려.” “다영인 바지가 잘 어울려.”라는 부모님의 말에 싫다고 말하지 못했다. 나도 한 번쯤은 살랑거리는 치마를 입고 싶었으나 말하지 못했다. 어린 시절을 떠올리면 형제간 다르게 대했던 부모님의 모습과 그때의 감정이 가장 먼저 떠오른다. 어지간히

서운했던가 보다.

다음으로 떠오르는 건 부모님의 엄격한 훈육이다. 지금은 왼손 사용을 안 좋게 보지 않는다. 오히려 두뇌 회전을 위해 사용을 독려하기도 한다. 하지만 예전엔 오른손 사용이 국룰이었다. 특히 밥상머리에서 왼손으로 수저를 사용하거나 오른손으로 사용하더라도 어설프면 어김없이 "젓가락질이 그게 뭐야. 똑바로 잡고 안 해!" 같은 고함이 들려왔다. 고함과 함께 손등으로 날아오는 숟가락 매도 있었다. 숟가락 매는 아픔보다 억울함과 서러움을 안겨줬다. 숟가락질, 젓가락질을 능숙하게 잘할 때까지 밥 먹는 시간은 긴장감의 연속이었다. 부모님을 좋아한다. 듬직한 부모님의 손을 잡는 것도 좋고 부모님의 냄새도 좋다. 하지만 혼날 때 보이던 부모님의 서늘한 눈빛과 말투, 손짓은 지금 떠올려도 싫다.

좋아하는 사람에게도 싫은 부분이 있다. 좋아하는 사람이라고 그 사람이 하는, 그 사람이 가진 모든 것을 좋아할 순 없다. 물론 눈에 콩깍지가 씌었다는 말이 있는 것처럼 모든 것이 좋을 때도 있다. 나도 첫눈에 반한 사람에게 프러포즈하고 사귀는 시절을 거쳐 결혼에 골인했으니 나에게도 '눈에 뵈는 게 없던' 시절이 있었다. 하나 그 콩깍지가 벗겨지고 시력이 돌아오면 안 보이던 것들이 보이기 시작한다. 그렇다고 상대가 변한 건 아니다. 계속해서 가지고 있던, 보여주던 모습인데 좋아하는 마음에 별다르게 생각지 않다가 그제야 보이는 것이다. 밥을 다 먹고 숟가락을 그릇에서 안 내려놓는 것, 밥을 먹은 밥그릇, 그것도 찌개를 넣어 비벼 먹어 양념이 묻은 밥그릇에 물을 부어 마시는 것, 같이 걸어갈 때 걸음 속도를 맞추지 않고 혼자 앞서가는 것, 먹을 것 앞에서 "같이 먹을래?" 물어보지 않고 혼자 먹어버리는 것 등 일상에서 사소하지만, 이상하게 싫은 것들이 있다. 내가 생각하는 일상 규범과 깨끗함, 배려가 부족하다고 느끼게 하는 행동은 사랑하는 사람이 해도 싫다. 좋게, 긍정적으로 해석하는 삶의 태도는 좋지만 좋아하는 사람의 모든 것을 좋아해야만 하는 건 아니라는 걸 알려줘야 한다. 아이가 연애를 시작하면 좋아하는 상대와 함께하고 싶은 것도, 해 보고 싶은 것도 많아진다. 아이도 성적 호기심을 느끼는 성적 존재이기에, 좋아하는 마음을 가진 사람에게 향하는 마음과 욕구는 본능적이고 당연하다. 하지만 그 본능적이고 당연하다는 말로 모든 게 다 괜찮다고 할 수는 없다.

가족마다 가정문화가 다르다. 어떤 가족은 성별에 따라 표현 방식과 스킨십을 제한하는가 하면, 어떤 가족은 자녀가 성인이 되어도 집안에선 속옷만 입고 생활하기도 한다. 가족끼리 거리낌이 없고 동의하는 생활방식이라면 법적인 제재가 뒤따르지도 않고 잘못됐다고 말할 이유도 없다. 다만 가족 중 누군가 불편함을 표현한다면 바꿔나갈 필요성이 있다. 가족끼리도 사랑하지만 불편하고 싫은 부분이 있는 것처럼 좋아하는 사람이라 하더라도 불편하고 싫은 게 있는 건 자연스러운 일이다. 아이가 연애를 시작하면 '좋아하니까' '좋아하는 마음'에 내가 원하는 행동을 당연하게 여기는 마음이 커진다. '사귀니까 좋아한다는 표현은 자주 해야지.' '좋아하니까 손잡고 옆에 앉는 건 당연한 거야.' '사귄 지 좀 됐으니 키스 정도는 해야지.'라고 생각한다. 이런 생각을 실천으로 옮겼는데 상대가 거부하거나 거절하면 자신을 좋아하지 않는다, 자신을 거절했다 느낀다. 남편에게 첫눈에 반해 결혼까지 했지만, 더운 여름엔 가까이 붙어 있는 걸 좋아하지 않는다. 더운 것을 안 좋아하는 데다가 땀이 많은 체질이라 여름이 되면 사람을 멀리한다. 사랑하는 사람도 예외는 없다. 그렇다고 남편을 사랑하지 않는 건 아니다. 다만 더운 여름, 땀 나는 손을 잡고 곁에 앉아 있는 게 싫을 뿐이다. 그 사람 존재에 대한 거부와 싫음이 아니라, 그 행동에 대한 거부와 싫음이다.

아이에게 존재와 행동을 구분해서 생각할 수 있는 능력을 키워주면 좋겠다. 더운 날 남편과 손잡고 걷는 것 대신, 시원한 공간에서 거리를 두고 앉아 이야기 나누는 것을 좋아한다는 것 같은 예를 들어 설명하면 좋겠다. 좋아해도 싫어하는 게 있는 건 너무나 자연스럽다는 것을 이야기 나누면 좋겠다. 내가 좋아하고 싫어하는 게 있는 것처럼 상대도 좋아하고 싫어하는 게 있는 건 당연하다는 인식을 서로 나누면 좋겠다. 거절은 관계를 이어가고 만들어가는 과정 중 하나라는 것을 생각해야 한다. 요구과 부탁을 거절한다고 해서 상대, 즉 존재를 거절하는 게 아니라 요구와 부탁에 대한 거절이라는 걸 구분해 생각할 수 있는 능력을 키워주면 좋겠다. 그럼에도 거절을 당하면 기분이 좋진 않다. 기분 좋은 거절은 없기 때문이다. 그렇다면 거절한 요구와 부탁을 대신할 다른 행위를 함께 생각해보는 시간을 가져보는 것도 좋겠다. 너무 더워 땀이 샘솟는 날이라면 해가 진 후 시원한 바람이 부는 곳에서 만나는 것처럼 말이다.

관계와 사이에서는 한 사람의 행복만 추구해선 안 된다. 서로의 행복을 추구할 때 건강한 관계와 사이를 만들어갈 수 있다. 무릇 연인 사이에서만 통용되는 말은 아니다. 지금보다 더 건강한 가족 관계와 가족 사이를 만들어가기 위해, 가족 서로의 말과 행동, 생활방식 중 싫어하는 것을 나눠보는 시간을 가지면 어떨까. 강요와 요구의 형식이 아니라 부탁과 제안의 방식으로 말이다.

5

은밀히 파고드는 폭력 '가스라이팅'

2022년 세간을 뒤흔든 사건이 있다. 피고인이 내연남과 함께 수영 못하는 남편을 구조장비 없이 계곡물로 뛰어들게 해 살해한 것으로 판단한 일명 '계곡 살인'으로 알려진 사건이다. 법원은 피고인에게 무기징역을, 내연남에게 징역 30년을 각각 선고했고, 이 글을 쓰는 시기 항소심이 진행 중이다. 검찰은 가스라이팅에 의한 살인을 주장했다. '가스라이팅Gaslighting'. 시사상식사전에 따르면 타인의 심리나 상황을 교묘하게 조작해 그 사람이 스스로를 의심하게 만듦으로써 타인에 대한 지배력을 강화하는 행위다. 가족, 연인 등 주로 밀접하거나 친밀한 관계에서 이뤄진다. 여기서 주의 깊게 봐야 하는 게 있다. '스스로를 의심하게 만든다'는 것이다. 상황에 대한 원인을 자기 잘못과 부족함으로 생각하게 만든다. 상대를 통제하고 억압하려는 게 목적이다. 목적을 보면 알겠지만 가스라이팅은 명백한 폭력이지만, 밀접하고 친밀한 사이에서 장기간에 걸쳐 일어나기에 대부분 자신이 가스라이팅을 당하고 있다는 사실을 인지하지 못한다. 역으로 생각하면 가해자 또한 자신이 가스라이팅을 행하고 있다는 생각을 못 하기도 한다. 그럼 어떤 말과 상황들을 가스라이팅이라고 할까? 혹 일상에서 이런 말들을 들어보거나 사용한 적이 있는지 한번 체크해 보자.

* 네가 하는 말이 무슨 말인지 모르겠어.
* 네가 잘못 생각하는 거야.
* 넌 너무 예민해.
* 네가 문제야.
* 다 너를 위해서야!
* 내가 하라고 한 대로 안 해서 이렇게 된 거잖아.
* 넌 착한 아이잖아.
* 네가 그러니까 사람들이 자꾸 무시하는 거야.
* 내가 언제 그랬어. 네 기억이 잘못된 거야.
* 네가 자꾸 그러니 주변에 사람이 없는 거야.
* 넌 나 없으면 안 돼.
* 나 없이 혼자 할 수 있겠어?

* 난 너 없으면 안 돼.
* 네가 떠나면 난 아마 잘못된 선택을 하고 말 거야.

위의 말들은 가해자가 일어난 상황을 모른 척하거나 외면하고, 모든 책임과 원인을 피해자에게 돌리기 위해 하는 말들이다. 이런 말을 계속해서 듣는다면 무언가 일이 잘못되었을 때 자신의 탓으로 느껴진다. 나를 위하는 사람이 지속해서 하는 말을 듣기에 잘못된 원인을 상대에게 찾는 건 생각지도 못한다. 자동인식처럼 '잘못된다면 내 탓'이 돼버리는 것이다. 예시로 든 말 중 '착한 아이'라는 말은 일상적으로 하기도 하고 자주 들으며 자란다. "착한 아이는 이렇게 하는 거야." "그렇게 하면 착한 아이 아니지." 어른들의 기대에 맞추기 위해, 착한 아이라고 칭찬받고 싶어 했었던 많은 것들이 떠오른다. 오죽했으면 '착한 아이 콤플렉스'란 말이 나왔을까.

이처럼 가스라이팅은 밀접한 관계에서 상대를 조종하고 지배하기 위해 사용하는 학대의 유형이다. '폭력'의 범위와 의미는 시대에 따라 변한다. 하지만 누군가를 지배하기 위한 학대 행위라는 의미는 달라지지 않는다. 위의 예시를 보니 '나도 가스라이팅을 행한 가해자인가?'라는 생각이 들지만 애써 '어쩔 수 없었다.'

'그런 의도는 아니었다.'라고 변명하는 나를 본다. 그럴 의도는 없었다 하더라도 나도 가스라이팅을 했었다는 것, 이것부터 인정하고 가야 한다. 이쯤 되면 아이의 성교육과 가스라이팅, 너무 간극이 큰 것 아닌가 하는 생각이 들 수도 있다. 이건 어른과 아이 사이에서나 일어날 법한 일로 생각하기도 한다. 그렇지 않다. 또래, 연인 사이에서도 가스라이팅은 일어난다.

중학 2학년 다영이는 첫 연애를 시작했다. 1학년 때부터 자신을 봐왔다는 남자친구의 말에 장난삼아 고백하는 건 아니겠다 싶어 교제를 시작했다. 공개 연애를 선언하고 친구들 사이에서도 부러움을 가득 샀다. 연애를 시작하면서부터 남친은 다영이를 보호하려는 듯 항상 함께 다니며 챙겨주려 애썼다. 그 모습이 고마워 다영이도 남친에게 최선을 다했다. 그런데 어느 순간부터 남친에게 자꾸 사과하는 상황이 발생한다. 다영이는 남친이 생겨도 스킨십은 키스까지만이라고 생각했다. 하지만 남친의 생각은 달랐다. 키스를 넘어 성관계를 원하는 것이다. 다영의 거절에 남친은 자신을 사랑한다면, 사귀는 사이라면, 요즘 중학생 커플은 대부분 첫 경험을 한다고 말했다. 사람마다 다를 수 있는 거 아니냐고 하는 다영이에게 남친은 자기 말이 맞다고 언성을 높였다. 큰 싸움으로 번지는 것이 싫었던 다영인 자기가 잘못했다고 사과를 했다. 다른 주제로 이야기를 나누더라도 남친은 자신의 의견을 굽히지 않으며 다영이에게 "잘 알지도 못하면서"라는 말을 자주 했다. 이런 상황이 빈번히 일어나니 힘들어진 다영이가 헤어지자는 말을 했다. 그 말을 들은 남친은 "네가 헤어지자고 하면 난 어떻게 살아. 내일부터 나 못 볼 거야."라는 말을 한다.

이 상황을 들여다보자. 연애 중 갈등은 생길 수 있다. 하지만 그 원인을 한 사람 탓으로 몰아가며 피해자에게 죄책감을 느끼게 하고 가해자의 말에 수긍하게 하는 분위기를 만든다. 자신 때문에 무슨 일이 일어날까 봐 선불리 다음 행동을 취할 수 없다. 꼭 연인 사이가 아니라 친구 사이에서도 이런 경우는 발생한다. 그렇기에 아이가 친구나 연인과의 관계를 지속함에 이런 행동을 보이지는 않는지 살펴봐야 한다.

* 아이가 아무 잘못이 없더라도 잘못에 대해 사과하는 횟수가 빈번하다.
* 작은 결정을 내릴 때도 힘들어하며 자신감 없어 한다.
* 자신을 책망하거나 자신의 성향이나 성격을 탓한다.
* 친구나 연인 사이의 일을 객관적으로 생각하고 말하지 못한다.

아이가 이런 행동을 보이는 관계를 유지하고 있다면, 상황을 객관적으로 바라볼 수 있도록 도와야 한다. 정말 사과를 해야 할 상황인지, 왜 결정 내리기가 힘든 것인지, 타고나서 바꿀 수 없고 타인에게 피해 주지 않는 기질이나 성격을 왜 탓하는지, 일어난 일을 왜 객관적으로 표현하는 게 잘 안 되는지 반문하고 자신의 처지를 객관화할 수 있게끔 해야 한다. 아이에게 그런 상황일 때 어떤 '느낌'과 '감정'이 드는지 물어보는 게 좋다. 누가 들어도 조종당하고 있다는 느낌이 들지만 무턱대고 "넌 가스라이팅 당하고 있어."라고 말한다면 아이는 받아들이지 않는다. 그럴 땐 아이가 상황에 따른 감정과 느낌을 알아차리게끔 도와주며, 자신의 상황을 한발 떨어져서 바라볼 수 있게 해주는 게 좋다.

'가스라이팅'은 2022년 미국에서 뽑은 '올해의 단어'로 선정될 만큼 화제가 됐다. CNN에 따르면 사전 전문 출판사로 알려진 미국 미리엄 웹스터 홈페이지에서 '가스라이팅'을 검색한 건수가 2021년과 비교해 1,740% 증가했다고 한다. 타인을 심리적으로 조종하는 것은 폭력이자 범죄다. '장난삼아 하는 말'이니, '평소에 자주 하던 말이니 괜찮겠지.'란 생각은 이제 넣어둬야 한다. 그 관계가 친구든 연인이든 가족이든 말이다. 아이가 학교와 학원 등 사회생활을 함에 자신도 모르게 은밀히 파고드는 폭력에 노출되어있지는 않는지, 자신도 모르게 폭력을 행하고 있는 건 아닌지 일상적 대화에서 찾아보자. 그 시작은 가족의 대화 방식과 사용 언어 점검부터 이루어져야 한다. 나도 모르게 아이에게 나의 의지에 따르게끔 말하고 있지는 않은가 살펴보자.

6

함께 준비하는 아이의 연애

큰아이와 점심을 같이 먹기로 했다. 선호하는 음식이 달라 메뉴 선정을 위해 대화는 필수다. 함께 선택한 메뉴는 마라탕. 먹어 본 적이 없는 우리에겐 도전에 가까운 선택이었다. 그런데 마라탕을 먹으려면 선택할 것이 너무 많다. 국물은 어떤 맛을 선택할 것인지, 어떤 재료를 넣을 것인지에 따라 금액이 달라진다. 재료도 너무 다양하다. 내 눈엔 다 같아 보이는데 넓적 당면, 분모자 당면, 떡 당면, 옥수수면, 수정 당면 등 당면만 해도 종류가 제법 된다. 뭘 선택해야 하는지 모르는 날 제치고 자연스럽게 척척 담으며 계산하는 아이 뒤를 쫄쫄 쫓아다녔다. 아이도 처음인데 너무도 익숙해 보이는 뒷모습에 '뭐지? 처음이랬는데 아닌가?'란 생각이 든다. 주문 후 음식이 나올 때까지 기다리며 물어봤다. 그랬더니 돌아오는 답. "먼저 찾아보지. 무턱대고 오진 않지." 내가 찾아보는 건 마라탕 맛집이나, 근거리에 있는 식당 위치 정도인데 아이는 주문에 필요한 모든 것을 찾아보고 왔다.

간접 경험이 중요하다는 건 안다. 직접 경험보다야 못하겠지만 간접 경험으로 예행 연습이 가능하다. 처음, 새로 접하는 것에 대한 두려움을 적게나마 줄일 수 있다. 성도 마찬가지라 생각한다. 살아가며 평생 접해야 하는 성적 상황과 관계를 준비 없이 마주하면 어른도 당황스럽다. 간접 경험에 빗대어 조심스럽지만, 아이가 혼란스럽고 두렵지 않게 성에 관한 교육을 통해 아이가 마주할 성적 상황을 미리 준비하길 바란다.

난 종교를 가지고 있지 않다. 그렇기에 종교에 관해 이야기하는 것이 조심스럽다. 종교를 가지고 있다, 있지 않다는 표현이 맞는지도 모르겠다. 이런 나에게 한 교회에서 자체적으로 운영하는 대안학교 아이들을 대상으로 성교육을 부탁해왔다. 교회를 다니진 않지만 교회에서는 교회 성교육, 즉 성경 내용을 기초로 하는 성교육을 선호하는 걸로 알고 있다. 대학원 공부를 할 때 함께 다니던 동기 중에도 목사님과 교회에 다니는 분들이 제법 됐기에 전해 들어 알고 있었다. 대학원 수업 중 청소년의 성에 관해 나누는 시간이었다. 교회에 다니는 분이 자신은 꼭 성교육 강사가 되어야 한다고 했다. 무엇이 그런 의지를 다지게 한 것인지 궁금했다. 물어보니 에이즈는 동성애로 발병하는데 아이들을 그런 사실을 모른다고 한다. 동성애는 모든 성병의 원인인데 학교에서 제대로 알려주지 않고 숨겨 아이들만 피해를 보고 있다는 말도 덧붙인다. 어떤 의미를 전하고 싶은지 알아차렸다. 잘못 알고 계신 것 아니냐는 말에 핏대 세우며 더 강하게 말하는 동기를 보며 더는 이야기를 이어갈 수 없었다. 이후 그분과 이야기할 땐 더욱 조심했다.

그런 경험이 있던지라 교회에서 성교육 의뢰가 들어왔을 때 내 반응, 예상될 것이다. '왜? 교회 대안학교 다니는 아이들이라면 특히나 더 교회 성교육을 해야 하는 거 아닌가?' 혹 연락을 잘못한 건 아닌가 하는 의문도 들었다. 몇 번이나 확인하고, 나의 성교육 방향에 관해서도 충분히 설명했다. 그럼에도 내게 교육을 맡기는 이유를 그분은 이렇게 말했다. "우리 아이들이 교회에서 교육받는 거 맞아요. 그런데 이 아이들이 언제까지나 교회 내에서 생활하는 건 아니잖아요. 어른이 되어 사회생활을 하면 결국 다양한 사람들과 어울려 살아야 하는데 알려줘야 하는 건 제대로 알려줘야죠. 우리 애들이 너무 몰라서 나중에 더 헤매면 어떡해요."

종교, 신앙, 신념 중요하다. 그 중요한 것을 거스르자는 말이 아니었다. 아이들에게 다양한 사람들과 어울려 살아가는 세상에 대한 이해를 넓혀주고, 잘 살아갈 준비를 시켜주고 싶다는 말이었다. 아이를 위해 하는 교육, 흔쾌히 받아들였다.

만반의 준비를 해 만나러 갔다. 교육 의뢰를 한 분과 함께 아이들 교육을 책임지고 있는 분이 들어섰다. 그리고 교육 책임자가 한마디 하신다. “교육 자료 좀 볼 수 있을까요?” 보자고 하는 이유는 예상됐다. 강의안을 하나하나 넘기는데 혹 교육하지 말라고 하면 어떡하지 싶은 걱정이 들었다. 그런데 오케이 사인이 떨어졌다. 다행이라는 생각에 나오는 한숨을 숨길 수 없었다. 여기서 끝나나 했는데 마지막으로 한마디 덧붙인다. “아이들에게 동성애랑 트렌스젠더 얘기는 하지 말아주세요.” 단호했다. 그것만은 절대 안 된다는 단호한 눈빛을 마주하니 거절할 수 없었다. 그것을 제외하고라도 아이들과 나눠야 할 이야기는 많으니 그 시간을 포기할 수 없었다. 교육 중 아이의 질문에 동성애와 트렌스젠더에 관한 건 없기를 바랄 뿐이었다.

교육 중간중간 익명으로 질문을 받았다. 익명이기에 묻고 싶은 걸 마음껏 묻는다. 소수의 인원에선 불가능하지만 열 명 이상의 인원에선 익명 질문으로 궁금했던 것을 마음껏 드러낼 수 있다. 익명이 가진 장점을 확실히 활용하는 것이다. 첫 질문 시간, 질문 쪽지가 모자랄 정도다. 하나씩 보며 답할 수 있는 건 바로 답을 한다. 그런데 걱정했던 상황이 벌어졌다.

'동성애는 나쁜 건가요?' '동성애를 하는 사람은 어떤 사람이죠?' '여성이 남성이 될 수도 있다는데 정말인가요?' '트렌스젠더가 뭔가요?'

나의 바람은 첫 시간부터 무너졌다. 교회를 다닌다고 다른 존재가 되는 건 아니다. 아이의 호기심과 궁금증이 종교의 유무에 따라 달라지는 것도 아니다. 아이는 궁금하다. 하지만 부탁받은 부분이 있기에 답을 해줄 수는 없었다. 나의 교육 가치관으로서는 당연히 답을 해줘야 하고 알려줘야 했다. 하지만 종교적 신념을 존중하기에 무시하고 진행할 수는 없는 노릇이었다. 결국 난 눈을 감았다. 익명이기에 질문을 던진 아이도 더 이상 질문할 순 없었다. 교육한 지 제법 되었지만, 아직도 아쉬운 부분이다.

십 대 중후반 아이들과 함께하는 두 번째 시간. 첫 시간에 교육받은 아이들의 평가를 듣고 왔다고 한다. "선생님 저번 시간에 들은 애들이 쇼킹했다고 하던데요."라는 말을 한다. 일상적 성교육을 했을 뿐인데 쇼킹하다는 평가가 내려진 모양이다. 두 번째 시간 교육받는 아이들에게도 중간중간 익명 질문을 받았다. 십 대 중후반 나이 아이들은 첫 번째 시간에 만난 십 대 초반 아이들보다 적극적이다. 익명으로 받았으나 질문에 답을 하는 도중 궁금증이 생긴 건 더 물어본다. 한 아이가 아주 적극적으로 물어본 부분은 피임 방법과 응급피임약에 관한 내용이었다. 응급피임약이라는 걸 처음 들어봤다고 한다. 응급피임약을 누가, 어떻게 구매할 수 있는지. 복용 방법과 효능에 관해 질문한다. 이런 질문을 한다고 하면 듣는 사람은 아이가 그 약이 필요한 어떠한 행위를 했을 거로 확신한다. 정보를 찾아볼 때 꼭 그 정보를 활용하기 위해 찾아보는 건 아니다. 지금 창밖으로 날아가는 새가 무슨 새인지 찾아보는 것이 꼭 그 새를 키워볼 요량이거나, 조류학자가 되기 위해서가 아닌 것처럼 말이다. 단지 창밖으로 자주 보이는 새가 어떤 새인지 궁금해서 찾아본 사소한 행위를 너무 광범위하게 만들 필요는 없다. 단순한 호기심이거나 필요할 거로 생각되는 걸 미리 알아두려는 노력이다. 지금 당장 필요해서가 아니라 궁금증을 해소할 수 있는 기회가 생겼을 때 알아두려는 것이다. 그러니 아이의 질문을 확대해석할 필요는 없다.

몸과 마음의 성장이 한창인 아이는 궁금한 게 많다. 그러다 연애를 시작하면 궁금한 게 더 많아진다. 자신의 욕구를 알아차리는 것에서 끝나는 것이 아니라, 상대의 욕구를 알아차리고 반응하고 대응해야 하는 상황이 벌어지기 때문이다. 좋아하는 사람과 함께하는 것이 더없이 행복하지만, 그만큼 조심스럽기도 하다. 그럴 때를 위해 아이는 알고 싶고 준비하고 싶다. 그런 솔직한 마음을 꺼내놓고 물어볼 기회가 흔치 않을 뿐이다. 아이가 좋아하는 사람을 만날 준비를 같이해주면 좋겠다. "무조건 조심해."가 아니라 건강하고 행복한 연애를 하는 데 필요한 준비를 교육해주면 좋겠다. 어떤 사람을 만나고 싶은지, 고백을 어떻게 하고 싶은지, 자신이 원하는 바를 상대에게 어떻게 표현하는 게 좋을지, 서로의 마음이 맞지 않을 때 어떻게 해야 할지 등 연애를 시작하기 전부터 아이가 자신의 연애 기준을 세울 수 있는 대화로 연애를 준비시키면 좋겠다. 건강한 관계를 형성하는 건 마주한다고 다 잘되는 게 아님을 우리 어른은 경험으로 알지 않는가. 아스라이 먼 첫 연애의 기억을 떠올려보길 바란다. 그리고 그때 내게 필요했던 준비를 함께 시작하면 어떨까. 대화하는 중 물어오는 아이의 질문을 곡해하지 않고 준비성 철저한 아이로 인식하면서 말이다.

5장

가해자와 피해자란 말은 어른의 단어라 생각했다. 범죄로 규정하는 엄청난 폭력 상황에서 사용되는 언어로 생각했다. 아이를 낳아 키우기 전까진 아이와는 전혀 상관없는 말로 받아들였다. 그랬던 내게 이 단어가 전 연령, 모든 사람에게 적용될 수 있는 단어라는 걸 느끼게 된 계기가 생겼다.

아이를 학교 보내며 걱정인 부분은 친구 관계였다. 친구를 못 사귀면 어떡하지? 친구 사이가 틀어지면 어떡하지? 거친 아이가 있어 혹시나 맞고 오면 어떡하지? 이런 걱정은 나를 학부모회 활동으로 이끌었다. 첫째 아이가 초등학교 입학하면서부터 둘째 아이가 초등학교 졸업할 때까지 학부모회 활동을 했으니 십 년을 활동했다. 그러다 첫째 아이가 중학교에 입학하게 되고 학교폭력대책자치위원으로 활동하게 됐다. 그때는 학교폭력대책자치위원회에서 가해자에 관한 최종 결정까지 내렸다. 그랬던 자치위원회는 2020년 3월 1일부터 학교 내 학교폭력 전담 기구와 교육지원청 내 학교폭력 대책심의위원회로 나뉘었다. 2023년 현재는 학교폭력이 일어나면 학교마다 설치되어 있는 학교폭력 전담 기구에 신고할 수 있고, 전담 기구에서는 피해 학생과 보호자가 원하면 학교장 재량으로 자체 결정을 내리거나 교육지원청으로 사건을 넘길 것인지 결정을 내리게 된다. 전담 기구에서 결정이 나지 않거나 피해 학생이나 보호자가 원할 경우 교육지원청에 설치되어 있는 학교폭력 대책심의위원회로 사건이 넘어간다. 학교폭력을 심각하게 보고 전문가 집단에서 신중히 결정해야 한다는 사회적 동의로 만들어진 절차다.

아이가 어릴 땐 학교폭력이라는 걸 크게 생각지 못했다. 바깥으로 드러나는 대단한 폭력 상황이 없었기에 학생들 간 사소한 다툼 정도로 생각하며 위원 활동의 비중을 크게 생각지 않았다. 안일한 생각으로 시작한 위원 활동은 내게 완전히 다른 세상을 보여줬다. 국어사전에선 '폭력'의 의미를 이렇게 정의한다. 남을 거칠고 사납게 제압할 때 쓰는, 주먹이나 발 또는 몽둥이 따위의 수단이나 힘. 넓은 뜻으로는 무기로 억누르는 힘. 폭력을 행했다, 당했다 하는 기준은 당사자가 느끼는 정도에 따라 다르다. 가해자는 장난이었다, 폭력이 아니었다고 말하지만 피해자는 폭력을 당했다고 말한다. 이 장에선 성과 관련한 폭력에 관해 이야기 해 보려 한다.

1

나도 모르게 스며드는 폭력적인 말

아이가 초등학생 땐 놀이터에서 살았다. 학교를 마치고 오면 놀이터에서 시작하는 오후 일정이 기다렸다. 초등 저학년 땐 큰 아이들에게 치일까 봐 놀이터 한편에 앉아 아이를 지켜보았다. 그렇게 끝나지 않을 것 같은 놀이터 일정은 아이가 초등 고학년이 되며 차츰 줄어들었다. 네 살 차이 나는 둘째 아이 덕에 첫째 아이부터 둘째 아이까지 거의 십 년, 놀이터의 한쪽 벤치는 나의 지정석이었다. 놀이터에 있으면 새가 모이를 물고 둥지에 가져다 놓듯 온갖 동네 소문이 귓가에 내려앉았다. 누구네 집에 어떤 일이 있는지, 학교 1학년 2반 담임 선생님이 어떤지, 다른 아파트에 관한 소식과 근처 회사에서 일어난 일까지 알고자 하지 않아도 온갖 소식이 날아들었다. 그 덕분에 동네 소식을 제법 알 수 있었는데, 놀이터에 나갈 일이 없는 지금은 동네 돌아가는 일을 전혀 모르고 산다. 놀이터는 사랑방 같은, 내겐 더할 나위 없는 휴식 공간이다. 내 아이가 노는 모습을 지켜보기 위해 나갈 일은 없지만, 이웃과 잠시 만나 담소 나누기에 이보다 좋은 장소는 없다.

그날도 이웃과 놀이터 만났다. 한참을 앉아 아이들 노는 것에 눈을 두고 이야기 나누고 있었다. 멀리서 다가오는 남자아이를 근처에 있는 여자아이가 반갑게 맞는다. 초등 1, 2학년 정도로 보였다. 둘의 노는 모습이 예뻐 눈이 자꾸 둘의 모습을 좇는다. 함께 씽씽카를 타기도 하고 나뭇가지를 주워 놀기도 하며 친구와 노는 게 제일 좋다는 감정을 온몸으로 내비쳤다. 한참을 놀던 아이들이 잠시 쉬기 위해 내가 있는 벤치로 왔다. 자리를 잡고 앉더니 남자아이가 주머니에서 휴대폰을 꺼낸다. 세상이 무서워, 24시간 밀착 돌봄이 녹록지 않아서, 초등 입학하면 대부분 가지고 있다는 등 여러 이유로 초등생 대다수가 휴대폰을 소지한다. 어쩔 수 없는 상황인 건 안다. 아이를 양육하는 입장에서 공감한다.

걸어서 5분도 안 걸리는 학교에 혼자 등하교 하겠다며 호언장담하고 집을 나선 초등 1학년이었던 첫째 아이. 걱정되는 마음에 미행하듯 거리를 두고 따라나섰다. 분명 5분도 안 돼 도착하는 학교를 15분이 지났지만 아직도 걸어가고 있다. 기어가는 개미는 왜 보며, 손에 닿는 나뭇잎은 뭘 그리 관찰하는지. 그냥 지나쳐야 하는 작은 공원을 한 바퀴 뻥 돌아가는 이유는 뭔지 가슴을 탁 하고 칠 노릇이었다. 학교를 마치고 분명 집에 돌아올 시간이 넘었는데 오지 않는다. 한참 기다리다 걱정되는 마음에 찾아 나서니 땀을 뻘뻘 흘리며 놀이터에서 놀고 있다.

아이의 호기심과 놀고 싶은 욕구를 어찌할 수 없다는 건 안다. 그렇다면 연락이라도 하라고 말하고 싶지만 연락할 방법이 없다면 이런 말도 할 수 없다. 개별 휴대폰 소지가 보편화되면서 거리에 있던 공중전화도 찾아보기 힘들다. 학교에 수신자부담 전화를 할 수 있는 전화기가 있으나 막 입학한 아이가 이용하기는 쉽지 않다. 친구나 선생님 등 주변인에게 휴대폰을 빌려 연락하라고 하지만 말 걸기도, 부탁하기도 힘들어하는 아이에겐 그마저도 쉬운 일이 아니다. 특히 양육자가 집에 있을 수 없는 경우라면 아이가 초등학교 입학함과 동시에 연락과 돌봄의 목적으로 휴대폰을 선물한다. 예전 2G폰은 정말 연락의 목적만 충실히 이행했는데 스마트폰은 '내 손안의 세상'이라는 카피에 걸맞게 작은 몸체로 어마 무시한 능력을 보유하고 있다. 몇 번의 스크롤과 터치로 알고 싶은 것, 보고 싶은 것을 마음껏 찾을 수 있다. 그와 함께 알고 싶지 않은 것, 보고 싶지 않은 것, 봐서는 안 되는 것까지 알고리즘 추천으로 보게 되는 현상이 펼쳐진다. 어린 나이일수록 선택하고 거부하는 능력이 약해 자신에게 다가오는 그대로 수용하게 된다.

다시 놀이터로 돌아가 보자. 남자아이는 휴대폰을 꺼내더니 한창 유행하는 캐릭터 영상을 보기 시작했다. 여자아이도 궁금했는지 남자아이에게 다가가 앉는다. 그랬더니 남자아이가 하는 말.

"야, 네가 이렇게 막 다가와서 나한테 막 뽀뽀하려고 하고 그러면 어떡해."

남자아이의 이 말을 듣는데 내 눈이 휘둥그레졌다. 여자아이는 그 자리에서 멈칫한다. 영상이 보고 싶어 다가간 행동이 왜 뽀뽀와 연결된 걸까? 남자아이는 왜 그렇게 이야기한 걸까? 이런 상황을 이야기하면 대부분 남자아이가 무언가를 봐서 그럴 거라고 생각한다. 무엇을? 아이가 보지 않아야 하는 야한 동영상을 상상한다. 그럴 수 있다.

2005년 유튜브가 등장하기 전엔 인터넷에서 정보 조회는 네이버, 네이트, 다음 같은 포털사이트를 이용했다. 하지만 매일 6만 5천 개의 새로운 비디오가 업로드되고, 1억 비디오 조회 수를 기록

하는 유튜브의 급속한 성장은 모든 정보 검색과 전달을 유튜브로 모았다. YouTube라는 명칭은 사용자를 가리키는 'You(당신)'와 미국 영어에서 텔레비전의 별칭으로 사용되는 'Tube'를 더한 것이라고 한다. 과거 텔레비전이 브라운관Cathode-Ray 'Tube', CRT을 사용했기 때문에 텔레비전을 미국 영어에서 다른 말로 '튜브'라 부른다. YouTube는 '당신을 위한 텔레비전', '당신이 곧 텔레비전' 정도로 해석할 수 있다. 즉 모든 정보를 영상으로 제작해 업로드하는 플랫폼이란 의미다. 글을 위주로 하는 것이 아니기에 보고 듣고 이해할 수 있다면 누구라도, 무엇이든 볼 수 있다.

만 14세 미만 자녀의 유튜브 계정은 양육자의 감독 대상 계정을 사용해 자녀에게 유해한 영상, 음악을 제한할 수 있다. 만 14세 이상이 되어야 독립적인 계정 사용이 가능하다. 하지만 아이의 부탁으로 양육자의 유튜브 계정을 아이가 사용하기도 한다. 그럴 경우 성인 계정으로 사용하기에 검색, 조회에 관한 어떤 제한도 없다. 유튜브에선 조회 수를 올리기 위해 무엇이든 한다. 조회 수를 올려야 수익이 발생하기에 자극적이고 폭력적인 내용 다루길 서슴지 않는다. 또한 유튜브 AI인 '유뷰브 봇'은 시청자가 관심 있을 만한 영상을 적극적으로 추천하며 첫 화면에 띄워준다. 추천 영상은 관심 있는 영상이기도 하지만 검색 키워드와 비슷한 단어로 올려진 영상도 있다. 이런 환경에서 우리 아이는 성장 중이다. 환경의 변화는 우리가 상상하는 것 이상으로 빠르다. 아이는 자신이 습득한다는 생각도 못 하고 아주 자연스럽게 익숙해진다. 하얀색 도화지에 칠한 색이 다른 색 도화지에 칠한 색보다 더 선명하게 자신의 색을 드러낼 수 있는 것처럼, 의심하고 비판할 능력이 부족한 아이는 보이는 대로, 들리는 대로 받아들여 발산한다.

남자아이가 보지 않아야 할 동영상을 보고 그렇게 말했을 수 있다. 그럼 남자아이를 혼내야 하는 걸까? 혼내기보다는 그렇게 말한 이유를 묻고, 그렇게 말하는 건 잘못됐다는 걸 알려줘야 한다. 무조건 혼부터 낸다면 그런 표현이 잘못된 표현이고, 하면 안 되는 말인 걸 알려줄 교육 기회를 놓치는 것이다. 어떤 영상을 보는지 궁금해서, 함께 보고 싶어서 다가오는 친구에겐 "난 이런 거 보는데 같이 볼래?" 또는 "나는 옆에 너무 가까이 오는 거 싫어." 등 자신의 생각을 표현해야 함을 알려줘야 한다. 어린아이일수록 들리는 대로 습득하는 능력이 뛰어나다. 자신도 모르게 스며들고 물들어버려 그 말이 어떤 뜻과 의미를 내포하는지 모르고 하는 것처럼 말이다. 그러니 아이에겐 긍정적인 말과 행동이 포함된 영상이나 행동을 보여주는 게 좋다. 혹 그렇지 못한 영상이나 행동을 보거나 접하는 경험을 했다면, 그런 영상에서 나온 말과 행동은 잘못된 것이라는 걸 알려줘야 한다. 아이가 어려 이해할 수 있을까 싶어 무조건 "안 돼. 나쁜 거야."라고 하는 것보다, 왜 잘못됐는지 그럴 땐 어떤 말과 행동을 하면 좋을지 알려줘야 한다. 부정적이거나 폭력적인 말과 행동을 한다면 상대가 어떤 마음이 드는지 조곤조곤 얘기해주는 게 좋다. 양육자의 눈엔 한없이 어리게 보이겠지만 양육자의 생각보다 아이의 이해도는 높다. 이해한다면 같은 잘못을 하지 않기 위해 노력한다. 그러니 편안한 분위기에서 아이를 교육해 변화시킬 수 있는 기회를 양육자의 감정에 사로잡혀 놓치지 않기를 바란다.

2

폭력인지 감수성 키우기

“지나가는데 갑자기 고추를 툭 치고 지나갔다는 거예요. 남자애들은 다 그러잖아요. 그래서 그 앤 장난으로 그랬을 거야 그랬죠.”

“너희 애도 그랬구나. 우리 애도 저번에 그러더라고. 그래, 자기들끼리 장난으로 그러는가 보네.”

“아뇨. 남자아이라고 다 그러진 않아요.”

소그룹 성교육을 하면 끝난 후 교육 후기와 가정에서 아이와 어떤 방식으로 성교육을 하면 좋을지 이야기 나누는 시간을 따로 갖는다. 이때 양육자가 평소 궁금했거나 고민스러웠던 이야기를 나누기도 한다. 위의 대화는 그 시간에 나온 이야기이다. 아이의 경험을 먼저 이야기한 양육자는 이게 고민할 거리인지 아닌지 헷갈려서일 수도 있고, 내 아이만 그런 경험을 한 것인지 궁금해서일 수도 있다. 장난은 칠 수 있다. 장난의 목적은 즐거움과 재미다. 여기서 즐거움과 재미를 느끼는 대상은 하는 사람과 겪는 사람 모두여야 한다. 하는 사람만의 재미와 즐거움으로 하는 행위는 장난이 아니다. 폭력이다.

위와 같은 폭력적 상황처럼 순식간에 피해 당한 일로 너무 당황스럽지만 바로 반응을 보이지 못하는 이유도 있다. 첫째, 친한 친구라서. 둘째, 당황스럽다고 말하면 분위기가 이상해질 것 같아서. 셋째, 다른 애들이 아무렇지 않게 넘어가는 걸 봐서. 넷째, 예민한 아이로 비쳐 함께 어울리지 못할까 봐. 이런 이유로 자신의 감정을 표현하지 못하고 그냥 넘어간다. 남자아이든 여자아이든 지나가는 누군가가 나의 몸을 허락 없이 치고 가는 건 당황스럽고 충분히 화날 만한 일이다. 그럼에도 원활한 사회생활을 위해 그냥 넘어간다. 아이가 그 자리에선 아무 말 못 하고 지나갔지만, 집에 와서 양육자에게 이야기했다. 이는 자신이 생각해도 잘못된 행동이라 생각하거나, 아무렇지 않게 넘어가고 싶으나 그럴 수 없기에 도움을 구하는 것이다. 그럴 때 양육자는 어떻게 해야 할까?

만약 이야기하는 아이가 남자아이가 아니라 여자아이이라면 어땠을까? "같은 반 아이가 내 음순을 툭 치고 지나갔어." 생각의 변화가 생기는가? 여자아이는 안 되고 남자아이는 괜찮다는 생각, 남자가 짓궂은 장난을 치는 건 자연스럽다고 생각해선 안 된다. 여자아이, 남자아이를 떠나 그런 일을 겪은 아이로 봐야 한다. 일을 겪은 아이가 어떤 느낌과 감정이 들었는지 물어봐야 한다. 이야기 꺼낸 양육자의 반응처럼 별일 아닌 듯 넘어갈 수도 있다. 하지만 그 이유를 '남자이기 때문에'라고 말해선 안 된다. 양육자가 하는 말의 영향은 크다. "남자애들은 짓궂어." "남자애들은 표현하는 게 쑥스러워 좋아하는 아이에게 장난치고 그래." "친하면 그럴 수도 있지." "어디 다친 게 아니라면 괜찮지." 짓궂음의 정도를 어디까지 장난으로 생각할 수 있을까? 누구나 좋아한다는 표현을 하는 건 쑥스럽다. 좋아한다면 아껴줘야 한다. 장난을 가장한 괴롭힘은 안 된다. 친하다고 모든 걸 수용할 순 없다. 친한 사이니 조금은 관대할 수는 있다. 하지만 친함을 무기로 사용해 괴롭힘을 정당화해서는 안 된다. 몸에 상처가 나야지만 다쳤다고 할 수 있을까? 마음의 상처는 보이지 않기에 상처의 크기를 가늠할 수 없고, 나아지는 정도도 눈에 보이지 않기에 평생 안고 가기도 한다. 장난으로 넘어갈 정도의 일이라면 아이도 크게 신경 쓰지 않고 넘어갔을 확률이 높다. 그렇지 않기에 꺼낸 말이라면 꼭 아이의 느낌과 감정을 물어보고 공감해주면 좋겠다. 아이가 크게 기분 나쁘지 않았다고 답하더라도 그런 행동은 폭력임을 일깨워줘야 한다.

중 1학년 다영이가 친구와 보드게임카페에 들어섰다. 주말이라 그런지 빈 테이블이 없어 그냥 밖으로 나왔다. 그런 다영이를 보고 누군가 뒤따라 나온다. 그러더니 다영이를 불러세운다. 동네에서 얼굴만 아는 한 살 많은 언니였다. 다영이를 불러세웠더니 다영이 친구들이 다 같이 옆에 섰다. 그랬더니 언니가 다영이와 친구들을 일렬로 세워 어느 학교에 다니는지, 이름은 무엇인지 한 명 한 명 묻기 시작했다. 다영이를 선두로 한 명씩 학교와 이름을 이야기하고 인사를 한 후 헤어졌다. 이 일은 학교폭력 신고로 이어졌다. 그냥 인사만 나눈 일이 학교폭력인가라는 의문이 들 수도 있다. 폭력의 목적은 통제와 학대다. 이 경우 어떤 통제와 학대도 없어 보이는가? 학교폭력 신고를 한 다영이와 친구들은 언니가 불러세워 한 줄로 서 자기 학교와 이름을 이야기할 때 두려움과 공포를 느꼈다 한다. 같은 동네인데 혹 다른 일로 또 부르면 어떻게 하나 싶은 걱정에 다영이가 양육자에게 털어놓으며 신고로 이어진 것이다. 자기보다 많은 나이, 높은 학년이라는 조건도 권력이 될 수 있다. 거리에서 아이들을 일렬로 세워 학교와 이름을 물어보는 행위가 두려움과 무서움을 유발할 수 있다. 행위자인 언니는 "난 그냥 아는 애를 거기서 만나니 반가워서 인사하려 했는데, 친구들이 같이 있어서 알고 지내면 좋을 것 같아서."라는 말을 했다. 하지만 다영이와 친구가 느낀 감정은 다르다. 반가움에 긍정적으로 인사를 하고자 했다면 길거리에서 일렬로 선 상태에서 한 명씩 소개하게 만드는 게 아니라, 다영이와 친구들이 두렵지 않은 방식으로 표현했어야 한다.

중 1학년 학생이 반 친구들과 놀다가 한 친구의 바지를 벗기는 장난을 쳤다. 당시엔 그냥 넘어갔으나 이튿날 피해자가 학교폭력으로 신고를 했다. "장난치다 보면 그럴 수도 있지."라는 말은 이젠 통하지 않는다. 아무리 장난이라도 상대에게 성적 불쾌감과 수치심을 느끼게 한 행동이라면 그건 폭력이다. 다른 사람의 바지를 벗기는 행위는 성추행에 해당한다. 이 일은 동성 또래 사이에서 일어난 일이다. 성추행이라고 해서 이성 간에만 적용되는 건 아니다. "뭐 이런 일로. 그럼 장난도 마음대로 못 치겠네요."라고 하는 양육자가 있었다. 맞다. 이런 장난은 치면 안 된다고 알려줘야 한다. 이런 상황이 의도하지 않게 일어나는 경우도 있다. 넘어지면서 본능적으로 무언가를 그러쥐었는데 같은 상황이 벌어질 수도 있다. 그럴 땐 바로 진심 어린 사과를 하고, 몸으로 아이를 가려주는 등 피해를 겪은 아이의 상황 수습을 도와야 한다.

예상하지도 못하고 원치도 않았던 스킨십과 중 1학년의 길거리 인사, 바지를 벗긴 행위처럼 친한 마음에, 반가운 마음에 한 행동이 가해 행동이 됐다. 행위자는 별거 아닌 듯 행동하지만 겪는 사람은 그렇지 않다는 걸 아이에게 일상적이고 반복적으로 이야기하면 좋겠다. 이런 이야기를 일상적으로 툭툭 가볍지만 지속적으로 알려주고 교육한다면 폭력에 관한 인지와 폭력을 알아차리는 감수성이 높아진다. 친하고 반가운 사이라 하더라도 모든 걸 수용해야 하는 건 아니며, 피해를 입었다는 인식이 미안하거나 잘못된 건 아니라는 것도 이야기 나눠야 한다. 이후 같은 일이 일어났을 때 아이가 어떻게 행동해야 할지까지 함께 이야기 나누면 더없이 좋겠다.

아이가 초등 5, 6학년 사춘기에 접어들면 자신에게 일어나는 세세한 일을 잘 말하지 않는다. 양육자가 원치 않는 개입을 할까 봐, 잔소리 같은 걱정을 들을까 봐 자세히 말하지 않는다. 이 시기엔 더러 가뭄에 콩 나듯 툭 하고 나온 조각의 말로 아이의 걱정과 고민을 알아차릴 수도 있다. 그렇게 나온 작은 조각의 말 하나가 아이의 안전을 지킬 수 있는 꼬투리가 될 수 있다. 그런 조각을 잡기 위해선 아이와 일상 대화의 끈을 계속해서 이어가야 한다. 아이의 말 한마디, 행동 하나를 유심히 보며 아이가 귀찮아하는 기색을 보이면 "걱정되어 그러지. 별일 있으면 얘기해."라고 하며 대화의 속도 조절을 하길 바란다. 아이의 조각 꼬투리만 잡으려 살펴보는 게 아니라, '네가 도움이 필요하면 나에게 말해도 돼.'라고 아이가 잡을 수 있는 도움의 꼬투리도 보여주는 것이다. 폭력을 알아차리는 안테나를 조금 예민하고 민감하게 작동시키며, 아이도 양육자도 폭력인지 감수성을 키우면 좋겠다.

3

Yes만이 Yes다! 침묵은 동의가 아니다

국어사전에서 동의는 다른 사람의 행위를 승인하거나 시인하는 것이라고 설명한다. 내가 상대와 함께하고 싶은 행위가 있다면 상대의 동의를 구해야 하고, 상대도 나와 함께하고 싶은 게 있다면 나에게 동의를 구해야 한다. 당연한 것처럼 느껴지지만 동의를 한 것이 맞는지 아닌지의 해석은 개인마다 조금씩 다르다.

한국여성정책연구원에서 중학생을 중심으로 '청소년 성교육 수요조사 연구'를 한 적이 있다. 조사에 따르면 "상대방이 나의 스킨십을 거부한 경험이 있는가."라는 질문에 여학생은 10.3%가 남학생은 23.1%가 그렇다고 답했다. 그럼 "내가 원치 않음에도 스킨십을 거부하지 않은 이유가 있는가."라는 질문엔 절반가량인

42.2%의 학생이 "상대방이 무안할까 봐."라는 답을 했다. 다른 답으로는 상대방이 기분 나빠할까 봐 15.8%, 사람들의 주목을 끌기 위해서 10.9%, 그냥 상대방이 좋아서 8.4%, 특별히 거부할 이유가 없어서 7.9%, 상대방이 계속 졸라서 4.3%로 조사되었다. 조사 결과 중 "상대방이 무안할까 봐."'라는 답이 높은 비중으로 1위를 차지한 것을 보며 놀랐다.

아이는 어린이집, 유치원부터 경계 교육을 받는다. 다른 친구의 물건을 만지고 싶으면 물어보라는 것부터, 타인과 신체 접촉을 해야 할 때도 물어보라 교육한다. 물건과 몸, 마음까지도 각자의 경계가 있기에 경계를 넘어야 할 때는 꼭 물어보고 동의를 구해야 한다고 교육한다. 내 경계를 누군가 넘어오려 할 때, 원치 않으면 거부하거나 거절해야 한다는 교육도 같이한다. 하지만 아이의 답을 보면 1위와 2위가 '상대방의 감정과 기분'에 초점이 맞춰져 있다. 나의 의견과 마음은 없다. 상대가 원하는 행위에 동의할 때는 '내가 기꺼이 할 마음'이 있을 때 해야 한다. 상대를 위하는 마음이 나쁜 건 아니지만 나와 연관된 성적 관계에 대한 결정은 '내가 가능한가?' '내가 할 마음이 있는가?' 등 내 마음을 우선으로 놓고 생각해야 한다. 그래도 다행이라고 해야 하나. "내가 상대방의 스킨십을 거부했을 때 상대방이 어떻게 했는가."라는 질문엔 상대방이 거부를 받아들이고 스킨십을 중단했다는 답이 79.1%로 나왔다. 하지만 나머지 20.9%의 아이들은 상대방이 계속 졸라서 결국 받아들였음, 상대방과 싸웠음, 상대방이 기분 나빠해서 스킨십을 받아들였음, 무시하고 계속했다는 답으로 이어졌다.

진정한 동의는 세 가지가 충족되어야 한다. 적극적 동의, 수평적 동의, 현재적 동의다. 첫 번째, 적극적 동의는 동의에 대한 답이 적극적 YES여야만 한다는 것이다. "손잡을래?"라고 물었는데 "그래." "좋아." "나도 잡고 싶었어." "언제 말하나 기다렸지." "내가 먼저 물어보려 했는데." 같은 적극적이고 긍정적인 답이어야 한다. 만약 아무 말을 하지 않고 있다면 그건 동의했다고 볼 수 없다. '침묵은 동의한 것이 아니라는 것'을 알려줘야 한다. 하지만 아이는 흑백, 찬반 논리를 추구하기도 하기에 "답하지 않았으면 반대한 거지."라고 말하기도 한다. 반대한 게 아니라 고민하고 생각할 시간이 필요한 사람도 있다는 걸 함께 이야기 나누면 좋겠다. 찬성과 반대의 중간은 포기와 단절이 아니라, 조정과 의견 나눔이다. 사람마다 다른 경계 범위와 의사 결정 속도가 있다는 걸 알아주면 좋겠다. 예전엔 'YES means YES, NO means NO'를 이야기했었다. 이는 지금도 유효하다. 이에 더해 요즘엔 'YES만이 YES'라는 말을 한다. 즉 적극적 YES만이 진정한 동의라는 의미다.

두 번째, 수평적 동의는 나의 동의와 거절에도 관계 변화가 생기지 않을 수평적인 사이여야 한다는 것이다. 또래라도, 연인이라도 어느 한쪽이 힘과 권력을 가지고 있는 경우가 있다.

예를 들어 반장이 반 아이들에게 청소구역을 정해주는 경우를 생각해보자. 친한 아이에겐 쉬운 역할을, 안 친한 아이에겐 힘든 역할을 배정했다. 힘든 역할을 배정받은 아이가 불평을 토로했다. 그랬더니 반장이 이런 말을 한다. "야, 너 내가 담임 선생님께 네가 청소 안 하고 다른 애들이랑 놀다 갔다고 하면 다음 일주일 계속 청소해야 하는데 괜찮아? 어떻게 할래? 할 거야 말 거야?" 불평한 친구는 더 이상 말하지 않고 청소를 한다. 고등학생 커플인 다영이와 철수가 있다. 철수가 생일을 맞았다. 생일 선물로 원하는 게 있냐는 다영이의 질문에 철수가 키스하는 걸 영상으로 남기고 싶다고 한다. 자기만 보겠다며 다른 사람이 볼 일은 절대 없을 거라며, 너무 보고 싶고 키스하고 싶을 때만 본다며 조른다. 다영이가 그건 안 되겠다고 했지만, 남친 생일인데 그 정도 선물도 못 해주냐며 요즘 그런 건 일상적인 거라 말한다. 철수는 정말 자기를 사랑하는 건지 의심스럽다며 관계를 다시 생각해보자는 말까지 한다. 고민하던 다영이는 철수의 반응에 영상 찍는 것을 허락한다.

두 사례에서 보듯이 불이익이 예상되어, 헤어짐을 이유로 동의를 강요하는 경우 진정한 동의라 볼 수 없다. 진정한 동의는 거절해도 내게 불이익이나 관계의 변화가 오지 않는 사이에서 내가 원해서 하는 동의다. 힘과 권력, 불이익, 변화를 미끼로 동의를 구하고 강요받는 사이는 건강한 관계가 아님을 이야기 나누길 바란다.

세 번째, 현재적 동의는 행위가 일어나고 있는 현재, 지금 동의를 구했는가 하는 것이다. 다영이와 철수는 생일 기념으로 키스 동영상 촬영을 마쳤다. 생일이 지나고 데이트에 나선 둘은 카페에 앉았다. 마주 보고 앉아 있던 철수가 갑자기 다영이 옆으로 이동해 앉더니 키스를 하려고 한다. 너무 놀라 거절하려는 다영이에게 철수가 이런 말을 한다. "너도 키스하는 거 동의했잖아. 영상까지 찍어놓고 왜 이래." 한 번 동의했다고 영원히 동의한 건 아니다. 상대에게 어떠한 행위를 하려면 그때그때 동의를 구해야 한다. 어제 손잡아도 되냐는 질문을 하고 좋다는 동의를 구했다고 해서, 오늘도 손을 잡아도 되는 건 아니다. 오늘 손을 잡으려면 다시 동의를 구해야 한다.

'힘과 권력의 영향을 받지 않은 관계와 상태'에서, '스스로의 마음과 의지로 내린 적극적 YES로 인한 결정'을, '지금' 내가 흔쾌히 허락하는가를 돌아보고 그것에 모두 부합한다면 진정한 동의가 성립되는 것이다. 다시 한번 말하지만, 동의는 관계나 친분을 매개로 한 사람, 즉 대상을 보며 판단해선 안 된다. 그 대상이 가족과 양육자라 해도 말이다. 상황을 보고 내가 동의할 수 없다면 동의해선 안 된다. 이런 동의에 관한 것을 가정에서부터 연습시켜 주면 좋겠다. 그래야 아이가 사회에 나가서 자연스럽게 동의를 구하고, 거절을 표현하고, 타인의 거절을 잘 받아들이는 건강한 생활을 할 수 있다.

4

아이가 가해를 했다면

철수가 다영이를 포함한 다섯 명의 여학생에게 성희롱·성추행으로 신고를 당했다. 철수와 여학생들은 초등학교 다닐 때부터 알고 지낸 아이들로 같은 중학교에 진학해서도 친하게 지내는 사이였다. 그랬던 아이들이 중2로 올라간 4월, 학교폭력으로 신고를 한 것이다. 신고한 사유는 이러했다. 철수가 복도에서 여학생이 지나가면 "너 예뻐졌는데."라고 하거나 갑자기 어깨나 등을 훅 훑어내리는 행위를 반복적으로 했다. 여학생들은 자신의 신체에 철수의 손이 오래도록 머물러있던 게 아니기에 대수롭지 않게 여기며 넘어가려 했다. 그러던 장난과 같은 스킨십에 언어적 성희롱이 더해졌다. 등을 훑으며 "오늘 다른 속옷 입었나 봐." 같은 말을 하는가 하면, 예뻐졌다는 말이 "남친이 잘해주나 봐." 같은 말로 바뀌어 갔다. 속상한 마음에 고민을 털어놓으면 남자애들은 으레 그런 말을 한다는 말을 들었다.

그러던 어느 날, 더는 참을 수 없는 사건이 일어났다. 철수가 다영이네 반 앞을 지나가다 다영이를 만났다. 오늘도 무슨 말을 하려나 싶던 찰나 철수가 다영이 곁으로 다가와 이런 말을 한다. "야, 너 참 맛있게 생겼다." 이 말을 들은 다영인 그 자리에서 울음을 터뜨리며 주저앉았다. 그 일이 있은 후, 철수에게 성희롱·성추행 피해를 입은 다섯 명의 여학생들이 모여 어떻게 할 것인지 논의했다. 논의를 거듭한 끝에 월요일에 각자 담임 선생님께 말하고 사과를 받자는 것으로 결론을 내렸다. 월요일이 되어 각자 담임 선생님께 피해를 알리며 남학생으로부터 사과를 받고 싶다는 의사를 표현했다. 피해받은 다수의 학생이 있고 피해를 신고했으니 학교폭력으로 진행하는 게 맞다는 선생님의 의견과 그래도 여학생들이 다른 처벌보다 사과받기를 원하니 전담기구에서 조율을 해 보자는 선생님의 의견이 팽팽히 맞섰다. 그러다 남학생 양육자에게 알리고 사과하는 자리를 만들어 보자는 의견으로 결론이 났다.

학교폭력이 일어나면 폭력 사안은 학교폭력전담기구에서 먼저 다루게 되고, 전담기구에서 협의나 결정이 안날 경우 학교폭력심의위원회에 회부하게 된다. 하지만 학교폭력 중 성폭력 관련 사안은 경찰에 필수적으로 알려 경찰 수사가 함께 진행된다. 그만큼 성폭력은 학교폭력 처분만으로 끝나선 안 되는 중대한 사안으로, 형사 처벌까지 생각할 수 있는 무거운 범죄라는 의미를 담고 있다. 이번 사안도 마찬가지였다. 담임 선생님께 접수가 되면서 가해 학생 양육자에게 통보가 가고, 경찰에까지 수사 의뢰가 들어갔다. 피해자와 가해자가 오랫동안 알고 지낸 사이였기에 가해 학생 양육자도 다영이와 피해 학생들을 알고 있는 상황이었다. 소식을 전해 들은 철수 엄마가 철수를 통해 다영이와 여학생들을 놀이터로 불러냈다. 엄마로서 먼저 사과를 하고 싶다는 이유였다. 철수 엄마에게 연락을 받은 다영이와 친구들은 놀이터로 모였다. 어른의 사과를 받은 다영이와 친구들은 어른이 사과까지 하는데 이만하고 넘어가야겠다는 생각을 했다 한다. 계속된 사과와 대화로 분위기는 많이 풀어졌다. 피해 학생들이 다음 날 학교가서 신고한 걸 취소해야겠다 생각한 순간 철수 엄마가 다영이에게 다가가 이런 말을 한다. "그런데 다영아, 너 정말 맛있게 생긴 건 맞아." 다영인 순간 등줄기에 땀이 흘렀다. 어떻게 대응해야 할지, 무슨 말을 해야 할지 떠오르지 않았다. 다음 날 등교한 피해 학생들은 있었던 일을 선생님께 전하며 사과만 받고 끝내고 싶지 않다는 말을 전했다.

학교폭력으로 신고가 들어가면 가해자와 피해자 분리 조치가 우선 이뤄져야 한다. 하지만 이번 사안은 그렇게 되지 못했다. 아직 전담기구에서 다루지 않아 처분이 내려지지 않았다는 이유에서였다. 거기다 학교폭력 전담기구에서 조사 진행이 되지 않은 상황에서 가해 학생 측과 피해 학생 측은 만나선 안 됐음에도 불구하고 개인적으로 안다는 이유로, 어른이 부른다는 이유로 만남이 이루어졌다. 조사가 진행 중일 때도 가해자 측과 피해자 측이 마주칠 수 없도록 진술 조사하는 시간과 기다리는 장소, 동선까지 겹치지 않게 한다. 그런데 가해 학생 양육자는 자신의 목적을 위해 어른의 입지와 권력을 이용해 피해 학생들을 불러냈다. 이 사건을 들으니 어떤 마음이 드는가?

피해 학생의 입장을 생각해 보자. 피해 학생들에게 가해 양육자는 어른이다. 어른이 불러낸 것 자체가 위협이다. 어른이 사과를 하고 잘 해결하자는 말이 거부할 수 없는 강요로 느껴질 수 있다. 물론 내 아이가 가해자가 되었다는 말을 들으면 양육자로서 어떻게든, 법에 저촉되지 않는 방법이라면 무슨 방법이라도 써서 변호하고 싶은 마음은 들 수 있다. 그런 마음으로 절차상 만나면 안 되는 만남을 가졌으면 최선을 다해 사과만 했어야 할 일이다. 자신의 아이와 함께 사과하고자 만났다면, 아들의 잘못된 언행에 대한 인정과 진심 어린 사과로 끝나야 했다. 아이들 마음이 풀어진 것 같다는 자신만의 생각에, 아들이 피해 학생들에게 가한 가해를 똑같이 가한 것이다. 성희롱적 발언은 사소한 것으로 생각한다. 몸에 상처를 낸 것도 아니고 말 한마디 들었다고 얼마나 큰 상처가 되겠어. 잊어버리면 되지 하고 생각한다. 하지만 "맛있게 생겼다."라는 말은 사람을 음식으로, 성적 대상화한 것이다. 그런 말을 듣고 아무렇지 않을 수 있는 사람이 몇이나 될까.

아이가 학교 다닐 때 학교폭력 전담기구에서 학부모위원으로 활동했었다. 위원으로 참석을 하면 사건 진술을 위해 참석하는 학생과 양육자를 만난다. 가해 학생 양육자는 세 가지 유형을 보인다. 첫 번째, 담담히 아이의 잘못을 시인하고 잘못 키운 자신의 잘못이라며 계속적인 사과와 함께 처분을 달게 받겠다는 양육자. 두 번째, 아이가 잘못한 건 알지만 피해 학생도 잘못이 있다며 쌍방과실이라 몰아가는 양육자. 세 번째, 우리 아이는 그런 아이가 아니라며 친구를 잘못 만나 그렇게 된 거라며 아이의 잘못을 전면 부인하는 양육자. 상황에 따라선 변화무쌍한 모습을 보이기도 한다.

아이를 위해서 최고의 길을, 최선을 다해 찾아가는 게 맞다. 하지만 아이의 잘못을 무조건 옹호하는 게 아이를 위한 옳고 바른 길일까? 아이는 교육을 통해 성장해 나간다. 교육은 아이가 올바르게 성장할 수 있도록 돕는 역할을 한다. 성장하는 과정에서 아이는 실수할 수 있고 잘못할 수 있다. 하지만 아이가 실수와 잘못을 제대로 인식하지 못해 그 행위를 지속적으로 반복한다면 결국 아이는 실패한 삶을 살게 된다. 아이가 잘못했으면 잘못한 부분을 인정하고 그에 따른 책임을 질 수 있게 곁에서 함께 지켜봐 주는 양육자가 아이를 위한 바른 교육을 하는 것이다.

아이가 누군가에게 피해를 입혔다면 아이의 잘못을 바로잡을 기회를 함께 잡기를 바란다. 잘못을 인정하고 다시 반복하지 않도록 천천히 반복적으로 교육하기를 바란다. 그리고 하나 더. 아이가 한 잘못을 아이의 전체 모습으로 보지 않기를 바란다. 아이가 어떠한 잘못을 저질러 가해자가 되면 다음에도 같은 실수를 범할 것이 염려되어 끊임없이 프레임을 씌워 가둔다. '쟤는 저런 아이' '쟤는 또 그럴 수 있는 아이' 낙인을 찍는다. 낙인을 찍는 순간 아이에게 기회는 없다. 기회가 주어지지 않는다. 아이는 교육을 통해 변화한다. 순간의 실수가 낙인이 되어 실수를 만회할 수 있는 기회조차 갖지 못해 더 나락으로 떨어지게 만들지 않으면 좋겠다. 나는 믿는 종교가 없지만 이 말에 동감한다. '죄는 미워하되 사람은 미워하지 말라.' 아이가 저지른 행위는 미워할 수 있지만, 잘못된 행위가 그 아이는 아니라는 걸 기억하면 좋겠다. 존재와 행위를 구별하는 현명한 양육자가 되길 바란다.

5

코로나19와 N번방, 일상화된 디지털 성범죄

3년 전인 2020년은 상상하지 못한 일로 시작됐다. 2023년 3월, 한국에만 30,690,223명의 확진자를 냈고, 34,159명의 사망자를 낸 코로나19COVID-19 바이러스가 전 세계에 퍼졌다. 마음껏 편히 쉬던 숨은 마스크 착용으로 답답해졌고, 일상의 모든 활동은 단절되었다. 밖으로 편하게 다닐 수도, 누군가를 만나기도 겁이 났다. 3월이 되었지만, 개학은 미뤄졌다. 학교에 못 가니 공부가 걱정이거나, 아이를 집에 혼자 둘 수 없는 맞벌이 양육자는 사교육에 더 매달릴 수밖에 없는 결과로 이어졌다. 그마저도 못 하는 경우는 오롯이 집에 있을 수밖에 없다. 그러다 온라인 수업이 시작되었다. 온라인 수업은 화상회의 프로그램을 이용해 실시간 수업을 하는 경우와 녹화영상을 시청하는 방식으로 이루어졌다. 프로그램 이용 방법이나 교육 방식, 온라인 교육 에티켓 등에 관한 안내는 미흡했다. 아이도 어른도 사전 준비가 전혀 되어 있지 않은 상태로 온라인 수업이 시작됐다. 이건 체력단련과 준비운동, 준비물이나 운동복이 전혀 갖춰지지 않은 상태로 42.195킬로 마라톤 풀코스를 뛰는 것과 같았다. 아이는 수업을 제대로 따라가지 못하거나, 하는 둥 마는 둥 시늉만 할 뿐이었다. 양육자도 어떻게 보조 맞춰야 하는지 감을 못 잡았다.

어쨌든 공교육에서 온라인 교육을 시작했으니 컴퓨터에 전혀 관심도 없던 아이도 컴퓨터 앞에 앉아 있는 시간이 길어질 수밖에 없는 상황이 발생했다. 집에 머무는 시간이 길어진 아이는 컴퓨터, 휴대전화 그리고 침대와 한 몸이 되어갔다. 하기 싫고, 만나기 싫고, 가기 싫어서가 아니라 못 하고, 못 만나고, 못 가니 집에서 할 수 있는 걸 하는 게 유일한 낙이었다. 거기다 매일같이 컴퓨터를 마주하니 그 속에서 할 수 있는 것들이 눈에 들어오며 호기심도 함께 커갔다. 코로나가 시작되면서 아이들이 원해서, 호기심에, 자신이 찾아서 컴퓨터 앞에 앉아 하루를 보낸 게 아니라는 사실을 받아들이자는 것이다. 자신의 의지라기보다는 필요에 의한 선택이었다고 말하는 게 합당하다. 이렇게 생활과 교육환경이 바뀌면서 아이들은 예전보다 이른 나이에, 조금 더 많은 시간을 온라인 세상 속에서 보냈다. 온라인 속 좋은 것만 접하면 좋을 텐데 그렇지 않기에 양육자의 염려와 걱정은 늘어갔다.

그런 상황에서 텔레그램에 개설된 단체 채팅방을 통해 불법 촬영한 성 착취물을 거래, 유포한 N번방이라는 생각하기도 힘든 디지털 성범죄가 세상에 알려졌다. 범죄는 악랄했다. 자녀를 양육하는 양육자여서가 아니라 사람이라면 누구나 경악할 일이었다. 절대 잊을 수 없는 이 두 사건의 시작은 2020년이 아니다. 그 전부터 진행된 것들이 수면 위로 드러난 해가 2020년인 것이다. 코로나19도, N번방도 오랜 시간 수면 아래에서 진화에 진화를 거듭해 너무나 무서운 모습으로 세상에 나타났다.

아이가 디지털 기기와 온라인 사용을 많이 하면 무엇이 가장 걱정일까? 예전에는 십중팔구는 '야동' '음란물'이라고 말했다. 하지만 N번방 사건이 알려지고 나서 온라인상에서 벌어지는 다양한 범죄에 렌즈와 시선이 돌아갔다. 특히나 디지털 기기 및 정보통신 기술을 이용해 타인의 동의 없이 불법 촬영하거나, 동의하에 촬영한 영상이라 할지라도 동의 없이 사이버 공간에 유포하는 범죄인 '디지털 성범죄'가 알려지면서 사람들의 두려움은 커졌다. 성범죄에 사용되는 도구가 너도나도 지닌 휴대전화기에 더욱 그랬다.

디지털 성범죄 유형은 몇 가지로 나뉜다. 성행위나 이에 준하는 행위를 강제로 시키거나, 이를 통해 이익을 취하는 범죄인 '디지털 성 착취'. N번방으로 알려진 범죄가 이에 속한다. 온라인 공간이 가진 특징 중 가장 무서운 것이 익명성이다. 익명 뒤에 누가 숨어있는지 모른다. 이 익명성을 이용해 피해자에게 접근한 뒤 정서적 지지와 욕구를 충족시켜주며 가해자에게 의존하게끔 고립시켜 사진이나 영상물을 착취하는 '온라인 그루밍' 범죄. 카톡, 라인, 텔레그램이나 SNS 메시지 등 온라인 대화를 통해 성적 행위나 사진을 주고받으며 이를 영상 녹화나 촬영을 함과 동시에 피해자의 주소록을 해킹하여 촬영물을 주변인에게 유포한다고 협박하는 범죄인 '몸캠피싱' 범죄. 그리고 지인의 얼굴을 야한 사진이나 포르노 동영상에 합성해 커뮤니티나 SNS 대화방 등에 올려 성희롱적 발언을 하거나 온라인 플랫폼에 유포하는 범죄인 딥페이크로 불리는 '불법 합성' 등이 있다. 예전 디지털 성범죄는 범죄 조직에서나 할 법한 범죄로 인식했지만, 지금은 휴대전화와 온라인 연결을 할 수 있는 사람이라면 누구나 저지를 수 있는 범죄가 되어버렸다. 거기다 N번방을 통해 가해자가 한 명이 아닌 다수라는 것이 밝혀졌다. 피해자를 물색하는 가해자, 피해 촬영물을 생성하는 가해자, 피해 촬영물을 볼 사람을 끌어들이는 가해자, 그로 인해 발생하는 수익을 챙기는 가해자까지. 혼자가 아니라 조직적으로 움직인다. 디지털 성범죄는 이렇게 일상화, 구조화, 산업화가 되었다.

이런 이야기가 우리 아이들과는 상관없는 말로 들릴 수 있다. 그렇지 않다. 익명으로 이용하는 앱 게시판에 한 초등학생의 사진과 이름, 다니는 학교, 전화번호 등 개인정보와 함께 '능욕해주면 좋아함'이란 글이 올라왔다. 이후 피해자에게 모르는 남성들이 메시지를 보내기 시작했다. 이런 개인정보를 올리고 능욕을 유도한 사람은 같은 학교 친구로 밝혀졌다. 이렇게 다른 사람의 개인정보를 온라인에 일부러 퍼뜨려 성적 괴롭힘을 유도하는 걸 '지인 능욕 범죄'라고 한다. 디지털 성범죄와 온라인 성범죄는 텔레비전에 나오는 엄청난 범죄자만 저지르는 범죄가 아니다. 나의 아이, 혹은 아이의 친구가 피해자 또는 가해자가 될 수 있다. 이런 부분을 아이에게 알려주면 좋겠다. 아이에게 좋은 것만 들려주고 싶고, 알려주고 싶은 마음 충분히 이해한다. 하지만 아이가 오래 머무는 온라인 세상의 어둡고, 무서운 면도 알려줘야 한다. 그 속에서 가해자와 피해자가 되지 않으려면 당연하지만, 꼭 지켜야 하는 것이 있다는 것도 알려주면 좋겠다. 현실을 살아가는 데 필요한 교육을 하자는 거다.

디지털 성범죄에 연루되지 않으려면 지켜야 하는 에티켓에는 이런 것이 있다. 첫 번째, 개인정보를 올리거나 전송하지 않는다. 물론 타인의 개인정보를 묻거나 요구하지도 않아야 한다. 두 번째, 잘 모르는 사람이 보낸 링크나 사진, 파일을 클릭하지 않는다. 혹 친구의 계정이 해킹되어 친구 이름으로 오는 경우도 있다. 그런 경우 친구에게 전화를 걸어 확인해봐야 한다. 세 번째, 타인의 동의 없이 사진과 영상을 찍지도, 타인과 찍은 사진이나 영상을 동의 없이 보내지도, 불법 촬영된 촬영물은 보지도 않아야 한다. 아무리 친한 친구라 하더라도 함께 사진을 찍으려면 동의를 구해야 한다. 동의를 구하고 함께 찍은 사진을 내 소셜 네트워크에 올리려면, 다른 사람이 있는 대화방에 올리려면 함께 찍은 사람의 동의를 구해야 한다. 동의를 구하지 않았다면 친구의 뒷모습도, 발뒤꿈치도 찍어선 안 된다. 네 번째, 재미로라도 타인의 사진이나 영상을 성적 이미지와 합성하면 안 된다. 다섯 번째, 타인의 사진이나 영상을 퍼뜨리겠다고 위협해선 안 된다. 친해서 장난으로 하는 위협도 절대 안 된다. 상대에겐 장난이 아니라 위협이고 협박이다. 여섯 번째, 온라인에서 만난 익명의 누군가가 개인정보를 묻거나 오프라인 만남을 요구한다면 꼭 도움을 청한다. 혼자 해결하려다가 피해가 더 커지는 경우가 많다. 일곱 번째, 온라인으로 협박이나 강요를 받고 있다면 꼭 도움을 요청해야 한다.

온라인 세상에서 생활하는 시간은 어른보다 아이가 더 길다. 게임과 메신저, 인스타그램이나 트위터 등 소셜 네트워크 등 아이는 다양한 세상에서 온라인 속 자신을 만들어가기 바쁘다. 온라인에 남기는 모든 흔적이 디지털 성범죄의 표적이 된다. 아이와 디지털 성범죄 이야기를 하면 아이의 반응은 대체로 이렇다. "에이, 다 알죠. 요즘 누가 그런 데 속아서 막 사진 주고, 연락처 주고 그래요. 전 절대 안 주죠." 아이가 장담하는 대로 절대 안 줘야 한다. 하지만 막상 닥치면 그런 분별력은 어디 갔는지 찾아볼 수 없고 원하는 대로 다 건네주고 있는 자신을 발견한다. 그러니 수시로, 반복적으로 걱정과 염려를 담은 말을 짧게 툭 하고 건네주길 바란다. "온라인에서 서너 번 만났다고, 친해졌다고 생각해 개인정보 알려주고 막 그러면 안 돼."라든지, "친하다고 묻지도 따지지도 않고 사진 찍고 그럼 안 돼요." "불법 촬영, NONONO!" 같은 말을 건넨다면 잔소리로 듣지 않을 것이다. 그렇게 지속적이고 일상적 대화로 건강한 온라인 사용 의식을 불어넣어 주면 좋겠다. 2023년 5월 11일, 3년 4개월의 코로나19 팬데믹은 종식을 맞았지만, ChatGPT 서비스 시작으로 온라인은 이제 새로운 변화를 맞이하고 있다. 그러니 성교육도 세상의 변화에 발맞춰 끊임없이 성장하고 변화해 가야 한다.

6

사과와 용서의 기준

양육자 대상 성교육 강연을 했을 때다. 강연이 끝나고 강연을 들은 분들의 잘 들었다는 인사에 답례하느라 정신이 없는데 한 어머님이 다가와 잠시만 시간을 내달라 한다. 뒤에 일정이 없었기에 그러자며 잠시 섰는데 주변을 자꾸 살핀다. 살피는 낌새가 영 조심스럽다. 사람들이 다 가기를 기다려 한쪽으로 자리 잡고 앉았다. 무슨 일이냐는 물음에 눈물부터 떨군다. 천천히 얘기하시라는 말을 하고 기다리는데 진정이 되셨는지 말을 잇는다. 고등 1학년인 아들 철수가 여자친구가 생겼다 한다. 함께 있는 장소에서도 통화하는 등 공개적으로 교제하기에 큰 걱정은 없었다. 하지만 교제 기간이 오래될수록 휴대전화를 잡는 시간이 길어졌다. 걱정이 되긴 했지만, 일상생활에 큰 지장이 없었기에 그러려니 했다고 한다. 그러다 밤늦은 시간 철수가 여친과 하는 통화내용을 들었다. "괜찮아." "아무도 모른다니까." 하는 말들이 심상찮게 느껴져 아이 몰래 휴대전화 잠금화면을 풀고 카톡과 인스타그램 등 철수의 소셜 계정을 살피게 됐다. 카톡엔 걱정할 내용이 없어 안심했다.

그러다 인스타그램 DM(다이렉트 메시지)을 보는데 상상도 못 한 글과 사진이 올려져 있었다. DM에서 철수는 여친의 신체 사진을 반복적으로 요청했다. 셀카 사진으로 시작해 상반신 사진, 다리 사진, 옷을 벗은 사진까지 요구하기에 이르렀다. 여친이 수용할 수 없을 정도의 철수 요구에 '이러면 안 될 것 같아.'라는 메시지를 보냈지만, 철수는 '우리끼리만 보는 거니 괜찮다.'라는 메시지로 대응했다. 반복적이고 지속된 요청에 여친은 '사랑하니까.' '네가 원하니까.' '절대 다른 사람 보여주면 안 돼.'라는 메시지와 함께 노출 사진을 보냈고, 철수도 답하듯 자신의 적나라한 노출 사진을 보냈다. 이런 사실을 알게 된 양육자는 손이 떨렸다. 내 아이가 이럴 수 있다는 걸 어느 양육자가 상상이나 하겠는가. 상상도 하기 싫은 현실이다. 어떻게 해야 할지를 몰라 일단 휴대전화를 있던 자리에 놓고 나왔다 한다. 이런 경우 어떻게 해야 할까? 자는 애를 깨워 왜 그러냐고 물어보고, 그건 범죄라고 말하고 싶지만 그 뒤를 어떻게 해야 할지 몰라 그마저도 무섭다.

성폭력 가해 학생은 가해 정도에 따라 감독과 보호를 맡기는 처분, 사회봉사명령, 보호관찰 처분, 소년원 위탁 혹은 송치하는 처분 그리고 수강명령을 받는다. 수강명령을 받은 성폭력 가해 학생을 준법지원센터에서 교육했을 때다. 소년과 교육을 했기에 나이별로 세분화되지는 않는다. 다양한 나이가 모여있다. 교육 중 피해자 공감에 관해 이야기를 나누고 있었다. 그때 한 교육생이 이런 이야기를 한다.

"저는 정말 억울해요. 사과도 많이 하고 했는데 저만 여기 와있잖아요."

갑자기 외치듯 하는 말에 무슨 말인지 되물으니, 아는 사람과 게임을 하다가 채팅창으로 욕설을 하게 됐다고 한다. 욕설을 들은 상대도 참지 않고 되받아쳤다. 서로 대응하니 수위는 더 높아졌고 욕설은 패드립과 섹드립으로 이어졌다. 패드립은 패륜과 애드립의 합성어로 부모나 어른을 욕설과 성적 비하의 소재로 삼는 행위를 말한다. 섹드립은 성적인 드립의 줄임말로 Sexual의 섹과 애드립이 합쳐진 말로 음담패설EDPS을 뜻한다. 패드립과 섹드립은 상대를 비방할 목적으로 사용한다. 결국 참지 못한 피해자가 가해자를 신고하게 됐다. 이런 경우 '성폭력범죄의 처벌 등에 관한 특례법' 제13조에 의거하여 처벌을 받게 된다. 통신매체를 이용한 음란행위를 자기 또는 다른 사람의 성적 욕망을 유발하거나 만족시킬 목적으로 전화, 우편, 컴퓨터, 그 밖의 통신매체를 통하여 성적 수치심이나 혐오감을 일으키는 말, 음향, 글, 그림, 영상 또는 물건을 상대방에게 도달하게 한 사람은 2년 이하의 징역 또는 2천만 원 이하의 벌금에 처하는 것이다. 게임을 하다 성적 욕설을 하게 됐고, 그로 인해 신고까지 이어졌으니 통신매체를 이용한 음란죄에 해당하여 수강명령이 떨어진 것이다.

가해 학생은 고소 취하를 위해 노력했다고 한다. 신고된 가해자는 피해자를 찾아가면 안 된다. 하지만 아는 사람이라 사과를 해 어떻게든 재판까진 안 가야겠다는 생각이 컸다고 한다. 결국 찾아가서 사과했다. 하지만 피해자는 사과를 받아주지 않았다. 가해자는 억울했다. 게임 하며 욕도 같이 했는데 왜 자기만 이렇게 됐는지 모르겠다고 했다. 그리고 한마디 덧붙인다. "제가 그날 찾아가서 사과 엄청 많이 했거든요. 몇 번을 했어요. 그러면 된 거 아니에요? 제가 잘못했다고 사과했으면, 그러면 받아야지. 왜 자기도 같이 욕해놓고, 사과는 자기도 해야지 나만 하고. 아이씨 ×× 억울하잖아요." 게임을 하면서 도대체 어떤 욕설을 했는지 적어보라 했더니 입에 담기도 힘든 글이 적혀 내 손에 들어온다.

철수의 휴대전화에서 발견한 여친과의 문제적 내용과 성폭력 가해 교육생의 이야기를 들으면 가슴이 답답하다. 아이는 교육기관에서 끊임없이 듣고 배운다. 자기결정권과 성적 자기결정권, 존중과 동의, 공감과 배려 등 함께 살아가면서 필요한 것을 배워나간다. 하지만 자신의 욕구 충족과 욕망 앞에선 이성적인 판단이 흐려진다. 철수는 여친의 두려움과 걱정을 자신이 다 잠재워줄 수 있다는 확신을 내세워 자신의 욕구와 욕망을 채웠다. 성폭력 가해 교육생은 자신도 잘못했지만, 피해자도 욕설했기에 혼자 벌을 받는 게 억울하다. 거기다 사과를 했는데 받아주지 않음에 더 화가 난다. 자신이 원한다고 하더라도 상대가 원하지 않으면, 걱정스러워 망설이고 있다면 하면 안 된다는 것. 자신의 욕구 충족을 위해 회유·타협하고, 강요하거나 협박해선 안 된다는 것을 일상 사례를 들어 알려주면 좋겠다. 성폭력 가해 교육생은 피해자를 찾아가선 안 되지만 사과를 위해 찾아간 용기는 가상하다. 하지만 그 목적이 진정한 사과는 아니었던 듯하다. 사과하는 행위를 통해 고소를 취하해 재판까지 가는 귀찮은 일을 피하기 위함이다. 사과는 하는 사람의 기준이 아니라 받는 사람의 기준에 맞춰야 한다. 진정한 사과는 시늉만 하는 게 아니라 잘못을 시인하고 피해자의 마음에 낸 상처에 용서를 비는 것이다. 교육생처럼 억울한 마음이 든다면 피해자의 마음을 읽을 수 있게 타인 이해와 공감을 이야기 나누면 좋겠다.

아이는 무인도에 혼자 살지 않는다. 한 사람과 관계를 맺으며 사는 것도 아니다. 성장하며 새로운 환경에서 다양한 사람과 유대 관계를 맺으며 살아간다. 그렇기에 아이가 건강한 관계를 만들어가는 데 필요한 최소한의 관계 형성 기술은 알려줘야 한다. 특히 성에 관한 것은 조금 더 세심히 짚으며 알려줄 필요가 있다. 날짜와 시간을 잡고 알려주는 게 아니라 일상생활을 하면서 꾸준히 노출해야 한다. 쉽지 않은 일이다. 특히나 자신이 다 컸다고 생각하는 청소년기 이상의 아이와 이런 작업을 하려면 수시로 포기 선언을 하고 싶을 수도 있다. 하지만 아이의 인생은 양육자보다 더 길다. 그렇게 길게 남은 인생에 비추어보면 얼마 성장하지 않았다. 더 늦기 전에 아이에게 타인과 건강한 관계 맺기 기술을 알려주는 양육자가 되면 좋겠다. 급하지 않게, 살살 천천히 그리고 꾸준히.

6장

아이가 어릴 땐 어린 대로, 아이가 크면 큰 대로 걱정이 생긴다. 아이를 독립시킨 선배 양육자는 "애들, 자기들이 알아서 잘 커. 너무 감싸고 돌면 안 돼."라고 하지만 어디 요즘 세상이 혼자 내버려 두면 될 세상인가 싶다. 아이도 자기 나이는 처음이고, 나도 아이 나이 자녀를 키우는 건 처음이라 모든 게 새롭고 낯설다. 특히나 성에 관한 건 더 그렇다. 아무리 예전과 다른 시대라 하더라도 아직도 성기 명칭을 자연스럽게 입에 올리기는 망설여진다. 성교육이 중요한 것도 알지만 어떤 내용을, 어떤 방향으로, 어떻게 교육해야 할지 막막하다. 성교육을 제대로 받은 양육자도 많지 않기에 내가 알고 있는 게 제대로 알고 있는 게 맞나 하는 의구심마저 든다. 거기다 현실에서 아동, 청소년기 아이에게 일어나는 성범죄 사건을 접하면 당황스럽고 어지럽기까지 하다.

내 아이가 커간다. 아이가 커가는 속도보다 더 빠르게 세상이 변한다. 아이의 세상은 실존하는 이 세상이 전부라고 생각했는데, 온라인 속 세상이 무한대로 커간다. 유현준 건축가가 한 영상에서 이런 말을 한다. "아이들이 온라인 세상에서 활발히 활동하고, 온라인 세상에서 어른보다 더 많은 것을 점유하는 이유는 오프라인 세상에서 아이가 있을 수 있는 공간, 가질 수 있는 것이 없기 때문이에요." 이 말에 많이 공감했다. 오프라인 카페는 전 연령이 사용 가능한 공간이다. 하지만 어른의 전용 공간인 양 사용된다. 간혹 아이가 보이긴 하지만 양육자를 따라온 경우가 대부분이다. 혹 아이들끼리 앉은 경우는 중고등학생 이상의 아이인 경우가 많다. 어른들이 많이 앉아 자리가 없어서가 아니라 카페에 있는 비싼 메뉴를 시킬 돈이 없기 때문이다.

돈과 시간의 여유가 없는 아이들은 자연스레 온라인 공간에서 온라인 속에 자신을 닮은 아바타를 만들고, 자신만의 공간을 만들어 세계를 확장해나간다. 어른의 시선이 닿지 않는 곳은 감시로부터 자유롭지만 그만큼 보호도 받지 못한다. 이런 시대를 살아가는 아이의 성교육, 양육자는 어떻게 해야 할까? 이번 장에선 그 이야기를 해 보고자 한다.

1

포괄적 성교육을 이야기하는 어른

"성교육이 뭐예요?"

"성이 뭐예요?"

성교육을 위해 아이를 만나면 이런 질문을 심심찮게 받는다. 이 질문을 받으면 아이에게 자연스럽게 되묻는다.

"넌 성이, 성교육이 뭐라고 생각하니?"

질문을 받은 아이는 "그러게요. 많이 들었는데 설명하라고 하면 모르겠어요."라는 답을 한다. 성은 뭐라고 생각하냐는 질문엔, "이름 앞에 붙는 거요." "왕이 사는 성이요."라는 우스갯소리를 하는 아이도 있고, 진지하게 고민하며 정말 모르겠다고 말하는 아이도 있다. 성은 남성과 여성 등 태어나면서 타고나는 성별을 이야기한다. "영어로 하면 SEX라고 하지."라는 말을 하면 아이 눈이 반짝거린다. 자신들이 생각하는 그 섹스를 말하는 거냐며 질문하기도 한다. 성의 영어 표현은 SEX, 섹스다. 이 단어를 성관계한다는 의미로 받아들이는 아이가 제법 되기에 아이들 사이에선 금기어, 성희롱적 언어로 생각한다. "맞아. 너희들이 생각하는 그 섹스. 하지만 섹스의 원래의 뜻은 성, 성별이야." 이렇게 생각의 틀을 한번 깨주면 아이의 마음이 열린다. 말이 안 통하는 꼰대 어른에서 궁금할 걸 물어볼 수 있는 어른으로 이미지가 전환된다.

하지만 대상을 바꿔 양육자를 포함한 어른에게 성과 성교육이 무엇이냐고 질문하면 이런 답이 나온다.

"애들 성장하면서 성적으로 조심해야 하는 걸 교육하는 거죠."

"애들 크면서 겪는 성장 과정을 알려주고 대비하게 하는 거죠."

틀린 말은 아니다. 성적으로 조심해야 하는 걸 알려주는 것, 애들이 크면서 겪는 성장 과정을 알려주고 대비하게 하는 것도 성교육에 들어간다. 성적으로 조심해야 하는 건 성폭력에 관한 부분도 있고, 성과 관계한 여러 스킨십에 관한 부분도 있다. 성장 과정을 알려주는 것도 중요하다. 성장하는 자기 몸의 변화에 대한 인지와 준비가 이에 해당할 수 있다. 어른의 대답은 성폭력 예방 교육과 보건위생 교육에 해당한다. 다른 답으로는 피임 교육을 꼽는다. 물론 피임 교육도 중요하다. 그럼 '성폭력 예방 교육' '보건위생 교육' '피임 교육'을 성교육이라 할까? 이것만 알려주면 아이는 잘 성장할 수 있을까? 필요한 교육임엔 틀림없으나 이 교육만을 성교육이라 하지 않는다.

성은 성관계, 성행위에 관한 교육만은 아니다. 성은 삶 전체에 포진해 있다. 성교육은 삶에서 성과 관련한 모든 경험을 포괄하는 교육으로, 아이가 '건강하고 행복한 삶을 사는 성인이 되기 위한 교육'을 말한다. 유네스코에서 설계한 '국제 성교육 가이드International technical guidance on sexuality education'에 따르면 성교육은 섹슈얼리티에 대한 인지적, 정서적, 신체적, 사회적 측면에 대해 배우는 커리큘럼을 기반으로 한 교육과정이다. 이 과정은 아동과 청소년들이 자기 능력-자신의 건강과 복지, 존엄성에 대한 인식 능력, 존중에 기반한 사회적, 성적Sexual 관계 형성 능력, 자신 및 타인의 복지에 미치는 영향을 고려한 선택 능력, 자신의 삶 속 권리에 대한 이해와 보호 능력-을 높일 수 있는 지식, 기술, 태도, 가치를 갖추도록 하는 데 목적을 둔 포괄적 성교육CES:Comprehensive sexuality education을 제시한다.

포괄적 성교육의 목적에 맞춰 교육하는 주제는 여덟 가지다. 첫 번째, 관계Relationships에 관한 내용이다. 이 주제에서는 가족,

친구, 사랑, 연인관계, 관용, 포용, 존중, 결혼과 육아에 관한 내용을 다룬다. 이성 관계만이 아니라 삶을 구성하는 관계와 그에 관한 태도에 관해 다룬다. 두 번째, 가치Values, 권리Rights, 문화Culture, 성Sexuality에 관한 내용이다. 이 주제에서는 가치와 섹슈얼리티, 인권과 섹슈얼리티, 문화, 사회와 섹슈얼리티에 관한 내용을 다룬다. 삶에서 꼭 필요한 가치와 인권, 문화와 사회를 성과 연결 지어 생각하는 교육이다. 세 번째, 젠더Gender 이해에 관한 내용이다. 사회적으로 구성된 젠더와 젠더 규범, 젠더 평등과 고정관념, 편견, 젠더 기반 폭력에 관해 이야기한다. 타고난 성별에 따라 부과된 사회적인 성에 관해 생각해보는 내용이다. 네 번째, 폭력과 안전에 관한 내용이다. 폭력, 동의, 온전한 사생활과 신체, 정보통신 기술의 안전한 사용에 관한 다룬다. 폭력의 의미와 동의 등을 다루며 관계 속 폭력에 대해 생각해보는 시간이다. 다섯 번째, 건강과 복지를 위한 기술에 관한 내용이다. 성적 행동에 대한 규범 및 또래의 영향과 의사 결정, 대화, 거절 및 협상의 기술, 미디어 정보 해독력과 섹슈얼리티, 그리고 도움과 지원받을 수 있는 자원을 찾아보는 내용으로 이뤄진다. 여섯 번째, 인간의 신체body와 발달Development에 관한 내용이다. 성, 생식기, 생리, 임신, 사춘기, 신체 이미지에 관한 내용으로 성장하는 몸의 변화와 몸에 관한 긍정적 관점을 키워주는 내용을 다룬다. 일곱 번째, 섹슈얼리티

Sexuality와 성적 행동Sexual Behaviour에 관한 내용이다. 성과 섹슈얼리티에 관한 이해와 생애 주기별 성생활, 성적 행동 및 반응까지 다루며, 현재뿐 아니라 미래 자신이 겪을 성에 관한 준비와 성적 행동 즉 성행위에 관한 내용을 다룬다. 마지막으로, 성과 재생산 건강Sexual and Reproductive Health에 관한 내용이다. 임신과 임신 예방 즉 피임에 관해 다루며 건강과 생명까지 이야기한다. HIV와 AIDS 낙인, 돌봄, 치료, 지원, 성 매개 감염병, HIV 위험 감소에 대한 이해와 인식을 다루며 성 매개 감염의 이해와 예방법, 인식과 감염자의 인권을 생각하는 시간도 갖는다.

포괄적 성교육은 이렇듯 삶의 전반에 관한 다양한 내용을 다루며, 아동과 청소년이 삶을 살아가는 데 필요한 능력을 높이는 것을 목적으로 한다. 성교육으로 일부만 다루어서는 안 된다. 혹 성교육을 하며 성폭력에 관한 내용만 다룬다면 아이는 성은 폭력적이라고 인식할 것이다. 앞서 이야기한 것처럼 성폭력 예방 교육, 당연히 해야 한다. 성장 주기에 맞춰 아이의 언어로 적재적소에 꼭 필요한 방법으로 교육할 수는 있지만, 그것으로 끝내선 안 된다. 포괄적 성교육의 모든 내용을 다 다룰 수 없다고 생각할 수 있다. 물론 두세 시간에 이 모든 내용을 다룰 순 없다. 그렇게 해서도 안 된다. 그렇기에 성교육은 아이의 성장을 지켜보면서 꾸준히 일상적으로 이루어져야 한다. 그렇게 교육할 수 있는 가장 적합한 사람은 양육자 당신이다. 그러니 오늘 아주 사소한 질문으로 성교육을 시작해보자.

"우리 다영인 성교육이 뭐라고 생각해?"

2

자신의 성 가치관을 우선 점검하는 어른

"얼마 전 뉴스에서 봤는데 세상에, 우리나라 성관계 시작 나이가 13.6세래. 이게 말이 돼?"

"그러게 말도 안 돼. 그럼 우리 아이들도? 그럼 어떡하지…."

카페에 앉아 있는데 옆 테이블 손님의 대화가 들려온다. 대화를 들으며 '어, 그 나이 14.1세로 바뀌었는데.'라는 생각을 한다. 성에 관한 내용은 이상하리만치 귀에 쏙쏙 들어온다. 이분들이 이야기하는 성관계를 시작하는 13.6세라는 나이는 어디서 나왔을까? 질병관리청과 교육부는 우리나라 청소년의 건강행태를 파악하고, 이에 맞춰 정부 정책 수립과 평가를 위해 '청소년건강행태조사'를 실시하고 있다. 매년 800개 중·고등학교 학생 약 6만 명이 참여하고 있다. 이 조사에서 조사 참여 학생을 대상으로 성관계에 관한 조사가 이루어졌다. 성관계 경험률과 중 1학생의 중학교 입학 전 성관계 경험률, 성관계 시작 연령 등이 조사됐다. 여기서 나온 결과를 뉴스에서 보도한 것이다. 13.6세라는 나이는 2018년에 조사된 성관계 시작 연령의 결과다. 정확하게 수치화된 13.6세라는 나이는 아이를 양육하는 양육자의 눈과 귀를 사로잡을 수밖에 없다. 그보다 어린아이를 양육하고 있으면 곧 올 미래고, 현재 그 나이나, 그 나이보다 많은 나이의 아이를 양육하고 있다면 현재와 과거가 될 일이다. 학교 잘 다니고 있는 아이를 의심스럽고 걱정스럽게 볼 수 있는 확실한 숫자다.

그럼 3년 후인 2021년 '청소년건강행태조사' 결과를 한번 보자. 성관계 경험을 한 학생은 조사 대상 전체의 5.4%로 나타났다. 남학생은 6.6%, 여학생은 4.0%로 집계되었다. 중 1학생의 중학교 입학 전 성관계 경험은 0.8%로, 남학생은 1.1%, 0.6%로 나타났다. 성관계 시작 연령은 전체로 보면 14.1세로, 남학생은 13.9세 여학생은 14.3세로 나타났다. 성관계 시작 연령은 2018년 13.6세에서 14.1세로 변화되었다. 아이 나이 14세라면 만 나이로 생각해도 중 2학년이다. 이 수치만 보면 불안하다. 그리고 시선이 옆에 있는 아이에게로, 아니면 지금 학교에서 수업받는 아이를 떠올린다. '설마 아니겠지.'란 생각을 하지만, 이성 교제 중인 아이라면 '혹시' 하는 생각도 든다. 이게 사실일까? 안타깝게도 사실이다.

하지만 이 사실에서 우리가 간과하고 있는 게 있다. 조사 대상이다. 이 조사는 중등 1학년부터 고등 3학년까지 학생을 대상으로 하긴 했으나, 우리나라 전체 중고등학생이 대상이 아니다. 54,848명의 학생을 대상으로 진행된 조사다. 그 54,848명 학생 중 5.4%인 약 2,962명이 성관계 경험이 있다고 한 것이다. 조사 대상 중, 중 1학년 9,993명을 대상으로 질문을 했다. "중학교 입학 전 성관계 경험을 했나요?" 그렇다고 답한 학생은 0.8%로 약 80명에 이른다. 성관계 경험이 있는 2,702명 학생의 성관계 시작 연령을 조사해 평균을 낸 나이가 14.1세로 나온 것이다. 성관계 경험이 있는 2,702명 청소년의 성관계 평균 시작 연령이 우리나라 전체 청소년 평균 성관계 시작 연령이 된 것이다. 조사를 믿지 못하거나 조사 결과를 부정하자는 건 아니다. 다만 '14.1세'라는 나이에 사로잡혀 그 나이의 모든 아이를 성관계 경험을 한, 혹은 하고 싶은 아이로 낙인찍으며 보지 말자는 거다. 이 결과는 이 정도 되는 나이의 아이라면 제대로 된 성교육이 필요하다는 인식 개선의 필요성을 제시한다.

성관계 경험이 있는 2,833명의 청소년 중 피임을 한 청소년은 65.5%인 1,855명이다. 그래도 65.5%나 피임을 했으니 다행이다 싶은 생각이 드는가? 나머지 34.5%의 아이는 피임을 하지 않았다는 뜻이다. 성인이 되고 양육자의 역할을 수행하고 있지만, 아직 체외 사정을 올바른 피임 방법으로 알고 있는 양육자도 있다. 청소년부터 성인까지 성교육 중 피임 교육을 하면 피임 방법을 올바르게 알고 있는 비중이 의외로 적다. 이성 교제, 연애를 한다고 누구나 성관계를 하지는 않는다. 하지만 아이가 교제를 시작했다 하거나, 성인이 된 아이가 연애하는 누군가가 있다고 하면 바로 성관계에 관한 불안으로 이어진다. 교제와 연애가 성관계하기 위한 관계는 아니다. 하지만 건강한 성적 관계를 위해 존중과 안전함을 기반으로 하는 건강한 스킨십과 성관계 교육은 필요하다.

이제 성관계에 관해 한번 생각해보자. 성관계에 관해 어떤 이야기를 나누면 좋을까? 가장 먼저 떠오르는 게 피임에 관한 부분이다. 그럼 올바른 피임 방법은 어떤 것이 있을까? 콘돔과 경구 피임약, 정관 수술, 루프 등의 다양한 방법이 있다. 피임은 누가 하는 게 더 안전할까? 피임은 한 사람이 하는 게 아니라 두 사람이 동시에 다 해야 한다. 그런데 피임을 왜 하지? 성관계를 하지만 임신을 피하고자 하는 것이다. 그럼 임신은 왜 피하는 건데?

사랑해서 성관계를 하고 싶지만, 아기를 가지면 안 되니까. 아기를 가지면 어떻게 되는데? 어떤 변화가 생기는데? 아기를 가지면 책임져야 하는데, 그러면 지금 생활을 영위할 수 없다. 그럼 마지막으로 성관계는 어떤 사이의 사람과 하는데? 사랑하는 사람과 하는 것이다. 꼬리에 꼬리를 무는 식으로 이야기를 풀어냈다. 이 이야기를 거꾸로 하는 게 성교육 방향이라 생각한다.

성관계와 피임 방법을 이야기하기 전에 먼저 관계, 사이에 관한 이야기를 해야 한다. 성관계는 아무하고나 하지 않는다. 성관계를 생각할 수 있는 관계를 어떻게 정의할 것인가, 어떤 사람과 그런 사이가 되는가에 관해 이야기 나누자. 나는 어떤 사람과 성관계하고 싶은가, 즉 어떤 사람을 사랑하고 싶은가, 나에게 사랑은 어떤 의미인가를 생각하고 표현하며 자신의 사랑에 관한 가치관을 세우는 게 우선 되어야 한다. 스킨십과 성관계에 관한 결정은 성적 자기결정권인 자신의 권리이지만, 이 권리엔 선택에 대한 책임과 타인의 성적 자기결정권을 침해하지 않을 의무가 있다는 걸 나누어야 한다. 권리를 주장하는 성적 관계가 아닌 책임 있는 성적 관계를 생각하는 시간을 일상에서 가지기를 바란다. 이런 이야기를 아이와 나누려면 양육자가 먼저 답할 수 있어야겠다.

'나는 사랑을 무엇이라 생각하는가?'

'나는 이성 교제, 연애에 어떤 마음과 감정을 가지고 있는가?'

'나는 미성년 아이의 이성 교제에 관해 어떻게 생각하고 있는가?'

'만약 지금, 나중에라도 아이가 사랑하는 사람이 생겼다. 교제를 시작했다고 한다면 어떻게 반응하고 어떤 이야기를 나눌 것인가?'

아이와 이야기 나누기 전 양육자의 사랑과 연애, 성적 가치관을 우선 생각해보기를 바란다. 한 아이를 양육하는 모든 양육자분이 함께 이야기 나누길 바란다. 양육자들의 성 가치관이 다르면 성교육의 방향도 달라진다. 모든 양육자가 다 같은 성 가치관을 가질 순 없지만, 한 아이에게 교육하는 성 가치관은 같은 방향으로 흘러가야 한다. 대화를 통해 이 과정을 꼭 거치면 좋겠다.

14.1세라는 청소년 성관계 시작 연령에 불안해하는 부모님들께 희망을 드리기 위해 한 조사 결과를 가져왔다. 2023년 3월 질병관리청의 의뢰로 한국보건의료연구원에서 'HPV(사람유두종바이러스) 백신의 국가 예방접종 확대를 위한 비용-효과 분석' 정책 연구 보고서를 발표했다. 이 연구는 자궁경부암 예방 백신 접종을 남자 청소년에까지 무료 확대 접종하는 방안에 관한 경제성 조사

를 위한 목적으로 만19세~59세까지 성인 3,193명을 대상으로 조사가 진행됐다. 자궁경부암 예방 백신이지만 고환암까지 예방 효과가 있다고 하는데, 지원을 받지 못하고 온전히 접종을 진행한 양육자 입장에선 너무 반가운 조사였다. 결론은 아직 나지 않았지만 흥미로운 결과가 있었다. 조사 대상자인 성인을 대상으로 한 국내 성 행태조사 결과가 나와 있었다. 조사 대상자인 성인의 첫 성 경험 시기는 남성과 여성 모두 '20~24세'가 각각 65.9%, 57.4%로 가장 많았다. 그다음으로 '25~29세'(남성 19.8%, 여성 26.4%), '30~34세'(남성 4.1%, 여성 7.5%) 등의 순이었다. 이 조사 결과를 보니 조금 안심되지 않는가. 다만 모든 조사는 한정적인 인원을 대상으로 한다는 것을 잊지 말자.

3

성범죄 피해 대처 방법을 아는 어른

"우리 아이는 아무것도 몰라요." "우리 아이가 몰라서 그랬어요."라는 양육자의 말이 딱 맞는 예도 있다. 자신이 무슨 행위를 했는지, 그게 잘못된 행위인지 모르는 경우도 있다. 자기 음경이나 음순을 만지는 행위가 습관이 되어 자신도 모르게 손이 가는 경우가 있다. 그런 행위를 하지만 주변에 있는 누구도 아무 말 하지 않는다면 자기 행동이 잘못됐다 느끼지 못한다. 그러면 옆에 누가 있든, 별일 아닌 듯 행동은 계속 이어진다. 아무것도 모르는 아이는, 몰랐으니 괜찮은 걸까? 만약 타인에게 피해와 수치심, 불쾌감을 느끼게 할 목적이거나, 타인의 반응을 보며 만족을 느끼고자 일부러, 의도적으로 행동을 한다면 분명한 교정이 필요하다. 그런 목적이 아닌 단순한 습관에 의한 행동이라 하더라도 상식에 어긋나는 성적 행동이라면 교정이 필요하다. 오랫동안 습관으로 굳어진 행동은 순식간에 바뀌지 않는다. 그렇게 고착된 잘못된 행동을 변화시키기 위한 지속적이고 반복적 노력은 당사자와 양육자 양쪽 모두의 책임이다.

최근 OTT 플랫폼에서 〈나는 신이다〉라는 다큐멘터리 영상을 봤다. 영상에서 나온 성 착취 피해자는 한결같이 말한다. 그게 뭔지도 몰랐고, 자신이 피해를 보고 있는 건지도 몰랐다. 자신이 믿는 사람이 하는 행위이니, 그 사람과 주변에서 괜찮다고 하니 괜찮은 것으로 생각했다. 왜 이런 일이 일어날까? 피해자가 판단 능력이 떨어져서? 약해서? 아니다. 가해자가 피해자의 믿음과 신뢰를 이용해 자신의 욕망과 이익을 취하는 명백한 가해를 범하면서도 별거 아닌, 자신이 하면 범죄가 아니라며 끊임없이 그루밍하고 가스라이팅하며 가해했기 때문이다. 처음 미술품 전시를 보러 갔다고 가정해보자. 설치미술이라 하는데 아무리 봐도 도무지 어떤 의미를 읽어내야 하는지 모르겠는데 함께 관람하는 사람들은 환호를 지른다면 어떨까. 나라면 '내가 무지해서 잘 모르는구나.'라는 생각이 들 것이다. 그러면서 그들이 보이는 반응을 모방할 확률이 높다. 그들의 행동이 옳은 건지 그른 건지 판단하지 않고 무조건 따라 할 확률이 높다. 이처럼 자신도 모르게 피해 상황에

처해 있는 경우, 가장 우선으로 해야 하는 건 피해를 입고 있음을 인지하는 것이다. 아이에게 좋은 것만, 예쁜 것만, 도움이 되는 것만 보여주며 키우고 싶지만, 현실은 그렇지 않다는 걸 어른은 안다. 물론 긍정적이고 건강한 세상을 알려주는 것도 양육자의 역할이다. 그에 못지않게 세상의 어두운 면을 알려주며 혹 그런 상황이 벌어진다면 어떻게 대처해야 할지를 알려주는 것도 양육자의 역할이다.

2020년 'N번방' 사건으로 인해 '아동·청소년의 성 보호에 관한 법률(줄여서 아청법)'도 개정됐다. 아동·청소년 이용 음란물이 성 착취 범죄라는 것을 명확히 하기 위해 '아동·청소년 성 착취물'로 명칭이 변경되었다. 또한 상대방의 동의 여부와 상관없이 아동·청소년과 성행위를 하면 강간과 동일하게 간주되어 형사 처벌 대상이 되는 '의제 강간'의 연령 기준이 만 13세에서 만 16세로 상향되었다. 또한 성 착취물과 불법 촬영물을 배포·판매 및 광고·소개를 영리 목적으로 한다면 5년 이상의 징역을, 영리 목적이 아니라 해도 3년 이상의 징역에 처한다. 아동·청소년 강간·강제추행 등을 준비하거나 음모하기만 해도 3년 이상의 징역에 처하며, 아동·청소년 성 착취물을 구입하거나 아동·청소년 성 착취물임을 알면서 이를 소지, 시청한 자는 1년 이상의 징역에 처하는 것으로 법률이 개정되었다. '아동·청소년의 성 보호에 관한 법률'은 만 19세 미만의 청소년을 성폭력으로부터 적극적으로 보호하고자 한다. 이처럼 법률로 보호하고자 하지만 법이 강력하다고 범죄가 안 일어나지는 않는다. 그렇기에 혹 성폭력 피해를 봤다면 어떻게 해야 하는지 알려줘야 한다. 아이는 꺼내기 어려운 말은 어른보다는 또래 친구에게 먼저 이야기하는 경향이 크다. 그렇기에 성폭력 피해를 본 친구가 있다면 도움 줄 수 있게 아이에게 알려줘야 한다.

성폭력 피해자 지원을 담당하는 해바라기센터가 전국에 분포되어 있다. 여성가족부 소관 사업으로 2023년 7월 기준으로 전국 서른 아홉 곳이 운영 중이다. 해당 지역에 있는 해바라기센터는 검색엔진에서 지역명과 해바라기센터를 입력해 검색하면 찾을 수 있다. 혹은 여성가족부 홈페이지에 접속 후 해바라기센터를 검색하면 시설 찾기에서 전국 해바라기센터 검색이 가능하다. (https://www.mogef.go.kr/) 해바라기센터는 365일 24시간 운영하며 응급의료지원과 피해자에게 필요한 모든 진료 지원, 피해자 상담과 수사 및 법률지원도 가능하다. 피해자가 아동이면 아동 진술 분석전문가도 관찰 입회한다. 수사받을 때 동행 서비스와 돌봄 대상이 있다면 돌봄 비용과 간병 비용까지 지원 가능하다. 혹 성폭력 가해자가 가정에 있다면 성폭력 피해자 보호시설에서 보호받을 수 있다. 피해자나 피해자의 가족 구성원을 보호하고 숙식을 제공한다. 피해자 보호를 위해 보호시설 위치는 비공개된다. 성폭력이 발생했다면 증거 수집을 위해 몸을 씻지 않은 상태로 112나 해바라기센터에 연락을 취해야 한다. 자신을 지지해주고 도와줄 수 있는 사람에게 연락하고, 안전한 장소로 피해야 한다. 몸에 멍이나 상처가 있는 경우 사진으로 남기고, 가해자와의 대화 내용 등 증거가 될 만한 자료는 지우지 않고 가지고 있어야 한다.

어린 시절 한동네에서 오래 살았다. 그러다 보니 동네 또래 아이들은 너 나 할 것 없이 어울려 다니며 놀았다. 사춘기가 막 시작되던 초등 4학년 때다. 나보다 서너 살 많은 동네 오빠가 집에 가는 길이 비슷하니 같이 가자고 했다. 매번 그렇게 갔기에 알겠다며 같이 걸어갔다. 집에 다 와서 문을 열려고 할 때 오빠가 갑자기 뒤에서 안으며 "내가 다영이 많이 좋아하는 거 알지?" 한다. 얼굴은 빨개지고 이게 뭐지 싶었다. 뒤이어 오빠가 내 목덜미에 뽀뽀를 한다. 당황스럽고 어떻게 해야 할지 모르겠는데 허리를 감싸고 있던 오빠의 손에 힘이 더 들어가며 손이 가슴으로 올라가려고 한다. 빠져나가려 했지만 쉽지 않았다. 그러는 찰나 언니가 집에서 나오며 "뭐 하는 건데." 하며 소리를 지른다. 그 소리에 오빠가 내달렸다. 아주 오래된 기억이지만 아직 나를 꽉 안고 있던 힘과 빠져나갈 수 없을 것 같은 섬뜩함이 남아있다. 누구에게도 이야기하지 못했다.

성폭력을 당해도 누군가에게 바로 알리고 신고하는 건 큰 용기가 필요하다. 만약 피해자가 용기를 내 도움을 구한다면 그 손을 꼭 잡아주면 좋겠다. 피해 상담을 원한다면 여성 긴급전화 '1366'을 활용하기를 바란다. 지역번호 뒤에 1366을 누르면 전화 상담이 가능하다. 청소년이라면 청소년 상담 전화 '1388'을 꼭 기억하면 좋겠다. 카카오톡 상담으로 여성 폭력 사이버 상담 'women 1366'과 '#1388'을 친구 맺기 후 채팅 상담이 가능하다는 것을 꼭 알려주면 좋겠다.

성폭력 피해는 온라인에서도 일어난다. 자신도 모르게 자신의 사진과 누구에 의해 만들어졌는지 모를 불법 합성물이 사실인 듯 인터넷을 떠돌아다닌다. 친구와의 소통을 위해 개설한 인스타그램을 타고 또래인 척 접근해 피싱(개인정보 Private data와 낚시 Fishing의 합성어로 전자 우편이나 메신저를 사용해 믿을 만한 사람인 것처럼 가장해 개인정보를 캐내는 수법)을 하기도 한다. 또는 아르바이트 주선을 목적으로 피해자를 물색해 성 착취 가해를 하고, 그렇게 생성된 성 착취물이 인터넷 사이트에 불법 유포되기도 한다. 이렇게 불법 촬영, 비동의 유포, 유포 협박, 불법 합성 등 디지털 성범죄에 피해를 당해 온라인에 피해 촬영물이 유포되었다면 국가에서 운영, 지원하는 '디지털성범죄피해자지원센터(https://d4u.stop.or.kr)'에서 도움을 받을 수 있다. 여기서는 온라인상 유포된 피해 촬영물 삭제 지원, 유포 여부가 불확실한 경우라면 유포 현황 모니터링을 받을 수 있다. 성폭력상담소 등 피해자지원기관과 연계해 수사·법률·의료·상담 등 다양한 지원을 받을 수 있다. 서울에는 '서울디지털성범죄안심센터(https://onseoulsafe.kr)'에서 디지털 성범죄 피해자를 지원하며, 경기도에는 '경기도디지털성범죄피해자원스톱지원센터(https://www.gwff.kr//031cut/main.html)'와 '성남시디지털성범죄피해자통합지원센터'에서 지원하고 있다.

여성가족부는 '2021년 아동·청소년 대상 성범죄 발생 추세와 동향 분석 결과'를 발표했다. 분석 결과를 보면 피해 아동·청소년의 성별은 여성이 91.2%, 피해자 평균 연령은 14.1세로 피해자의 25.6%가 13세 미만이었다. 가해자는 아는 사람인 경우가 60.9%이다. 그중 강간, 성 착취물 피해자 모두 아는 사람 중 '인터넷 채팅으로 알게 된 사람에게' 피해를 본 경우가 가장 높은 비율을 차지했다. 강간 피해자의 경우 35.3%, 성 착취물 피해자의 경우 66.5%가 인터넷으로 알게 된 사람에게 피해를 봤다.

양육자는 아이에게 온라인 속 디지털 성범죄의 위험성에 관해 이야기하며 조심하라고 한다. 선생님들도 아이에게 주의를 준다. 아이가 피해를 입고 자각하게 되더라도 양육자나 다른 보호자에게 편히 알리지 못한다. 어른이, 보호자가 조심하라며 일러주던 것을 떠올리며 두 가지 마음을 가지기 때문이다. '하지 말라고 하던 걸 하다 이렇게 피해당한 걸 알면 더 혼나겠지.'라는 마음과 '나한테 실망하실 텐데.'라는 마음이다. 이런 불안하고 미안하고 죄송한 마음에 어떻게든 자기가 해결해 보려고 한다. 어른이 아이를 걱정하는 것만큼 아이도 어른에게 실망스러운 모습을 보이기 싫어한다. 그래서 가해자가 하라는 것만 하면 어떻게든 해결될 거라는 믿음으로 가해자에게 계속해서 더 큰 가해를 당하며 끌려다닌다. 디지털 성범죄는 이런 상황에 놓인 아이가 많다. 아이의 이런 상황을 고려해 디지털성범죄피해자지원센터는 청소년 피해자인 경우 부모와 보호자의 동의 없이도 피해물의 삭제 및 모니터링 지원 신청이 가능하다. 그러니 아이에게 꼭 알려주기를 바란다. 디지털 성범죄 피해는 피해자 혼자의 힘으로는 결코 끊어낼 수 없다. 지원이 필요하다. 그러니 양육자에게, 부모에게 미안한 마음이 들어 피해 사실을 알리기 힘들다면 청소년 피해자 당사자가 직접, 부모에게 알리지 않고도 지원 신청을 하고 지원받을 수 있다는 것을 아이에게 꼭 알려주기를 바란다.

초등 4학년 때의 일을 피해라고 생각하지 못했다. 그날 언니는 집에 들어온 내게 이렇게 말했다.

"그러고 자꾸 돌아다닐 때 알아봤다. 행동 똑바로 못해!"

언니의 말을 들으며 내가 잘못해서 그랬구나 싶었다. 피해라고 생각지도 못했고, 무서웠지만 무섭다 말하지 못했다. 시간이 얼른 흘러 기억이 희미해지기만 바랐다. 하지만 기억은 지워지지도 희미해지지도 않았다. 피해자가 피해를 이야기할 때, 피해자를 탓하는 말을 하지 않길 바란다. "네가 왜 거기에 가서" "왜 그런 사람과 어울려서" "왜 그 시간에" "왜 그런 옷을" "왜 거절을 못 해서" "왜 더 거절하지 않았어?" "그 게임 하지 말랬지." "인터넷에서 모르는 사람이 말 걸어오는데 왜 답했어." "그걸 왜 보냈어." 아이가 피해를 봤다고 말해온다면 절대 '왜'라는 물음을 하지 않길 바란다. 이유와 책임을 물어야 할 대상은 피해자가 아니라 가해자다. 피해자는 잘못이 없다. 아이는 일상생활을 하고, 항상 하던 온라인 활동을 했을 뿐이다. 그러다 피해가 일어났다고 아이를 못 나가게 하고, 인터넷을 못 하게 한다면 다 해결될까? 아이에게 사회의 명암을 알려주기를 바란다.

피해를 보지 않는다면 가장 좋겠지만 혹여라도 어떠한 방식으로라도 피해를 봤다면 꼭 도움을 구해야 함을 알려주면 좋겠다. 자신이 아니라 주변 누군가가 피해를 보았다면 지원받는 방법을 알려주는 아이로 키우면 좋겠다. 그렇게 알려주기 위해 그 방법을 먼저 알아가는, 당신이 그런 어른이 되면 좋겠다.

4

성인지 감수성을 함께 키우는 어른

둘째 아이가 중 1학년이 됐다. 만 14세가 됐으니 자궁경부암 예방접종을 위해 병원 예약을 했다. 내과나 소아과로 갈까 하다 산부인과로 예약을 했다. 내가 사는 곳에는 산부인과가 하나밖에 없다. 예약 시간에 맞춰 대기실에서 기다리고 있는데 감회가 새롭다. 둘째 아이를 낳은 병원에 아이가 커서 예방접종을 하러 다시 온 것이 새삼 신기해 옆에 앉은 아이를 흐뭇하게 바라보고 있었다. 차례가 되었는지 아이 이름이 불렸다. 보호자로 다가가니 이런 질문을 한다.

"철수, 초경 했나요?"

"네?"

"지금 열네 살이니까, 아직 안 했나요?"

"음…. 아직 안 했는데. 계속 안 할 것 같은데요."

"네?"

답을 들은 간호사는 고개를 들어 나를 쳐다본다. 그래서 한 번 더 저희 아이는 계속 생리는 안 할 것 같다고 말하며 앉아 있는 아이를 가리키니 웃음을 터뜨린다. 둘째 아이는 남자아이이다. 그러니 월경할 수가 없다. 간호사는 산부인과에 자궁경부암 예방접종을 하러 오는 14세 청소년이라 하니 당연히 여자아이로 생각했다 한다. 그러니 자연스럽게 초경에 관한 질문을 했다. 그러며 이렇게 말한다.

"이게 고정관념이죠. 산부인과에 자궁경부암 접종하러 오는 14세 아이는 당연히 여자아이이다. 이렇게 생각한 거죠. 분명 주민등록번호 뒷자리를 확인했는데도 말이에요. 저희도 바뀌어야 하는데 그게 참 안되네요."

2000년 이후 출생한 아이의 주민등록번호 뒷자리 첫 번째 수는 1, 2에서 3, 4로 바뀌었다. 주민등록번호를 확인해도 헷갈릴 수 있다. 하지만 이 에피소드에는 헷갈림보다 고정관념이 더 큰 작용을 했다. 사람들에게 "당신은 성별 고정관념을 가지고 있나요?"라는 질문을 할 때가 있다. 단호하게 없다고 말하는 사람도 있지만, 있다고 말하는 사람도 있다. 타고난 성별로 고정관념이 생기면 안 된다고 하지만 나조차도 툭 하고 튀어나올 때가 있다. 그래서 요즘엔 자신이 어떤 부분에 성별 고정관념을 가지고 있는지 알아차리고 그 틀을 깨려 노력하는 사람에게 더 믿음이 간다. 그럼 성별 고정관념을 만들지 않으려면 어떻게 해야 할까? 일상에서 보고 듣는 것들에서 성별 고정관념은 없는지 조금만 세심히 살펴보려는 노력을 하면 된다. 살펴보다 혹 그런 부분을 발견했다면 의문을 품고 이야기 나누면 된다.

2022년 한 정치가가 예전에 출간한 시집 내용이 이슈가 됐다. 『가야 할 길이라면』이라는 시집에 실린 「전동차에서」라는 시다. 시에서는 지하철 안 풍경을 묘사하고 있다. "전동차에서만은 짓궂은 사내아이들의 자유가 그래도 보장된 곳이기도 하지요."라고 적혀있다. 뒤이어 "풍만한 계집아이의 젖가슴을 밀쳐보고 엉덩이를 살짝 만져 보기도 하고 그래도 말을 하지 못하는 계집아이는 슬며시 몸을 비틀고 얼굴을 붉히고만 있어요."라는 내용이 나온다. 지하철 성추행을 사내아이들의 짓궂음과 자유로 묘사한 것이다. 사내아이는 짓궂고 지하철 내 성추행은 짓궂은 장난 정도로 생각한다. 옛날이라고 범죄가 장난은 아니었다. 물론 시대의 변화에 따라 범죄를 바라보는 시선의 차이는 난다. 하지만 이 시에선 남자아이는 짓궂다. 짓궂은 남자아이는 여자아이의 몸을 밀치고 만지고 하는 게 자연스럽다. 그건 짓궂은 장난이다. 여자아이도 짓궂은 장난임을 안다. 그러니 그건 범죄라기보다는 장난이니 그냥 넘어가도 된다고 해석된다. 시의 내용만 봐도 여자아이는 불편하고 불쾌하다. 그렇기에 몸을 비틀고 얼굴이 붉어진다. 좋다는 게 아니라 싫다는 표현이다. 그러나 남자아이는 아무 말을 하지 못하는 여자아이를 계속해서 추행한다. 이건 누가 봐도 명백히 잘못된 행위다. 시집 내용을 보며 아이와 불편한 부분을 이야기 나누면 좋겠다.

또 다른 기사를 보자. 국민일보에 "'천만 원 줄 테니 올라가서 벗어 봐.'… 무모한 30대 공무원"이란 뉴스 기사가 실렸다. 함께 식당에서 술을 마시던 공무원 A와 B. "돈 천만 원을 주면 알몸으로 테이블 위에 올라갈 수 있겠다."라는 A의 말에 B가 "돈 줄 테니 해 보라."는 말을 한다. 이 말을 들은 A가 옷을 벗고 속옷만 입은 채 식탁 위로 올라가 성기를 드러냈다. 아이들과 성교육 시간에 이 기사에 관해 이야기 나눈 적이 있다. 이 사건에 관해 어떻게 생각하냐는 질문에 절대 그러면 안 된다는 답을 한다. 그 말을 듣고 다시 질문을 했다. "만약에 천만 원이 아니라 오천만 원을 준다면 어떨까?" 아이 중 서너 명이 "그럼 하죠."라는 말을 한다. 두 공무원은 공연음란 혐의로 A는 벌금 200만 원, B는 벌금 80만 원의 선고를 받았다. 술을 마시다 우발적이었다 하더라도 공공장소에서 자기 성기를 노출하는 건 범죄가 된다는 인식, 누군가 돈을 주며 신체 노출을 요구하는 건 성폭력이고 성범죄라는 이야기를 나누면 좋겠다. 아이들은 얘기한다. "그냥 장난으로 그렇게 말한 거예요. 설마 그러겠어요?" 하지만 수업을 마치고 정리하는 사이 자기들끼리 이런 말을 한다. "야, 오천만 원이 뭐냐. 1억 정도 준다면 몰라도."

돈의 가치가 점점 높게 생각되는 시대다. 성을 사고, 파는 상품으로 취급하는 걸 성 상품화라고 한다. 광고, 영화 등 미디어에서 성적 자극을 유발해 판매를 촉진한다. 모터쇼에서 야한 옷차림의 레이싱걸이 모델로 서고, 남성 화장품 광고에서 여성 연예인이 나와 비를 맞으며 섹시 댄스를 춘다. 남성 화장품 광고가 나오고 일부 게시판에선 제품이 아닌 '연예인 몸매 보러 가자'라는 글이 올라왔다. 광고는 제품을 홍보하는 것이다. 홍보의 수단으로 여성의 몸을 내세워 이목을 끄는 것은 잘못됐다. 나의 몸, 타인의 몸은 절대 상품이 될 수 없다. 되어서도 안 된다. 아이와 돈보다 귀한, 그 무엇과도 바꿀 수 없고 바꾸어서도 안 되는 자신에 관해 이야기 나누면 좋겠다.

고정관념을 만들지 않으려면 자신이 가진 고정관념을 알아차리는 것이 우선이다. 같은 관심사를 가진 사람들이 모인 모임에 참여하는 것도 좋고 책을 읽는 것도 좋다. 그렇다고 꼭 어려운 책을 읽어야 하는 것은 아니다. 쉬운 책을 읽더라도 한 번 더 곱씹어 생각해보면 그걸로 충분하다. 영화, 책 등에 나오는 주인공을 나로 바꿔 생각해보는 것도 방법이다. '만약 미디어 속 그 사람이 나라면? 나는 괜찮은가?' 만약 미디어를 접했는데 무언지 모르게 불편한 기분이 든다면 이 질문을 생각하며 미디어를 보면 좋겠다. 렌즈를 앞에 두고 보는 것이다.

그림책 중 『나의 엄마』 『나의 아버지』라는 그림책이 있다. 한 작가의 두 그림책이다. 제목대로 엄마와 아버지에 관한 이야기다. 그런데 이 두 책을 보고 있자면 왜 엄마는 집 안 생활 위주의 아이 돌봄 역할로만, 아버지는 바깥 생활 위주로 아이에게 무언가를 가르쳐주는 역할로 그렸을까 하는 의문이 든다. 물론 작가의 부모님 역할을 떠올리며 그 역할의 소중함에 관해 이야기하고자 한 의도는 알겠다. 하지만 이 책은 또래 성인이 읽으며 추억을 되짚는 책만이 아니다. 어린아이들이 많이 보는 그림책이다. 이 책을 보고 읽은 아이는 어떤 생각을 할까? 엄마와 아버지라는 호칭부터 차이가 나고, 두 사람의 역할이 엄마는 집안 살림에 아이를 돌보는 역할로만 그려지고, 아버지는 자전거 가르치기부터 바깥에서 아이를 가르치는 역할로만 그려진 것을 보며 엄마와 아빠의 역할을 꼭 그래야 한다고 생각하진 않을까? 혹 그렇지 않은 가정에서 자라고 있는 아이라면 어떨까. 자신의 가정과 다른 역할 분담과 구성원, 꼭 그래야지 행복한 가정일 것으로 생각할 수도 있다. 다양한 가족의 형태가 있고, 한 사람이 다양한 역할을 하는 시대다. 좋은 내용의 그림책이지만 시대 반영을 조금 더 했으면 어땠을까 싶은 아쉬움이 남는다.

아이와 함께 읽고 보는 모든 것들을 조금 더 세심히, 촘촘히 보기 바란다. 미디어 속, 세상 돌아가는 여러 소식을 함께 나누며 그 속의 성차별 요소를 감지하고 알아차리는 민감성을 우리는 '성인지 감수성'이라고 한다. 고정관념을 깨는 방법은 성인지 감수성을 높이는 것이다. 일상생활에서 성인지 감수성을 높이는 법 어렵지 않다. 일상에서 접하는 상황과 미디어를 마주할 때 '만약 나라면?'이란 단순한 문장을 대입해 생각해보면 된다. 지금 보는 드라마, 영화 속에서, 아이가 보는 책과 영상 속 주인공이 나라면 불편하거나 불쾌한 부분이 있는지 다시 생각해 보자. 거기부터 시작해보자. 어렵기 않게 쉽게, 민감성과 예민성을 장착해 아이와 함께 성인지 감수성을 올려보자.

5

'몸 긍정', '자기 긍정'을 키워주는 어른

학창 시절 껌 좀 씹었던 적이 있다. 이런 말을 하면 '좀 놀았던' 아이로 안다. 껌을 씹는다는 표현이 일탈 청소년을 나타내는 말로 쓰이기에 그렇다. 일탈 청소년의 범위를 어떻게 정하냐에 따라 다르겠지만 학교에서 하지 말라는 행동을 한 적이 있으니 일탈 청소년이었던 건 맞다. 고3 여름방학, 보충수업을 위해 등교한 학교에서 친구들과 1학년 빈 교실에 들어가 전기포트에 라면을 넣고 끓여 먹다 학생주임 선생님께 딱 걸렸다. 교무실로 끌려가 집에 전화해 나의 죄를 낱낱이 내 입으로 고한 적이 있다. 교복을 입고 절대 노래방에 가지 말라는 말을 무시하고 야간 자율학습 시간에 학교를 나와 학교 앞 노래방에 갔다가 학생주임 선생님께 잡혀 나온 적이 있다. 이런 걸 보면 일탈 청소년이었던 것 같긴 하지만 내가 껌 좀 씹었다고 말하는 건 다른 이유다.

여중, 여고를 다니면 정말 재미있는 일이 많다. 남학생이 없기에 여학생들끼리 꺼릴 것 없이 많은 이야기를 한다. 여학생의 화제에 외모가 빠질 순 없다. 같은 머리에 끊임없이 빗질하고, 스타일 변화를 준 누군가가 있으면 노하우를 물어보기 일쑤다. 머리스타일이나 옷차림은 꾸밀 수 있으나 노력으로 바꾸기 힘든 건 신체다. 몸무게야 다이어트로 조절할 수 있지만 키나 가슴 크기 등은 자신의 의지로 어찌할 수 없다. 한때 여학생들 사이에서 가슴 커지는 비법이 전수된 적이 있다. 그 비법은 '아세로라'라는 껌이었다. 그 껌을 씹으면 아세로라의 성분이 가슴을 크게 만든다는 소문이 사실처럼 퍼진 것이다. 효과를 본 선배도 꽤 된다는 확인할 수 없는 말이 전해졌다. 소식을 들은 나와 친구들은 약도 아니고 껌이니 해 볼 만하다 판단했다. 그때부터 학교와 집 근처 슈퍼를 돌며 아세로라 껌을 사 모으기 시작했다. 수업 시간에는 입천장에 껌을 붙이고 있다가, 수업 마치는 종소리와 함께 입을 바삐 움직였다. 그렇게 잘 때를 제외한 모든 시간 입안에 껌이 머물렀다. 효과는 예상처럼 전혀 없었다. 턱만 아플 뿐이었다. 나와 친구들은 왜 큰 가슴을 원했던 걸까? 그때 친구들과 나눈 대화를 떠올리면 큰 가슴은 인기의 척도와 비례했던 듯하다.

지금은 그런 유언비어가 사실로 받아들여지는 시대는 아니다. 이런 말을 들으면 아이는 인터넷에서 아세로라 껌의 효능과 효과, 성공사례를 먼저 찾는다. 인터넷에 올라온다고 다 진실이 아닌 건 알지만 그래도 신뢰감이 올라가는 건 사실이다. 인터넷에 익숙한 아이는 다양하고 넓은 세상을 마주하는 만큼 그 넓은 세상에 자신을 보여주는 것도 즐긴다. 보여주기 위해서는 타인의 부러움을 살 정도의 무언가가 있어야 하는데 그 무언가가 외모가 된다. 자신이지만 자신처럼 보이지 않게 찍는 셀카 각도와 카메라 앱이 인기를 끈다. 편집프로그램을 자유자재로 만질 수 있는 것 또한 능력이며 '좋아요'를 받기 위해 위험한 행동도 서슴지 않는다.

그중 다이어트는 일생의 과업처럼 여긴다. 건강을 위해서가 아닌 깡마른 몸을 위해 거식도 마다치 않는다. 최근엔 살쪄서 교복이 맞지 않는다는 이유로 마약류 다이어트약을 불법으로 구매한 10대들이 검거되었다는 기사가 올라왔다. 이 사건으로 불구속 입건된 59명 중 판매자는 10대부터 30대까지 8명이었고, 구매자는 10대부터 30대까지 51명이었다. 이들 중 47명이 10대였다. 구매자 51명 중 13세도 포함되어 있었다. 구매자는 거식증을 동경하고 깡마른 몸매를 지향한다. 이런 사람들을 가리켜 '찬성'을 뜻하는 Pro-와 '거식증Anorexia'에서 딴 Ana를 합성해 프로아나Pro-ana 라고 한다. 이들은 비만이 아닌데도 비만이라고 인식해 체중이 증가하는 것에 대한 두려움으로 자발적으로 섭식장애를 선택한다. 일부의 이야기가 아니다.

질병관리본부에서 실시한 2020년 '청소년건강행태조사' 통계를 보면 신체 이미지 왜곡 인지율에 관한 결과가 있다. 조사 대상자 41,324명 중 23.9%인 약 9,876명이 자기 신체를 왜곡해서 보고 해석한다. 즉 자신을 뚱뚱하다고 생각하는 것이다. 이 결과는 무릇 여자 청소년에게만 해당하진 않는다. 여자 청소년의 28.6%, 남자 청소년의 19.0%가 이렇게 생각한다. 여자 청소년 10명 중 3명이, 남자 청소년 10명 중 2명이 자신을 뚱뚱하다고 생각한다. 청소년의 몸은 하루가 다르게 성장한다. 성장 과정 속 모습이 자신이 그리는 모습이 아닐 확률은 높다. 청소년기 외모는 자존감에 영향을 주기에 예민하게 반응한다. 그럼 자기 모습에 만족하지 못하는 아이를 마주하는 양육자는 어떻게 반응해야 할까? 무턱대고 "나중에 다 빠져. 다 예뻐져."라고 하는 건 확신할 수 없는 복권과 같은 말이다. 그렇다고 "그래 좀 찌긴 했네."라고 하는 건 아이의 자존감 하락과 우울감 증진에 이바지하는 방법이다. 그럼 어떻게 해야 할까? 사실에 근거한 긍정적인 메시지를 계속 건네야 한다.

“지금은 한창 크는 시기야. 네 몸의 성장기인 지금 잘 먹고 잘 자야 네 몸이 클 수 있는 만큼 마음껏 클 수 있어. 너무 밤늦게만 안 먹으면 돼. 의사 선생님이 자기 전 2시간 전까지 먹으라던데. 소화는 시키고 자라는 거지.”

“엄마는 건강하게 잘 크고 있는 네가 딱 좋아 보여.”

“예뻐. 우리 눈엔 너의 모든 모습이 다 예뻐.”

이런 말을 하면 “엄마 아빠 눈에만 그렇지.”라고 반응하기도 한다. 그럼 “우리 눈에 예쁘고, 건강하면, 다른 사람 눈에도 그렇게 보이는 거야. 충분해.” 같은 긍정적인 말을 계속 건네길 바란다. 입에 발린 소리라 말하면서도 긍정적인 말들이 귀에 딱지로 앉아 ‘난 예쁘고 건강한 사람’이라는 인식이 마음속에 자리 잡을 것이다.

사람의 신체는 개인마다 당연히 달라야 하는데 외모의 기준은 ‘딱 이렇게 생겨야’ 하는 암묵적인 기준이 있는 듯하다. 키는 커야 하고, 피부는 매끈해야 하며, 몸매는 뚱뚱하지 않아야 한다. 이 세 가지는 남자와 여자를 막론하고 공통으로 적용되는 외모 기준으로 취급된다. 거기에 너무 키 큰 여자는 매력 없다는 말처럼, 여자의 키는 남자의 키보다 커서는 안 된다는 기준도 있다. 남자는 근육이 있는 게 남성적이라는 말처럼 남성스러운 모습의 기준도 있다. 아름다움을 추구하는 건 인간의 본능이라 무작정 비난하는 건 바람직하지 않다. 다만 과할 정도의 외모지상주의를 추구하며 자기 몸과 마음을 해치는 건 개선되어야 한다.

최근 외모지상주의를 비판하는 '보디 포지티브Body Positive' 운동이 일어나고 있다. 미국에서 처음 시작된 보디 포지티브는 "자기 몸을 있는 그대로 사랑하자."라는 메시지를 담고 있다. 깡마른 몸매의 모델로 만들어진 미디어와 무대, 일상의 이상향 속에서 마르지 않고 키 크지 않아도, 흉터가 있고 장애가 있어도 우리는 모두 아름답다고 말한다. 우리말로 '몸 긍정주의'라 불리는 이 운동은 외모적 특성과 규정에 대한 비판과 반대 운동으로 나타나고 있다.

현재는 일명 얼평, 몸평과 같이 타인의 외모를 평가하는 말을 하면 성희롱적 발언에 해당한다. 어떤 사이트의 게시판에 '얼평하는 엄마'라는 제목으로 글이 올라왔다. 아이가 새 친구를 사귈 때마다 엄마가 친구의 얼굴을 보여달라고 해서 사진을 보여줬다고 한다. 만약 화장하는 아이라면 "애가 발랑 까져 보이네. 공부 못할 것 같다."라고 하고, 화장을 안 하고 수수한 아이라면 "애가 어두워 보여."라고 하는 엄마 때문에 화가 난다는 글이었다. 외모로 사람을 평가하면 안 된다고 알고 있으나 어른도 그게 잘 안 되는 게 현실이다. 아이를 대하는 어른도 이런 부분은 조심해야 한다는 인식을 하고 말과 행동을 조심하려 의식적으로 노력해야 한다. 혹 자신도 모르게 외모지상주의적 발언이나 표정을 보였다면 사과와 함께 잘못된 시선을 인정하고 바로잡는 노력을 해야 한다.

집으로 온 아이에게 "세상에서 이렇게 예쁘고 아름다운 사람은 처음 봐."라는 말을 건네보면 어떨까. 민망함에 손가락이 오그라들어 펼쳐지지 않더라도, 당황스러움에 헛웃음을 짓는 아이의 표정을 보더라도 의식적으로 '자기 몸을 있는 그대로 사랑하는' 마음을 표현하면 좋겠다. 보이고 만져지는 자기 모습을 긍정하는 아이는 자신이 하는 선택, 자신의 노력, 자신의 주변을 긍정적으로 볼 수 있는 마음의 힘이 생긴다. 그러니 몸도 마음도, 자신의 모든 것을 긍정하는 마음을 알려주고 표현하며 키워주면 좋겠다.

6

성을 일상의 대화로 자연스럽게 나누는 어른

성교육 중 양육자가 걱정되고 염려되지만 이야기 나누기 힘든 주제를 물어보면 교제 상대와의 스킨십이 상위에 든다. 요즘은 말과 행동이 경계를 침범하면 범죄로 인식된다. 아이에게 아무리 설명한다 해도 교제를 시작하면 이성적으로 모든 걸 판단할 수 없다는 걸 알기에 더 조심스럽다. 교제를 시작하는 방법부터 경계 존중이 이루어져야 한다. 아이가 좋아하는 사람이 생기면 고백을 준비한다. 어떻게 고백하는 게 좋을지, 상대가 고백을 받아들이면 좋겠지만 만약 거절하면 어떻게 할지를 생각해야 한다. 만약 고백을 어떻게 해야 하는지 물어온다면 아이와 대화를 잘 나누고 있다는 의미이니 가슴 가득 뿌듯함을 느껴도 된다. 고백은 고백하는 사람의 마음을 전하는 것이다. 마음을 전하는 게 얼마나 용기 있고 멋진 일인지도 꼭 알려주면 좋겠다. 혹여나 상대가 거절한다면 어떻게 하는 게 좋을까에 관해서도 같이 고민해야 한다. 고백했는데 거절하면 어떻게 할 거냐는 질문에 아이들은 이런 말을 했다.

"'그냥…. 장난친 건데 그걸 진짜로 받냐?'라고 하고 넘어갈 거예요."

"완전 좌절, 그러면 안 되죠. 얼굴 어떻게 들고 다니라고."

"작은 목소리로 얘기하고, 거절하거나 다시 물으면 '혼잣말한 거야.' 할 거예요."

"욕할 거예요."

"절대 거절할 수 없죠. 내가 소문 다 내서 자기도 쪽팔릴 건데."

아이는 거절이 두렵다. 얼마나 고민하고 어렵게 고백했는데 거절한다니, 상상하기도 싫다. 거절을 받아들일 준비가 되어 있지 않은 것이다. 고백은 나의 마음이지만 거절은 상대의 마음이다. 거절하는 상대의 마음은 내가 조정할 수 있는 것도 아니고, 타협으로 이뤄낼 수 있는 것도 아니다. 상대의 마음은 상대의 것이니, 내 마음을 느껴지는 그대로 보낸 것처럼 상대의 마음도 있는 그대로 받아들여야 한다. 만약 고백이 거절당한다고 하더라도 용기 낸 경험은 가질 것이니 한 단계 성장할 것이라는 의미도 함께 전하면 좋겠다.

그런데 거절을 받아들일 수 없다면 뒤이어 어떤 마음과 상황이 발생할까? '열 번 찍어 안 넘어가는 나무 없다.'라는 속담이 있다. 노력으로 안 되는 일은 없다는 의미를 담고 있다. 그런데 이 행위가 나무가 아니라 사람에게 이루어진다면 어떻게 될까? 좋아하는 마음으로 여러 번 고백하는 건 괜찮을까? 사람의 마음은 나무가 아니다. 한 사람이 자신의 마음이 닿을 때까지, 끝까지 노력한다면 그 행위는 아름다운 사랑 고백이 아니라 스토킹이 된다. 2021년 10월부터 시행된 '스토킹범죄의 처벌 등에 관한 법률'에서 정의하는 스토킹 행위란 상대방의 의사에 반하여 정당한 이유 없이 상대방 또는 그의 동거인, 가족에 대하여 접근하거나 따라다니거나 진로를 막아서는 행위 등을 하여 상대방에게 불안감 또는 공포심을 일으키는 것을 말한다. 고백은 자신이 좋아하는 마음을 타인이 공포를 느끼지 않는 선에서 표현하는 것이다. 만약 상대가 거절했는데도 계속 고백한다면 스토킹이 되는 것이다. 거절당했을 때 "그래, 알았어. 그럼 그냥 지금처럼 친구로 지내자."라고 말하며 거기서 멈출 수 있으면 고백이다. 하지만 자신의 마음과 의지를 상대가 받아줄 때까지, 자기 뜻대로 될 때까지 멈출 수 없다면 스토킹이 된다. 고백과 스토킹의 차이는 중단할 수 있는가, 없는가에 있다.

가족센터에서 한부모가정 양육자를 대상으로 성교육을 진행할 때였다. 한부모가정은 양육자 한 명이 아이의 교육에 대한 모든 고민을 고스란히 안아야 한다. 주변에서 도와주는 부양육자가 있을 수 있으나 가정 내 책임은 오롯이 혼자 지는 경우가 많다. 교육 중 청소년 아이의 스킨십에 관해 이야기 나눌 때다. 한 어머님이 너무 고민스러운 게 있는데 어떻게 해야 할지 모르겠다며 꼭 물어보고 싶다는 의사를 전한다. 고민 상담자와 다른 분들의 동의를 얻고 고민을 공개했다.

"저희 아이가 중 3이거든요. 그런데 얘가 공부를 안 해요. 공부를 안 하는 거야 그럴 수 있다 싶은데 작년부터 자꾸 밖에서 놀다 오는 시간이 느는 거예요. 저는 늦게까지 일을 해야 하니 집에 오는 것도 잘 챙길 수가 없는데, 집에 들어오는 시간이 계속 늦어지는데…. 그런데 동네 엄마들 얘기를 듣다 보면 애가 여자애들이랑도 어울려 다닌다고 하고, 저번엔 친구 집에서 자고 온다고 하는데…. 느낌상으론 애가 여자애랑 잠자리를 가진 것 같기도 하고…. 어떻게 해야 하죠?"

걱정스럽고 염려되는 양육자의 마음이 고스란히 전해졌다. 양육자의 걱정과 염려는 아이의 행동을 통해 미루어 짐작한 것이다. 이런 마음을 가지고 있는데 아이와 대화하지 않는다면 아이를 끊임없이 오해할 수 있다. 양육자와 나의 마음은 같다. 나의 아이와 아이가 어울리는 모든 아이가 피해도 보지 않고, 가해도 하지 않는 건강한 관계로 잘 지냈으면 좋겠다는 마음이다. 그럼 확인되지 않은 아이의 생활을 양육자 마음대로 예측할 필요는 없다. 궁금하면 솔직하게 물어봐야 한다. 단 "했어? 안 했어?" 추궁하는 게 아니라 걱정되고 염려되는 진심을 전하면서 물어봐야 한다. 직접 물어보지 않으면 아이의 생활을 제대로 알 수 없고, 아이에게 필요한 도움과 조언을 전할 수도 없다. 이런 조언을 전한 후, 강의가 끝나고 전해온 어머님의 소식. "강사님, 아이가 아직 성관계는 안 했대요. 아직 키스도 안 했으니 오해하지 말라고 하네요. 작년부터 걱정했다 하니 그럼 작년에 물어보지 왜 일 년이나 고민했냐고 하는데 눈물이 났어요." 어머니의 목소리에서 안도감이 묻어났다.

아이와 성에 관한 내용으로 대화를 시작했으니 더 중요한 다음이 남았다. 이 대화를 계속 이어가야 한다. 고민거리가 해결됐다고 여기서 끝내면 안 된다. 고백과 거절, 관심과 스토킹, 연애와 스킨십 등 어색하고 불편하지만, 아이와 나눠야 할 성적 대화 주제는 무궁무진하다. 아이가 사회관계를 형성하는 과정에서 필요한 것들을 염려하는 마음을 담아 툭 꺼내 이야기 나누어야 한다. 성교육은 어렵다. 양육자 자신도 자연스럽게 접하지 못하고 경험해보지 못한 교육을 아이에게 해야 하기에 어렵다. 하지만 성교육을 일상의 대화로 생각한다면 그만큼 쉬운 것도 없다. 성도 일상의 대화 주제라고 인식 전환한다면, 자연스러운 일상 성교육의 물꼬가 트이는 것을 느낄 수 있다.

다만 아이가 듣기 거북해하는 경우도 있을 수 있다는 걸 명심하자. 양육자가 이야기하고 질문하는 모든 내용에 아이가 다 긍정적으로 반응할 순 없다. 이야기 나누다 아이가 피하거나 불편해하는 기색을 나타낸다면 알아차려야 한다. 어떤 부분이 불편했는지, 아직 이야기 나눌 준비가 안 된 건지 물어봐야 한다. 아이의 답을 들으며 천천히 접근해야 하는 부분과 더 이야기 나누고 싶은 부분을 조율하며 대화를 이어가야 한다. 양육자도 아이와 나누는 성은 이제 시작이라는 걸 잊지 말자. 양육자도 아이도 시작은 어색하고 편하지 않음을 인정하자. 성교육은 아이와 양육자가 같은 속도로 발맞춰 성장하며 가야 하는 교육임을 상기하면 좋겠다. 아이와 성에 관한 이야기를 일상의 대화로 자연스럽게 나누는 기쁨을 누리는 어른이 되면 더없이 좋겠다.

7

언제든, 어떤 상황에서든 믿을 수 있는 어른

보건 선생님으로부터 교육 의뢰를 받는 경우 교사 대상 4대 폭력(성폭력·성희롱·성매매·가정폭력) 예방 교육이거나, 다수의 학생 대상 교육 의뢰 건인 경우가 대부분이다. 학교 보건교사라는 전화에 으레 그럴 거로 생각해 대상과 교육 주제를 물었다. 그런데 한 학생을 위해 성폭력 예방 교육을 받고 싶다는 답이 돌아온다. 학교에서 학생 대상 교육 의뢰인 경우 많은 인원을 대상으로 하거나, 동아리나 한 반 등 일부 학생이 대상인 의뢰는 있지만 이렇게 한 학생을 위한 교육 의뢰는 없다. 교육 이유와 목적을 묻지 않을 수 없었다.

선생님이 이야기하는 아이는 중 1학년 다영이였다. 근처 초등학교를 졸업하고 중학교로 진학을 했다. 한동네에 있는 초등학교를 졸업했기에 선후배라 하더라도 아는 얼굴이 많다. 그런 다영이가 어느 날부터인가 남학생들과 어울리기 시작하더니 아이들 사이에 소문이 돌기 시작했다. 보건실에 놀러 온 아이들이 다영이에 관한 소문을 보건 선생님께 전했다.

"선생님 그 애랑 잤다고 하는 오빠가 있어요."

"그 애가 먼저 같이 자자고 그런대요."

"그 애랑 자봤다고 하는 오빠들 제법 돼요. 제가 들은 사람만 해도 다섯 명은 넘을걸요."

듣고도 믿기지 않았다고 한다. 소문을 전해 듣고 다영이 담임 선생님과 이야기를 나누니 담임 선생님도 소문 때문에 상담할 계획이라는 말을 듣고 함께 아이를 만났다 한다. 다영이는 두 선생님과 만난 자리에서 자신이 성관계했다는 것을 인정하며 그게 문제 될 일인가 되물었다. 성관계를 가진 남학생과 사귀는 사이였냐고 물으니 그냥 하고 싶어서 했다는 말이 돌아왔다. 자기가 하고 싶을 땐 메신저 프로필 사진 상태 메시지에 '하고 싶으면 연락 줘'라는 메시지를 올린다고 한다. 그 메시지를 보고 연락해 오는 누군가가 있으면 성관계를 한다는 것이다. 성관계를 한 남학생 중 자기는 요구하지 않았지만, 자신에게 돈이나 물건을 건네주는 사람이 있는데 그걸 받으면 사고 싶은 걸 살 수 있어 기분이 좋다는 말도 했다.

다영이의 말을 듣고 두 선생님은 심각성을 깨달았다. 먼저 다영이가 하는 행동은 잘못된 행동이라는 것에 관한 교육과 상담을 여러 번 진행했다. 선생님과 상담 시 아이는 어떤 반응을 보였나 물었다. 다영이는 자신이 잘못된 행동을 한다는 인식을 못 하고 있던 상황이라 선생님 이야기를 들으며 놀랐다. 하지만 놀라움도 첫 상담 때 잠깐이었고, 다음에도 오빠를 만나고 싶은 마음은 그대로라는 말을 했다. 선생님은 상담을 거듭할수록 다영이가 성관계에 집착한다는 느낌을 받았다. 선생님의 노력만으론 부족하다 느껴 외부 전문가의 도움을 받아보자는 의견 일치를 보고 내게 연락을 취한 것이다.

다영이는 어떻게 성관계를 시작하게 된 것일까? 다영이는 왜 성관계를 계속하고 싶어 하는 걸까? 다영이는 위생적인 환경에서, 피임을 제대로 하고 안전한 성관계를 했을까? 다영이에게 성관계는 어떤 의미일까? 이 많은 질문에 어떠한 긍정적인 답도 떠오르지 않았다. 다영이의 상황을 들으며 무조건 만나겠다 말했다. 그렇게 일정 조율에 들어갔지만, 마지막 교장 선생님 결재에서 거부됐다. 이런 일로 학교에 외부인이 들어오는 것이 부담스

렵고, 공교육 기관에서 단 한 명만을 위해 예산을 사용할 수 없다는 게 그 이유였다. 돈이 문제가 아니었다. 도움이 꼭 필요한 아이였다. 상담과 제대로 된 성교육, 성 가치관 교육이 필요한 아이였다. 거부됐다는 선생님의 말씀에 꼭 외부인력이 아니어도 되니 학교에 있는 상담사와 지속적인 상담을 부탁드린다는 당부를 전했다. 혹 여유가 있다면 관내 성폭력상담소와 연계해 상담받아보는 것도 방법이라며, 아이에게 곁에 도움 줄 누군가가 있다는 걸 계속 일깨워주십사 부탁드렸다.

아이는 자신이 겪는 피해를 피해로 해석하지 않는 경우가 있다. 다영이도 자신이 선택해서 하는 행동이라 했다. 하지만 호기심에 톡 건드린 일이 나쁜 결과로 이어져 멈추고 싶지만, 자신의 의지대로 멈출 수 없는 상황이 전개된다면 아이는 이렇게 생각할 수 있다. '내가 선택한 일'이니 '내가 감내해야 하는 일'이다. 그러니 '어쩔 수 없다'고 상황 해석을 할 수도 있다. 이 아이는 자기도 모르는 새 연락을 하면 성관계를 할 수 있는 아이로 남학생들 사이에 연락처가 공유됐다. 그 조건만으로 자신의 의지로 상황과 환경을 바꿀 수 있는 확률은 현저히 낮아진다. 마음과 의지만으로 바꿀 수 있는 현실이 아니다.

성범죄 가해, 특히 온라인에서 디지털 성범죄 가해자가 피해자를 협박하고 통제하기 위해 하는 말이 있다. "엄마 아빠에게 알릴 거야. 그래도 괜찮아?" 아이에게 피해를 입으면 보호자, 양육자에게 도움을 구해야 한다고 누차 이야기한다. 하지만 피해 아이는 보호자를 포함한 주변인에게 자신의 피해 사실이 알려지는 게 두려워 가해자의 요구를 수용한다. 보호자에게 알린다는 말이 왜 협박이 되는 것일까? 가해자가 저런 말을 하면 "대신 얘기해주신다면 고맙죠. 안 그래도 부모님께 죄송해서 말을 못 했는데. 얘기하세요."라고 말해야 하는 거 아닌가? 보호자에게 피해 사실을 알린다는 말이 왜 협박으로 통하는지 생각해봐야 한다. 아이의 피해가 보호자에게 알려지면 보호자가 아이에게 어떤 반응을 보일지 아이가 확신할 수 없기 때문이다. 혼이 날 수도 있고, 자신의 탓이라 말할 수도 있고, 자신에게 실망할 수도 있다고 생각하는 것이다. 만약 보호자가 평소에 이런 말을 한다면 어떨까.

"요즘 온라인이든 오프라인이든 성범죄가 너무 많아. 가해자는 돈이든, 성 착취물이든, 자기 이익을 위해 어떻게든 피해자를 잡으려고 계획하고 있거든. 거미가 먹이를 잡기 위해 거미줄을 치는 것처럼 말이야. 그렇게 함정을 만들어두고 아주 친절히 다가와. 그렇게 다가와서는 좋은 말과 원하는 걸 들어주면서 친분을 쌓지. 친분이 쌓이면 그때부터 아주 사소한 걸 부탁한대. 나중엔 부탁이 요구와 협박으로 바뀌고. 만약 너에게 그러한 일이 생기더라도 그건 절대 네 탓도 네 잘못도 아니야. 그러니 피해를 입었다면 우리에게 꼭 알려줘야 해. 친구들이 그런 피해를 당했다 해도 꼭 알려줘. 그런 범죄는 절대 혼자 힘으로 해결할 수 없거든. 알았지."

다영이를 포함한 아이들에게 혹시나 일어날 수 있는 일을 알려주며, 그런 일은 피해라는 것을 이야기해 준다면 아이는 도움을 구할 것이다. 아이에게 본인이 아닌 누구라도 피해를 봤다면 그건 본인의 잘못이 아님을 이야기해 주면 좋겠다. 언제, 어떤 상황에서, 어떤 피해를 봐도 아이를 비난하지 않고 믿고 지켜줄 수 있는 '믿을 수 있는 어른'이 있다는 걸 자주 이야기하며 알려주면 좋겠다. 언제라도 손 내밀면 잡아준다고. 언제라도 문 두드리면 열어준다고 말해주면 좋겠다. 궁금한 것을 물어보든, 안 좋은 일로 상담해오든 문을 두드린다면 묻지도 따지지도 않고 언제든 문을 열어주는 어른이 되면 좋겠다. 아이는 자신이 믿는 사람에게 도움을 구하게 마련이다.

아이는 무슨 잘못을 하더라도, 어떠한 안 좋은 일이 있어도 자신을 탓하지 않고 마음을 열고 들어줄 사람이 필요하다. 내 아이의 두드림에만 화답하지 말고 내 아이가 만나는 우리 아이들 모두의 문 두드림에 반응 보여주는 어른이 되면 좋겠다. 아이는 뭐든지 척척 해결할 수 있는 대단한 능력을 가진 존재보다, 해법과 길을 함께 찾아가는, 의지할 수 있는 존재가 곁에 있다는 사실이 더 큰 힘이 될 것이다. 그 존재가 당신이 되면 좋겠다.

어른이 되면 하고 싶은 걸 다 하는, 즐기는 삶을 살아갈 줄 알았다. 스무 살이 넘어 어른이 되니 해야 하는 게 더 많았다. 나이가 들면 궁금한 게, 하고 싶은 게 줄어들거나 없을 줄 알았다. 나이가 들수록 궁금한 건 더 많아지고 하고 싶은 것도 더 많아진다. 아마 내가 살아가는 세상이 변하지 않는다면 궁금한 것도, 새롭게 하고 싶은 것도 생기지 않으리라. 세상은 끊임없이 변하고 매일 아침 눈을 뜨면 새로운 무언가가 눈앞에 나타난다.

자주 가던 커피숍에 키오스크가 등장했던 날이 기억난다. 우두커니 서 있는 키오스크를 외면하고 주문대로 직진했다. 그렇게 몇 번은 무시가 가능했다. 그러다 카드 주문은 키오스크에서 해달라는 주문대 메시지를 보는 순간 더 이상은 키오스크를 못 본 척할 수 없음을 알았다. 그렇게 마주한 키오스크, 분명 우리나라 말로 적혀 있는데 나의 검지는 어디로 향해야 할지 몰라 허둥대고 있었다. 말로 하면 삼십 초도 안 되어 끝나는 주문이 기계 앞에서는 두 배 이상의 시간이 걸렸다. 거기다 내 뒤에 선 줄이 늘어날 때면 초조함은 배로 늘어났다. 그랬던 내가 이제는 자연스럽게 키오스크로 향해 능수능란하게 주문을 한다. 변화하는 세상에서 행복하게 살아가려면 새롭게 나오는 것을 배우고 익혀야 한다. 새로운 것은 낯설고 어색하다. 모르는 것이기에 두렵고 불안하기도 하다. 하지만 배우고 익히는 준비과정을 거치면 언제 불안했냐는 듯 너무나 편안해진다.

몇 년 전 좋아하는 그룹 GOD가 완전체로 산티아고 순례길을 걷는 예능프로그램을 봤다. 산티아고 순례길, 종교는 없지만 GOD가 걷는 그 길을 나도 너무나 걷고 싶었다. 방송을 보면서 언젠가 나도 가면 좋겠다는 바람을 가졌다. 시간이 흐르고 기억과 바람이 사라질 법도 한데 순례길을 걸어보고 싶은 마음은 쉬이 사그라들지 않는다. 급기야 한번 걸어보자는 다짐을 한다. 막상 가려니 언어가 걱정이다. 언어가 능통하지 않으니 혹 가서 아프기라도 하면 큰일이다 싶다. 그래서 체력부터 키워보기로 했다. 어떻게 체력을 키울까 싶어 이리저리 알아보니 경기둘레길과 제주올레길이 눈에 들어온다. 무턱대고 산티아고 티켓을 끊는 것보다 준비과정을 거치는 게 좋겠다는 생각에 둘레길 걷기부터 시작했다. 트레킹화를 사고 간편한 등산복을 하나 샀다. 집에서 가장 가까운 둘레길에 첫발을 디뎠다. 걷기 전엔 GOD 음악을 들으며 자연을 만끽하는 아주 여유로운 걸음을 상상했다. 하지만 막상 걸으니 음악 들을 여유도 주변의 자연도 안 보였다. 기본 체력이 받쳐주지 않았다. 절반 이상을 걸으니 체력이 바닥났다. 그때부턴 어떻게든 걸어서, 살아서 집에 돌아가자는 생존 걷기가 됐다.

키오스크가 등장하고 바로 사용하기가 쉽지 않았다. 다른 사람들이 어떻게 사용하는지 곁눈질로 보는 준비과정을 가졌다. 산티아고 순례길을 걷고 싶지만 체력과 언어가 따라주지 않아

바로 걷기는 불가능하다. 그래서 둘레길과 올레길로 준비과정을 거치고 있다. 낯설고 어색한 것을 하기 위해선 준비과정이 필요하다. 성교육도 마찬가지라 생각한다. 아이와 성에 관해 자연스럽게 이야기하고 교육하기 위해서는 준비과정이 필요하다. 아이에게 교육하고 싶은 성을 나는 어떻게 생각하는지, 어떤 방향으로 교육할 것인지, 어떤 언어로 전할 것인지 준비해야 한다. 단단한 준비는 어색하고 불편한 성교육의 시작을 편안하게 만들어줄 것이다. 물론 준비를 단단히 해도 계획한 대로 안 될 수도 있다. 체력이 받쳐주지 않아 첫 둘레길의 기억이 음악과 여유로움이 아니라 생존 걷기로 기억된 것처럼 말이다. 그렇기에 가장 중요하고 기본이 되는 것부터 자연스럽고 익숙하게끔 만들어야 한다. 그래야 중간에 예상하지 못한 것이 툭 튀어나와도 덜 당황하고 포기하지 않는다. 아이를 존재 자체로 사랑하고 존중하는 마음, 그 마음을 전하는 긍정의 언어가 그에 속한다. 존중의 마음과 긍정의 언어를 단단히 단련해서 나의 것으로 차곡차곡 채운다면, 아무리 당황스러운 상황을 마주해도 꺾이거나 무너지지 않을 것이다.

아이 양육의 최종 목표는 아이의 자립과 독립이다. 아이가 건강하고 행복한 성인으로서 독립적인 삶을 살아갈 수 있게 양육자가 도와야 한다. 양육의 과정에서 아이가 방황하고 흔들릴 때, 도움을 구하면서 손을 뻗을 때 그 손을 잡아주는 이가 되어야 한다. 그러기 위해 당신이 흔들리지 않고 단단해지면 좋겠다. 아이를 존재 자체로 사랑하는 마음 그대로, 자신도 존재 자체로 사랑하는 마음으로 그득히 채우면 좋겠다.

성교육, 중요하고 필요한 거 알지만 책을 다 읽은 지금도 어색하고 불편할 수 있다. 어떤 말로 성교육의 물꼬를 틔워야 할까 고민될 수 있다. 그렇다면 책을 덮고 아이의 눈을 보며 이렇게 말해보자.

"내가 성교육 책을 읽었는데, 거기서 네 눈을 보며 이렇게 이야기하래. 사랑해."

우리 이제 성교육을 시작해볼까요?

부록

전국 청소년성문화센터

전국엔 '아동·청소년 성보호에 관한 법률'에 근거하여 설립된 아동·청소년 성교육 전문기관인 '청소년성문화센터'가 있다. 연령별, 주제별로 아동·청소년의 성교육 프로그램을 운영한다. 지역별 센터를 소개한다. 소개된 지역 이외의 지역이라면, 검색포털에 '지역+청소년성문화센터'로 검색하면 해당 지역의 청소년성문화센터를 찾을 수 있다.

지역	기관명	사이트
서울	아하서울시립청소년성문화센터	http://www.ahacenter.kr/
	서울시립중랑청소년성문화센터	http://jsay.or.kr
	송파청소년성문화센터	http://www.youth1318.or.kr/youthsay.asp
	광진청소년성문화센터	http://gjsay2007.or.kr/
	시립은평청소년성문화센터	http://hiteen.org
	창동청소년성문화센터	http://www.cdsay.or.kr
	드림청소년성문화센터	https://blog.naver.com/sundream1375
	시립청소년드림센터	http://www.dreamcenter.or.kr
	시립동작청소년성문화센터	https://djsay.or.kr/
경기도	경기도청소년성문화센터	http://www.ggsay.or.kr
	경기북부청소년성문화센터	http://congcong.or.kr/
	화성시청소년성문화센터	https://hssay.hswf.or.kr/
	수원시청소년성문화센터	http://suwonsay.or.kr/
	용인시청소년성문화센터	http://www.ysay.or.kr/
	부천시청소년성문화센터	http://bchello.co.kr/
인천	인천광역시청소년성문화센터	http://www.isc.or.kr/
	부평구청소년성문화센터	http://bpsay.icbp.go.kr/
강원도	강원특별자치도청소년성문화센터	http://www.isay.or.kr/
	원주시청소년성문화센터	http://www.n-center.or.kr/aKor/index.html
	시소 강릉시청소년성문화센터	http://www.gnsay1318.or.kr/
충청도	충청남도청소년성문화센터	https://www.cnyouth.or.kr/
	충남이동형청소년성문화센터	https://chungnamoiusay.co.kr/
	충청남도청소년진흥원 홍성성문화센터	http://www.cnyouth.or.kr/index_hs.php
	충주청소년성문화센터	http://www.chungjusay.com/

전라도	전라남도 청소년성문화센터	http://www.jnsay.or.kr/
	전주시청소년성문화센터	http://www.jeonjusay.com/
	목포시청소년성문화센터	http://www.msay.or.kr/
	익산시청소년성문화센터	http://www.issay.or.kr/
	광산구청소년성문화센터	http://www.wawasay.or.kr/
	정읍시청소년성문화센터	정읍시청소년수련관 3층/063-532-1388
	광주광역시청소년성문화센터	http://www.gjsay1388.or.kr/user
	여수시청소년성문화센터	http://ysay.co.kr
	군산시청소년성문화센터	전북 군산시 중앙로 224/063-463-1230
	순천시청소년성문화센터	http://www.sunsay.co.kr
대전	대전광역시청소년성문화센터	http://www.djsay.net/
	대전서부청소년성문화센터	배재대학교 내 국제교류관(G관) 5층/ 042-520-5088
경상도	경상북도 청소년성문화센터	http://www.gbsay.com/
	경상남도청소년성문화센터	https://youthsacheon.com/say_main.html
	부산광역시청소년성문화센터	http://www.bsycsay.or.kr/
	탄생의신비관청소년성문화센터	http://www.busansay.or.kr/
	대구청소년성문화센터	http://www.dgsay.net/
	대구아름청소년성문화센터	http://www.daeguarm.net/
	울산광역시청소년성문화센터	http://www.ulsansay.com/
	창원시청소년성문화센터	http://www.cwsay.net/
	포항시청소년성문화센터	https://www.instagram.com/phsay_1004
제주	제주시청소년성문화센터	https://www.jejusi.go.kr/say/main.do
	서귀포시청소년성문화센터	https://www.seogwipo.go.kr/youths/say.htm